《窗外有情天》剧照 1

《窗外有情天》剧照 2

《窗外有情天》剧照 3

《窗外有情天》剧照 4

奥斯卡
经典文库

[018]

A Handful of Dust

窗外有情天

(英)伊夫林 · 沃●著　　朱亚光●译　　何亮●丛书主编

首都师范大学出版社
CAPITAL NORMAL UNIVERSITY PRESS

图书在版编目(CIP)数据

窗外有情天 / (英)沃著；朱亚光译．—北京：首都师范大学出版社，2015.4

(奥斯卡经典文库)

ISBN 978-7-5656-2265-6

Ⅰ.①窗…　Ⅱ.①沃…　②朱…　Ⅲ.①长篇小说—英国—现代　Ⅳ.①I561.45

中国版本图书馆CIP数据核字(2015)第078551号

CHUANG WAI YOU QING TIAN

窗外有情天

(英)伊夫林·沃　著　朱亚光　译

责任编辑　刘志勇

首都师范大学出版社出版发行

地　址　北京西三环北路105号

邮　编　100048

电　话　68418523(总编室)　68982468(发行部)

网　址　www.cnupn.com.cn

北京集惠印刷有限责任公司印刷

全国新华书店发行

版　次　2015年4月第1版

印　次　2015年4月第1次印刷

开　本　880mm×1230mm　1/32

印　张　8.625　　插页　4

字　数　184千

定　价　29.00元

总序： 电影的文学性决定其艺术性

不是每个人都拥有将文字转换成影像的能力，曾有人将剧作者分成两类：一种是“通过他的文字，读剧本的人看到戏在演。”还有一种是“自己写时头脑里不演，别人读时也看不到戏——那样的剧本实是字冢。”为什么会这样，有一类人在忙于经营文字的表面，而另一类人深谙禅宗里的一句偈“指月亮的手不是月亮”。他们尽量在通过文字（指月亮的手），让你看到戏（月亮）。

小说对文字的经营，更多的是让你在阅读时，内视里不断地上演着你想象中的那故事的场景和人物，并不断地唤起你对故事情节进程的判断，这种想象着的判断被印证或被否定是小说吸引你的一个重要原因，也是作者能够邀你进入到他的文字中与你博弈的门径。当读者的判断踩空了时，他会期待着你有什么高明的华彩乐段来说服他，打动他，让他兴奋，赞美。现实主义的小说是这样，先锋的小说也是这样，准确的新鲜感，什么时候都是迷人的。

有一种说法是天下的故事已经讲完了，现代人要做的是改变讲故事的方式，而方式是常换常新的。我曾经在北欧的某个剧场看过一版把国家变成公司，穿着现代西服演的《哈姆莱特》，也看过骑摩托车版的电影《罗密欧与朱丽叶》，当然还有变成《狮子王》的动画片。总之，除了不断地改变方式外，文学经典的另一个特征，是它像一个肥沃的营养基地一样，永远在滋养着戏剧，影视，舞蹈，甚至是音乐。

我没有做过统计，是不是20世纪以传世的文学作品改编成电影的比例比当下要多，如果这样的比较不好得出有意义的结论的话，我想换一种说法——是不是更具文学性的影片会穿越时间，走得更远，占领的时间更长。你可能会反问，真是电影的文学性决定了它的经典性吗？我认为是这样。当商业片越来越与这个炫彩的时代相契合时，“剧场效果”这个词对电影来说，变得至关重要。曾有一段时期认为所谓的剧场效果就是“声光电”的科技组合，其实你看看更多的卖座影片，就会发现没那么简单。我们发现了如果两百个人在剧场同时大笑时，也是剧场效果（他一个人在家看时可能不会那么被感染）：精彩的表演和台词也是剧场效果；最终“剧场效果”一定会归到“文学性”上来，因为最终你会发现最大的剧场效果是人心，是那种心心相印，然而这却是那些失去“文学性”的电影无法达到的境界。

《奥斯卡经典文库》将改编成电影的原著，如此大量地集中展示给读者，同时请一些业内人士做有效的解读，这不仅是一个大工程，也是一件有意义的事。从文字到影像；从借助个人想象的阅读，到具体化的明确的立体呈现；从繁复的枝蔓的叙说，到“滴水映太阳”的以小见大；各种各样的改编方式，在进行一些细致的分析后，不仅会得到改编写作的收益，对剧本原创也是极有帮助的，是件好事。

——资深编剧　邹静之

主编的话：跟随文学人物走进各种各样的命运险境

能参与《奥斯卡经典文库》丛书的编辑工作，我感到特别的荣幸和高兴。说实话，这套丛书的编辑过程不仅给我，也给我们整个编辑团队带来了莫大的兴奋感。

兴奋之一：这是国内首次以大型丛书的形式出版经典电影的文学原著，这无疑是奉献给广大读者的一场阅读盛宴，我们相信无论何种口味的读者，都会从这套丛书里找到自己的最爱，甚至找到陪伴自己一生的精神伴侣。

兴奋之二：我们选择的书目全部是奥斯卡奖得奖或者提名的电影原著。奥斯卡本身就是全球最值得大众信赖的品牌之一，在奥斯卡异常严格的选拔标准下，这一批电影原著小说的艺术质量，还有部分原著是第一次出中文版本，我们之前也并未读过，但读过之后，深为震撼——世界一流的小说确实能带给人直击心灵而又妙不可言的独特感受。

兴奋之三：这套丛书让我们重新认识了文学原著和电影作品之间的互动关系。有的作品我们只看过小说，没有看过电影；而有的作品我们只看过电影，没有看过小说（后一种情况更多一些）。于是在编辑的过程中，我们重新补课，将同一故事的两种艺术形式尽量都补看完整。补完课才发现，文学与电影之间的关系真是太有趣了——电影或者因为时长所限、或者因为视听特性的发扬、或者因为求新求变，通常都要对原来的文学作品做出取舍和改动，电影编剧和导演如何取舍如何改动，背后其实都隐藏着电影创作者的深入思考。而很多文学名著又被不同的电影创作者多次改编，这些不同的电影版本所体现出来的电影创作者的不同趣味、不同表达以及独特个性，每每让我们生发出一种“又发现了一片新大陆”的感觉。我们作为读者和观众，往往会为哪一个电影版本改得更好而争论得面红耳赤——而对于那些两种艺术形式都没看过的朋友来说，我个人的建议，最好先读小说，充分展开自己的想象世界之后，再去看电影，收获绝对不一样。

兴奋之四：比起编剧和导演对文学作品的改编，演员、明星们对文学人物的演绎无疑更能引起大家的好奇和关注，在看完小说之后，带着悠闲而挑剔的眼光，再去评论、比较电影里的明星的表现，甚至去评论、比较不同版本的明星的表现，这给我们带来了数不清的快乐时光。

因为部分原著小说和电影也是我们第一次接触，以上所呈现的，都是我们在编辑过程中非常真实的感受。我们也非常期望我们的工作能带给广大读者同样的兴奋和快乐。《奥斯卡经典文库》为您精心挑选的这些非常优秀的原著小说，完全值得您腾出一点业余时间，全身心投入其中，跟随着那些精彩的文学人物走进各种各样的命运险境，去迎接那些意想不到的感动和震撼。

——北影老师　何亮

导读：人生在世，恰如轻尘

（一）

“一掬尘土，随风而逝。”有人这样描述伊夫林的这部小说。所以这部小说本来的名字就叫《一掬尘土》，它写的是一个家庭悲剧。主人公托尼·莱斯特迷恋亚瑟王和他的圆桌骑士传说，在海顿庄园（一座古老陈旧的哥特式乡村城堡，每间房都以亚瑟王传说里的人物命名）中自得其乐，鲜与他人交际，过着隐士般的生活。他的世界简单而平淡，妻子布兰达和儿子小约翰是他的生活重心。此外，管理庄园里的若干仆人和女佣、拜访庄园所在的村镇、维持庄园的各项花销，以及雷打不动地参加周日的教堂礼拜，便构成了他生活的全部。他与妻子布兰达原是人人称羡的一对美满夫妻，但是，个性上极大的差异使两人的生活偏离正轨。“皮肤很白，长得也水灵，年轻时令许多男人神魂颠倒”的布兰达·莱斯特生性活泼外向，喜爱奢华热闹，她逐渐厌倦了庄园里单调乏味的日子。当年轻的约翰·比弗不请自来，到庄园做客，向女主人大谈伦敦社交界的热闹，讲述各种逸闻趣事时，布兰达就怦然心动了。她在伦敦租了间小公寓，穿梭在看似高贵实则虚伪矫作的上流社会，又逐渐爱上毫无个性魅力的约翰·比弗，追求着浪漫的恋情。这个本就没有加以掩饰的秘密在狭窄的社交圈里几乎尽人皆知，被瞒在鼓里的只有闭居乡村的托尼一人。事后得知，托尼对此迷惑不解，却又不知所措。原本维系夫妻二人关系的儿子安德鲁在一次意外事故中丧失，让二人的关系正式破裂。托尼因为无法适应道德丛林社会“腐者生存”的法则，更为了寻找一片宁静平和的家园，与探险者梅辛杰医生远赴巴西荒野……

主人公托尼·莱斯特的遭遇贯穿始末，直至小说的结尾，海顿庄园里新立起的一块碑，让一切的一切化为虚幻，古老庄园的旧日辉煌只剩下虚浮的空壳，让人唏嘘不已。

（二）

伊夫林·沃（Evelyn Waugh），出生于英国伦敦的一个中产阶级家庭，父亲是知名编辑和出版商，也是一位虔诚的圣公会教徒。伊夫林是家中的第二个儿子，从小受到两方面环境的熏陶：宗教与书本。他和哥哥亚历山大·沃（Alexander Raban Waugh）长大后都成为作家，这与儿时的家庭影响关系颇大。中学时期，父亲为他选择的教会学校清规很多，每天早晚两次礼拜，周日增加到三次，根据伊夫林的回忆，他当时并不觉得仪式繁琐。然而，对他造成刺激的或许是长他五岁的哥哥，亚历山大在高中的最后一年被勒令退学，后于1917年发表了半自传小说《青春织机》（*The Loom of Youth*），描述了舍伯恩公学里同学之间的同性恋关系，在当时很是轰动。正是受此株连，伊夫林也被舍伯恩拒收，父亲只好将他送到另一所声望略低的莱斯因中学，在那里，他失去了童年的信仰，成长为一个怀疑论者。

1921年，十八岁的沃进入牛津大学赫特福德学院学习，虽然专业是历史，可他似乎更爱好社交、文学和艺术。在这里，他混迹于一个同性恋男性大学生的小圈子，结交了一批权贵子弟，纵酒狂欢，虚掷光阴，过着放荡不羁的日子。1924年，他和同学拍了一部小电影，颇有亵渎天主教的意思。或许正是因此，他在同年没有拿到学位便离开了牛津，随即转入斯莱德艺术学院学习绘画，但不久后他发现绘画亦非自己的爱好，便于1925年在威尔士的一所私立学校谋了份教职。可教师也不好当，他屡次被学校辞退，有一次是因为“引诱女舍监”，可他向父亲陈述的理由却是“喝高了”。在后来的自传中，他半真半假地说自己差点蹈海自杀——已经游到了外海，只是因为被海蜇蛰了一下，才不得已返回。自那以后，他与父母一直住在位于伦敦北部的家。“我一直在努力找工作，可是我很疲倦、很沮丧，”他在自己的日记里悲伤地坦白道，“看来我是时候着手做一个文人了。”之后伊夫林开始面对现实，开始从事文学创作。

伊夫林·沃于1934年创作《窗外有情天》（又名《一掬尘土》）。小说部分片段是他情感生活的真实写照。1927年，通过哥哥亚历山大的介绍，伊夫林结识了与自己同名的伊芙琳·加德纳（Evelyn Gardner），两人迅速坠入爱河。在朋友圈中，大家称呼他们为“男-伊夫林”和“女-伊芙琳”。可伊芙琳的母亲却并不看好两人的恋情，在她眼里，伊夫林·沃品行不端，不是个合适的伴侣。而且，当时的伊夫林·沃手头拮据，他写书评和新闻赚得的稿费寥寥无几，每周还要靠父亲的四英镑贴补过活。1928年，二人不顾父母反对，只在几位朋友的见证下草草举行婚礼。然而婚后的日子也并不好过，一是缺钱，二是妻子身体不适，这种情况一直持续到了那一年的秋天。1928年9月，伊夫林的小说《衰落与瓦解》得以出版发行，获得业界的一致好评，于同年12月，该书已经进行第三次印刷。拿到丰厚的稿酬后，伊夫林·沃和妻子补回了期待已久的蜜月之旅。由于加德纳在旅途中突发肺炎，旅行不得已终止，伊夫林将妻子送入塞得港的一间英国医院治疗，直至次年六月加德纳病愈后才回到伦敦。可好景不长，回来一月有余，妻子加德纳向他坦白，说自己爱上了两人共同的朋友约翰·赫盖特（John Heygate）。这个消息让伊夫林感到震惊和沮丧，在试图挽回婚姻失败后，伊夫林在1929年9月向法院提出离婚申请。婚变对他的创作有着直接影响，在他的小说中，女人几乎都轻浮、放荡，所有的妻子都对丈夫不忠。

但凡涉及伊夫林·沃的野史和正传，几乎都会言及他极度自私、贪婪、势利、保守和傲慢，不过这些恶性劣迹并未撼动他作为20世纪英国重要作家的地位，他仍被誉为是“英国英语文学史上最具摧毁力和最有成果的讽刺小说家之一”。

（三）

《窗外有情天》是伊夫林·沃创作巅峰时期的杰作，本书通过托尼的家庭悲剧和伦敦社交界的故事像镜子一样折射出一战后英国社会道德的沦丧。在托尼“哥特式世界”的灾难中，略带讽刺地道出了对当代文明的深刻控诉。后被改编成电影，成为当时最卖座的影片，并获第61届奥斯卡多项提名。英国评论家迈克尔·戈拉（Michael Gaura）称作者为“狄更斯以来英国乃至全世界最重要的喜剧艺术作家，他创造了一种黑色幽默，一种狰狞的笑声，世界各国的艺术家都用这笑声对抗当代噩梦般的世界”。

目　录

我要给你看一个特别的东西，它既不像
你黎明时的影子，在你身后迈步；
也不像傍晚时的，站起来迎接你；
我要给你看一掬尘土里的恐惧。

——《荒原》

第一章 在比弗家那边

“有人受伤吗？”

“谢天谢地！没人受伤，”比弗太太（Mrs. Beaver）说道，“只有两个女佣吓昏了头，跳下来时撞碎了院子的玻璃屋顶，但她们都安然无恙。我想火没烧到卧室吧！不过，还是得重新装修一下，屋子被熏得乌漆抹黑，到处都湿答答的。多亏她们有那种老式灭火器，能把一切都毁了。也没什么好抱怨的，虽然主卧给烧个精光，好在东西都上了保险。西尔维娅·纽坡特（Sylvia Newport）认识人，我得赶紧在今天早上之前跟他们联系，免得被那个不要脸的沙特太太（Mrs. Shutter）抢先下手。”

比弗太太背对壁炉站着，品尝着她的酸奶早餐。她把酸奶盒放到嘴边，用勺子狼吞虎咽起来。

“天哪！这东西真是太难吃了。但愿你会喜欢上这个味道，约翰。你最近看起来很累的样子。真不知道如果没有酸奶，我这一天该怎么过。”

“可我没有你那么多的操心事，妈妈。”

“这倒是真的。”

在父亲死后，约翰·比弗（John Beaver）和妈妈搬进了沙瑟花园的这栋房子里。屋内的陈设是比弗太太为客人准备的，可没有一件让人感觉到朴素而典雅。屋里摆满了卖不掉的家具，多得要两栋更大的屋子才能放得下。这些家具不带有任何时期的矫饰，更看不出半点现代的痕迹。最好的几件家具，和比弗太太中意的那些，都放在二楼的L型客厅里。

一楼餐厅的后面，比弗有一间光线昏暗的小卧室，和一部他的私人电话。年迈的女佣负责照管他的衣物，还将他的梳妆台、五屉柜打扫得一尘不染，且擦得锃亮，上面的东西都替他摆放端正。这些晦暗、笨重的物品之前都闲置在他父亲的衣帽间里，是他结婚和二十一岁生日时的厚实的礼物，有的用象牙、黄铜箍着，有的用猪皮革包裹，有的带有饰章，也有的镶有金饰。这不免让人联想到爱德华七世的阳刚之气，像那个时候的赛马罐和狩猎水壶、雪茄套、烟草罐、马鞯、精巧的海泡石烟斗、钮钩和帽刷什么的。

家里总共四名佣人，除了其中一个年轻些，其他三个都是上了年纪的女性。

有人问比弗，为什么要在那儿待着，而不自立门户。有时候他回答说，觉得他母亲喜欢他在那儿（尽管有店里的生意要照料，可她仍然很孤独）；有时候他又说，因为每周可以省下至少五镑。

他每周的全部收入大约是六镑，所以把这笔钱省下来非常重要。

比弗二十五岁了，从离开牛津大学到经济萧条之初，他都在一家广告公司供职。后来经济萧条，再也没人能找到活儿给他干，所以他开始睡懒觉，大部分时间都坐在电话旁，期待着有人打电话给他。

只要有可能，比弗太太在晌午都要休息一个小时。她常常在早上九点准时到她的店里。到十一点半，她就会休息。因此，这时候如果没有重要的客人出现，她就会开着她那辆双座汽车，回到沙瑟花园的家中。通常在那时，比弗也已经梳洗完毕，而比弗太太就准备开始享受她们母子晨间片刻的闲谈。

"昨晚过得好吗?"

"奥德丽（Audrey）八点钟打电话约我吃晚餐。我们十个人去了安波希饭店，没劲透了。然后我们都参加了一场派对，是一个叫特洛米德（Trommet）的女人办的。"

"我知道你说的是谁。那个美国佬。我们去年四月给她做的亚麻椅套，她还没给钱呢！我昨晚也挺无聊的，整晚都没摸到一张好牌，最后输了四镑十便士。"

"可怜的妈妈。"

"我今天去维奥拉·查斯姆（Viola Chasm）家吃午饭。你呢？我没给你叫外卖噢。"

"没想好。不过我一般都去布莱特俱乐部吃。"

"那里东西太贵了。要是我们通知钱伯斯，她肯定会把东西送到家里来的。我以为你肯定要出去吃饭呢。"

"嗯，我还是有可能会出去吃饭。现在还没到十二点呢!"

比弗的邀约多数是在最后时刻才收到，偶尔会更晚，可能他已经开始孤零零地一个人从盘子里扒饭了（……"约翰，亲爱的，我这儿有情况，索妮雅（Sonia）一个人来的，雷吉（Reggie）没来。你能不能过来救苦救难呢？要快！我们现在就要进去了。")。然后他会猛地冲向一辆计程车，等他火速赶到，说着满是歉意的话时，第一道菜已经上了……最近他有一次和母亲拌嘴，就是因为他在和母亲共进午餐的中途如此匆忙闪人而发生的。

"你去哪儿打发这个周末?"

"海顿。"

"谁住那儿?我忘了。"

"托尼·莱斯特（Tony Last）。"

"啊，对。女主人很可爱，他却是个呆头鹅。真没想到你认识他们。"

"确切地说，我们不熟。不久前的一个晚上，托尼在布莱特俱乐部约了我。他自己可能都忘了。"

"那在你明天出发前，发个电报提醒他们一下，这可比直接打电话好多了。杀他们个措手不及。话说他们还欠我一张桌子钱。"

"他们的为人怎么样?"

"在她结婚以前，我经常见她。她叫布兰达·雷克斯（Brenda Rex），圣·克劳德爵士（Lord St. Cloud）的女儿，皮肤很白，长得也水灵。当她还是个姑娘的时候，好多人对她迷得一塌糊涂。曾经，人人都觉得她会嫁给乔克·格兰特·孟席斯（Jock Grant Menzies）。最后却便宜了托尼·莱斯特，那个一本正经的家伙。我想她差不多腻味了吧。他们结婚有五六年了，生活比较富裕，但是钱都拿来保养房子了。我虽然没亲眼看过，但我有种感觉，那栋房子肯定大得吓人。他们至少有一个小孩，也可能更多吧。"

"妈妈，你真行。我想这世上就没你不认识的人。"

"不觉得这很有用么?诀窍就在于你要竖起耳朵，留心听别人的谈话。”

比弗太太点了一支烟，然后，驱车回到店里。一个美国女人买了两条“百家被”，每条售价三十基尼，梅特罗兰德太太打电话来问浴室的天花板，还有一个不认识的小伙子付现金购走一张垫子；其间，比弗太太还抽空去了趟地下室，那里有两个女孩，正没精打采地包装灯罩。尽管有一盏小油炉，地下室还是很冷，墙壁也总是很潮湿。看到她来，女孩们开始变得麻利起来，比弗太太看着心里很高兴，特别是看到矮个子那个，搬箱子的动作就像个男人。

“就是这样，”她说，“乔伊斯，你做得很好。我会尽快安排你做一些更有趣的工作。”

“谢谢你，比弗太太。”

比弗太太心里暗自决定，只要她们能受得了，最好还是让她们在包装间多干一段时间。她俩不够漂亮，没法到楼上工作。可为了学到比弗太太的这门手艺，二人都花了不少钱了。

比弗坐在他的电话旁。电话响了一声，电话那头说：“比弗先生吗？请不要挂电话，蒂平夫人（Lady Tipping）找您。”

等待的空隙虽然只有沉寂，但比弗却是满心欢喜地期待着。他知道，蒂平夫人那天办了一场午餐聚会；他们在前一天晚上共同度过了一些时光，而比弗成功地获得了她的欢心。有人拿起电话……

“噢，比弗先生，很抱歉打扰你。昨晚在特洛米德太太家里，你给我介绍的那个年轻男人，你能否告诉我他叫什么名字？他的胡子略带红色，我猜他是个议员。”

“我想你说的是乔克·格兰特·孟席斯吧。”

“没错，就是这个名字。你知不知道在哪儿可以找到他呢?”

“电话簿上有他的号码，可我想他现在应该不在家。大概一点钟的时候，你去布莱特俱乐部或许可以找到他。他通常都会在那里。”

“乔克·格兰特·孟席斯，布莱特俱乐部。太感谢了！你人真好，希望你有空来我家玩。再见!”

一声道别过后，电话再也没响过。到了一点钟，比弗感到无比失望。他穿上外套，戴上手套和圆顶礼帽，拿着一把卷得整整齐齐的雨伞，搭了一辆巴士，前往邦德大街的俱乐部。

布莱特俱乐部到处弥漫着一些古旧的气息，源于乔治王时代艺术风格的大门，十分雅致，还有那些房间，装饰得精巧别致。可这全部都是仿冒的，因为这个俱乐部开张没几年。当人们沉浸在战后的一片欢乐气氛之时，这个俱乐部也随之应运而生。它是供年轻男子休闲的地方，在这里，他们可以围坐在炉火周围闲谈，或者在房间里欢喜地玩牌，也不会有年纪稍长的客人对他们耷拉着脸。如今，俱乐部的那些老板自己也已逐渐步入中年，在退伍以后，他们的身材已经完全走样，头更秃了，脸也更红了，可他们仍旧是那么快活。现在轮到他们来取笑那些年轻的小辈，哀叹他们的男子气概和绅士风度已经荡然无存了。

有六个身材魁梧的大汉背对着比弗，将吧台围得严严实实。他只好走到外屋，在一张扶手椅上坐下，漫不经心地翻看着《纽约客》，等待某个他认识的人出现。

乔克·格兰特·孟席斯一走上楼，酒吧的那些人就和他打招呼，“你好啊，乔克。老伙计，喝点什么?”或是简单的一句“嘿，老伙计!”打仗的时候，他的年纪太小，没到服兵役的年龄，但是这些人觉得他很不错，和比弗相比，这些人喜欢他要多得多，且在他们眼里，比弗压根就不该进酒吧的。但是，乔克停了下来，和比弗打招呼。“嘿，伙计”，他说道，“点了什么酒?”

“目前还没点。”比弗看了一眼他的表，“我想是时候喝一杯了。白兰地加姜汁汽水。”

乔克对酒保重复了一遍，对比弗说道：“昨晚在派对上你丢给我的那个老女人是谁?”

“蒂平夫人。”

“我当时就想可能是她。这下我懂了。他们刚刚在楼下告诉我，有个叫蒂平的人想邀我共进午餐。”

“你去吗?”

“不去，我对午餐聚会没兴趣。何况，我今早已经想好要在这里吃牡蛎。”

酒保带着酒走过来。

“比弗先生，上个月我这里的记账，你还欠我十先令。”

“啊，多谢提醒。麦克杜格尔（Macdougal），下次再提醒我一下，好吧?”

“没问题，先生。”

“我明天去海顿。”比弗说。

“这就去？代我向托尼和布兰达问好。”

“哪种形式的问候呢?”

“用一种非常平静而让人愉快的口气。”

“那里有拼字游戏吗?”

“啊，没有，我对那种东西没兴趣。我就和邻居们打过桥牌，玩过西洋双陆棋和扑克。”

“住得还舒服吗?”

“还不赖。你可以开怀畅饮，只是洗手间不够用，你也可以一上午都不下床。”

“我从没见过布兰达。”

“你会喜欢她的，她是个出色的女人。我时常在想，托尼·莱斯特是我认识的人中过得最开心的。他不缺钱，享受着那个庄园，有个心爱的儿子，和一个忠实的妻子，他的生活真是无忧无虑。”

“太让人羡慕了。你知道还有谁会去那里吗?我想搭个顺风车。”

“我不知道。坐火车去很方便。”

“是，但是坐汽车会更惬意。”

“还更便宜。”

“对，我想会更便宜……呃，我要去吃午饭了。你不再喝一杯吗?”

比弗起身离开。

“好，再来一杯吧。”

“噢，那好。麦克杜格尔，再来两杯。”

麦克杜格尔说：“先生，记你的账上吗?”

“是的，如果可以的话。”

过了一会儿，乔克对酒保说：“我让比弗请我喝了一杯。”

“他肯定不情愿。”

“差点没把他气死。你对猪有没有什么研究?”

“不知道。怎么了?”

“我那片的选民天天写信跟我说猪的事。”

比弗走下楼梯，没等进餐厅，他就叫侍者打电话去他家，看看有没有人留消息给他。

“蒂平夫人几分钟前打来电话，问你今天是否有空和她共进午餐。”

“麻烦你给她打个电话，就说我乐意做陪，但是我可能要迟个几分钟。”

他离开布莱特俱乐部的时候，刚好一点半。他迈着轻快的步子，朝着希尔大街走去。

第二章　英国哥特式建筑

一

幅员辽阔的海顿庄园坐落于海顿和康普顿·莱斯特两村交界处。以前这里是海顿修道院，是本郡的著名建筑之一。其于 1864 年按哥特式风格重建，这栋建筑现如今已经没了半点趣味。每天日落之前，公园都对公众开放，而想要进入建筑的内部参观，则需要递交书面申请。庄园内珍藏着一些画像和家具。这幢联排屋是个观景的好去处，可以将周围优美的景致尽收眼底。

该郡《旅游指南》上的这段文字并没有让托尼·莱斯特感到恼火，因为更无情的话他都听过。他那个饱受严格家教折磨的姑母弗朗西斯（Frances），曾说这个庄园的设计肯定是佩克斯尼夫先生（Mr. Pecksniff）从他的一个学生为一所孤儿院的设计中挑出来的。然而，这个庄园的每一块地砖、每一片琉璃瓦，在托尼的心里都如珍宝一般。他知道，从某种程度上说，这里不便管理，要不怎么叫大庄园呢？它并不完全遵从现代人对于舒适的理解；在他脑子里，有一些小设想，他打算在缴清遗产税之后，就立刻付诸实施。而这里的一切事物——这个庄园的整体布局和气氛；映衬在蓝天之下的城垛轮廓；只有极度沉睡之人才不会被打扰的中央钟楼响起的报时声；似教堂一般昏暗的大厅（其天花板的穹棱交接处，涂上了红色和金色的菱形图案，用于支撑的是光滑的花岗岩石柱，柱顶精雕细琢，在白天，光线透过尖顶窗中带有纹章的彩色玻璃照进来，能把半个大厅照得亮堂堂，而在晚上，是一盏巨大的黄铜铸铁的煤气吊灯来给大厅照明，现如今已经拉了电线，并装有二十只灯泡）；透过印有三叶草花纹的铁制格栅，从地下的老式取暖设备中送出的骤然从脚底往上冒的阵阵热浪；从更远处的走廊吹来的洞穴凉风（因为为了节省焦炭，他叫仆人关上了取暖管）；有着托臂梁屋顶，和一个展现吟游诗人艺术结晶的北美脂松画廊的餐厅；所有根据马洛里（Malory）、伊瑟尔特（Yseult）、伊莱恩（Elaine）、莫德雷德（Mordred）和默林（Merlin）、高文（Gawaine）和贝德维尔（Bedivere）、兰斯洛特（Lancelot）、帕尔齐法尔（Perceval）、特利斯特拉姆（Tristram）、加拉赫特（Galahad）[①] 这些名字来命名的卧室（卧室里的床架是黄铜所制，房间壁缘上都有一句哥德式的文字）；他自己的更衣室摩根勒菲（Morgan le Fay）[②]，和布兰达的更衣室格温娜维尔（Gui-

① 这些房间都以《亚瑟王传奇》中的圆桌骑士命名。（本书除特别标示外，其他均为译者注，后文不复标示。）

② 邪恶仙女，亚瑟王之妹。

nevere)[①]（屋内墙壁用挂毯装饰，床摆在台子上，壁炉活像十三世纪的坟墓；天气好的时候，从八角窗望出去，可以数出六间教堂的尖顶）——所有的这一切，都伴随着他一同成长。它们对托尼来说，是让他时常能够感到愉悦和欣喜若狂的源泉，是一种美好的记忆，也同样是他引以为傲的财富。

他全然明白，这一切都不合潮流。二十年前的人们喜欢的是半木制的东西和旧白镴器具；而如今，人们中意的是大咖啡壶和柱廊。但是该来的总会来，可能在他儿子约翰·安德鲁（John Andrew）的时代，流行观念便能让海顿庄园恢复在人们心中恰如其分的地位。已经有人认为这里“有趣”，还有一个彬彬有礼的年轻小伙征得他的同意，给这个庄园拍了照，用来写一份建筑风格的评述报告。

摩根勒菲房间的天花板修缮得还不够完美。为了展现其花格镶板的木制构造，在涂墙的灰泥部分已经钉上了模制的木条，且摆成方格形。这些木条被涂上蓝色和金色相间的 V 字形图案，而木条中间的方格则交替用都铎玫瑰和鸢尾花饰来装点。但是潮气已经渗进了一角，玷污了金色涂层，连上面的颜色也剥落了；而另一处的木板条也已经翘曲变形，和灰泥分离开来。托尼醒来后躺在床上，在闹钟铃响之前黯淡的十分钟里，他仔细研究了这些瑕疵，重新下定决心要将它们修复。他不知道眼下要找一个能做如此精细活的工匠，会不会太难。

自从小时候搬出儿童房后，托尼就一直住在这间名为摩根勒菲的房里，因为这样的话，父母叫他的时候他能听见，（那时他父母住在格温娜维尔，两间卧室是挨着的）托尼小的

---

① 传说中亚瑟王之妻，兰斯洛特爵士的情妇。

时候很长一段时间都经常做噩梦。从他在那个房间睡开始，不但什么东西都没有搬走，反而每年都会添置几件新玩意儿，到现在俨然成了一个展示着他青年时代各个阶段趣事的艺术馆，里面的“展品”有：一幅裱了框的无敌战舰照片（这是他从《密友》杂志上剪下的彩页，照片中战舰上的枪炮火力全开，发射时产生的烟雾依稀可见）；在私立学校的一组相片；一个名为“博物馆”的橱柜（里面杂乱地摆满了十几种收藏品，有鸡蛋、蝴蝶、化石标本和硬币之类的）；在他上学的时候一直放在学校寝室床边的、印有他父母相片的皮革双联画；八年前他追求布兰达时对方的相片；布兰达在洗礼后带着儿子约翰一起拍的照片；他的曾祖父拆毁海顿庄园前的庄园蚀刻版画；另外，还有几架子的书，有《贝维斯》《家庭木艺》《魔术世界》《年轻的来访者》《房东佃户法》《战地春梦》……

全英格兰的人们都在此刻苏醒，浑身不适，且情绪低落。托尼躺在床上的十分钟里，心里美滋滋地盘算着装修天花板的事情。然后，他按了一下铃。“请夫人起身了吗？”

“差不多一刻钟以前请过了，先生。”

“那我就去她房里吃早餐。”

他穿上睡袍和拖鞋，径直走向格温娜维尔屋。

布兰达还躺在床上。她坚持要睡现代款式的床。餐盘就放在她手边，被子上散落着一些信件和当天的报纸。她头靠在一个很小的蓝色枕头上，素面朝天；她脸色苍白，颜色只比手臂和脖子要深一点儿，呈现出淡淡的红色。

“醒了？”托尼说。

“亲亲。”

他坐在床头的餐盘边上；布兰达把头伸向他（像仙女涅

瑞伊得斯（Nereid）从深不可测的海底浮出水面一样）。她将双唇从他嘴边移开，像只猫一样摩擦着他的脸颊，这是她的习惯。

“有什么趣事？”

他随手拿起几封信。

“没有。妈妈想知道小约翰的尺寸。她在给他织东西，大概是圣诞礼物吧。市长想要我下个月去参加个什么开幕式。我不用去的，对吧？”

“最好还是去吧，我们有好长时间没为他做事了。”

“那你来写讲稿。我已经不年轻了，那些我以前用的稿子太少女气了，不合适我这个年纪。还有，安吉拉（Angela）问我们去不去她那里过新年。”

“这个容易回答。除非她死了，不然不去。”

“我猜你也不会去……可听上去像是一场有意思的派对呢。”

“你想去就去吧，我反正没空。”

“那好吧。我拆信前就知道你会说‘不’。”

“唔，在这隆冬时节，千里迢迢跑去约克郡，能有什么乐趣？”

“亲爱的，别发火嘛。我知道我们不去。我随口问问罢了。我只是觉得，去别人家换换口味可能会蛮有意思的。”

这时，布兰达的女佣端着另一个餐盘进来。托尼让她放在窗边的桌上，然后开始拆信。他向窗外看去，六个教堂的尖塔，在那天早晨只能看见其中四座。不一会儿，他说：“事实上，我那个周末或许可以抽出空来。”

“亲爱的，你确定你不会反感吗？”

“我想不会。”

托尼一边吃着早餐，一边听布兰达给他读报。“雷吉又做了一个演讲……这里有张巴贝（Babe）和乔克两人不寻常的照片……一个女人在美国生了对双胞胎，孩子的爸爸是她两个不同的丈夫。你觉得这种事可能吗？……煤气炉里又多了两个人……有个小女孩在一片墓地被人用鞋带勒死……我们看过的那部关于农场的电影要下线了。”接着，她又读了上面的连载小说。托尼点上了他的烟斗。“我相信你没在听我念。西尔维娅为什么不让鲁珀特（Rupert）去取信呢？”

“嗯？呃，这个，你看嘛，她并不十分信任鲁珀特呀。”

“我就知道。这整个故事里都没有鲁珀特这个人。我再也不给你读了。”

“说实话，我刚才在想事情。”

“哦。”

“我在想，这是个周六的上午，多惬意呀！而且这个周末都没人来打扰我们。”

“哦，你是这样想的？”

“你不这么认为？”

“有时候我觉得养着这么大的房子毫无意义，反正我们都不常邀人来住。”

“毫无意义？我搞不懂你是怎么想的。我不想让这栋房子变成一个许多讨厌鬼都能住进来说长道短的旅馆。我们一直住在这儿，而且我希望小约翰将来会替我照看好这栋房子。我们要对雇用的人负责，对这个房子负责，它绝对是英国生活的一部分。我们会有很大损失的，一旦……”此时，托尼突然停止说话，看了看床上。布兰达已经转过身子，脸贴在枕头上，只有头顶还露在被单外面。

“噢，老天，”她把脸贴在枕头上说，“我做什么了？”

“我是不是又开始夸大其词了？”

布兰达把头扭向一侧，露出鼻子和一只眼睛。“哦，亲爱的，不是夸大其词。你根本不是那样的人。”

“对不起。”

布兰达坐起身来。“拜托，我真不是这个意思。没人来我也很高兴。”

七年来，像这样在家里嬉闹的片段，在托尼和布兰达夫妇生活中几乎没有间断过。

屋外是温和的英国天气：薄薄的雾霭在山谷里飘着，淡淡的阳光洒在山丘上；由于能托住雨水的树叶都已经飘落殆尽，从林里不再滴水，可灌木丛却依然潮湿；在有树荫的地方，光线很昏暗，但凡阳光所及之处，却如彩虹般绚烂；林间小道湿漉漉的，沟中也有流水潺潺。

约翰·安德鲁骑着他的小马驹，神情严肃，坐得笔挺，像一个卫兵，而本杰明（Ben）正在为小马越过障碍做准备。小马“霹雳”是雷吉舅舅在他六岁生日的时候送他的礼物。小马的名字是约翰自己取的，当然他事先花了很长时间来咨询大人的意见。一开始，约翰想给它取名叫克里斯多贝勒，但是本杰明觉得，这听上去不像一匹马的名字，倒像是一只猎狗。本杰明知道有一匹名叫霹雳的枣红马，连续四年在当地的越野障碍赛上取得名次，可它曾让两名骑手丧生。本杰明说，那是匹可爱的小马，可惜在一次捕猎的时候，它被用作赌注，最后输得一塌糊涂，所以只得被毙了。本杰明知道很多关于马的故事，各种不同的马。他说，有一年在切斯特，他骑着一匹名叫“零”的马，以十比三的成绩赢了五英镑。他还知道，有一匹叫作“薄荷”的骡子，在战争期间，喝光了整个连队的朗姆酒，结果醉死了。但是，约翰不想给他的小马取一匹醉骡子的名字。因此，尽管他的小马性子冷静，他最后还是决定用“霹雳”这个名字。

“霹雳”是一匹深赤褐色的马，长着长长的尾巴和鬃毛。本杰明让它的腿上留着蓬乱的毛。约翰试图把它的头拉起来，可它只顾低头吃草，拒绝执行约翰的命令。

在“霹雳”到来之前，骑马一直是件麻烦事。那时，约翰骑着一匹名叫“兔子”的雪德兰矮种马在围场四处慢跑，保姆还得牵着马缰绳，气喘吁吁地跑在前边。可现在换了一个男人教他，保姆只是远远地坐在折叠椅上，用钩针编东西，而他俩说话的声音，她根本听不见。本杰明的地位得到过相应的提升。不难看出，这个之前照看马场里所有马匹的帮工，现如今，举手投足间流露出的姿态倒像是马房的总管。围在他脖子上的方巾现在也换成了宽大的硬领巾，上面还别着一枚狐头形状的别针。

他是个见过世面的男人，这个国家的很多地方他都去过。

虽然托尼和布兰达都不打猎，可他们满心期待着小约翰能喜欢这项运动。本杰明预想过马厩里满满的都是马，而他自己是权威人士，到那时，他不会像莱斯特先生那样，随便从外面弄个人进来干活。

本杰明找来两根打过孔的桩子，安上铁钩和一根刷白的横杆。他用这些东西在草地中间竖起了一个两尺高的栅栏。

“噢，放轻松。慢慢走，它起步的时候你的身子往前倾，就能像只小鸟一样跃过去了。尽可能地把它的头拉直，正对栅栏。”

“霹雳”开始向前冲，可跑了没两步，又改变主意，刚要跃起又继续踱步，并绕过障碍物转着圈慢跑。约翰丢掉缰绳，双手紧握住鬃毛，这才找回重心；他羞愧地看着本杰明。本杰明说，“你那腿是干什么用的？拿着这个，到栅栏前面就抽它一下。”他递给约翰一根鞭子。

保姆坐在门边上，把她姐姐的来信又拿出来读。

约翰把“霹雳”拉了回来，试着再跳一次。这次他们径直奔向栅栏。

本杰明喊道，“注意腿！”约翰重重地踢了一脚，把马镫踢掉了。本杰明像赶乌鸦一样扬起手臂。“霹雳”纵身一跃；约翰却从马鞍上掉下来，摔了个四脚朝天。

保姆慌忙站了起来。“啊，怎么了，哈克特先生，他摔疼了吧？”

“他没事儿。”本杰明说。

“我没事，”约翰说，“我以为它又要踏步呢。”

“去他奶奶的踏步。你把你的脚叉开，屁股往后撅。下次要抓紧缰绳，像你这样，猎物都跑了。”

第三次尝试，约翰终于一跃而过，整个人气喘吁吁。他一个没抓稳，掉了个马镫，一只手抓着马鬃，不过身子还在马鞍上。

“嘿，感觉怎样？你刚像只燕子一样低空掠过。再来一次？”

约翰骑着“霹雳”又从那个小小的栅栏上跨过了两次，然后听见保姆的高喊声，“该喝奶了，快进屋。”他们牵着小马走到马厩。保姆说：“噢，天哪！看你衣服上全是泥。”

本杰明说：“很快就能让你去安特里的马场骑一匹得过奖的马了。”

“早安，哈克特先生。”保姆说。

“早上好，小姐。”

“再见，本叔。我今晚能来看你喂马吗?”

“我可说了不算。你得问保姆。告诉你吧，那匹拉车的灰马身上长虫了。你想来看我给它喂药吗?”

“噢，想啊。求你了，嬷嬷，可以吗?”

“你得问你妈。快过来，你这一整天骑马也骑够了。”

“哪里够嘛!”约翰说，“一辈子都不够。”在回屋的路上他说，“我可以去妈咪的房里喝牛奶吗?”

“这得看情况噢。”

保姆回答总是模棱两可，比如“再看吧”，或是“这话问的”，又或是“问得多，听到的谎话也多哟”，完全不像本杰明说话那样果断，那样一针见血。

“要看什么情况?”

“很多呀。”

“那你说一个。”

“等你不问这么多愚蠢问题的时候。”

“愚蠢的老荡妇。”

“约翰！谁教你这么说话的！你是什么意思?”

约翰看到自己的俏皮话引起嬷嬷这么大反应，心中窃喜，他挣脱了保姆的手，在她面前跳起舞来，嘴上还念念有词地说，“愚蠢的老荡妇，愚蠢的老荡妇”，就这样一路走到了侧门。在他们进入门廊的时候，保姆一言不发，替他脱下护腿；她做这一切时面无表情，这让小约翰有了些许的冷静。

“你直接去儿童房，”她说，“我要把你的表现告诉你妈妈。”

“请吧，嬷嬷。反正我不知道那是什么意思，我不是有意的。”

“你直接去儿童房。”

布兰达正在涂脂抹粉。

“夫人，从本杰明·哈克特（Ben Hacket）开始教约翰骑马开始，我拿他没办法了。”

布兰达轻轻拍打涂过眼霜的地方。“嬷嬷，他到底说了些什么?”

“唉，他那话我说不出口，夫人。”

“荒谬！你必须告诉我。否则，我想的可能会比他说的要难听得多。”

“哪里还会更难听呢……他说我是愚蠢的老荡妇，夫人。”

布兰达拿面巾捂着嘴，轻轻呛了一声，“他真是这么说的?”

“而且不止一次。从车道回来的这一路上，他在我面前一边跳，一边反复唱着那句话。”

“知道了……你做得很对，告诉我了这件事。”

“谢谢你，夫人，既然说到这里，我想应该告诉你，我觉得本杰明·哈克特教孩子骑马的时候逼得他太急了些。这是很危险的。幸好今天早上约翰没有摔得很厉害。”

“好的，嬷嬷。我会把这件事告诉莱斯特先生的。”

后来，布兰达跟托尼谈起这事时，他俩笑了好一阵子。“亲爱的，”她说，“得你去跟他谈。你做出一本正经的样子可比我在行多了。”

“我还以为叫别人荡妇是好事呢。”小约翰争辩说，“而且本杰明就经常用那个词来说别人呀!”

“呃，他吃饱了没事干。”

“这个世界上，我最最喜欢本叔。而且，我觉得他比其他人都要聪明。”

“可你知道的，你喜欢你妈妈比他要多。”

“才不呢，我喜欢本叔要多得多。”

托尼觉得是时候结束这种机智问答，用他事先准备好的那一套来说教了。“唔，给我听好，约翰。叫嬷嬷愚蠢的老荡妇是很过分的。首先，你这是恩将仇报，你想想，她每天为你忙前忙后的。”

“可你付了她工钱呀。”

“别插嘴。其次，你用的那个措辞是你这个年纪和身份的人不该有的。穷人说的某些话，绅士们是不说的。你是个绅士，而且你长大以后，这整栋房子和其他许多东西都是你的。你得学会像一个即将拥有这些财产的人那样讲话。你还要关心那些不如你福气好的人，尤其是对女士。明白吗？”

“本叔没我的福气好，是吗？”

“这和本杰明没关系。你现在上楼去跟嬷嬷道歉，而且保证再不对任何人说那句话了。”

“好吧。”

“因为你今天这么顽皮，明天不准去骑马。”

“明天是星期天噢。”

“啊，那就后天。”

“可你刚才说了是‘明天’。一会儿又变卦，这不公平。”

“约翰，不许辩嘴。如果你再嘻嘻哈哈的话，我就把‘霹雳’送还给雷吉舅舅，告诉他我发现你不乖，不能照顾小马。你也不愿意这样的，对吗？”

“雷吉舅舅要小马来干吗呢？小马又驮不动他。再说，他常常在国外。”

“他会把小马给别的小男孩。总之，这跟你没关系。你现在快去跟嬷嬷说对不起。”

约翰走到门口的时候，回过头说：“下星期一我可以骑马的，对吗？你刚才确实说了‘明天’不准骑。”

“好，我想是吧。”

“好耶！‘霹雳’今天表现得非常好。我骑着它跳过了一根好大的桩子和横杆。它第一次不愿跳，但是后面几次都像只小鸟一样飞了过去。”

“你有没有摔下来？”

“有，只摔了一次。但不是‘霹雳’的错，本叔说我得把我的狗腿打开，屁股往后撅。”

“训话训得如何？”布兰达问道。

“烂透了。”

“问题出在保姆身上，她嫉妒本杰明。”

“难保我们不会变得和她一样。”

他们正围坐在餐厅中央的一张小圆桌吃午餐。似乎没办法让那个房间保持恒温，尽管敞着的壁炉把半边身体烘烤得发痛，可另一半却让好几股聚集的冷风吹得麻麻的。为此，布兰达尝试过无数种方式，什么屏风呀，便携式的电动暖气片呀，统统不管用。即使是今天，到处都风和日丽的，餐厅里面却冰冷刺骨。

尽管托尼和布兰达身体都非常健康，体形也很正常，可他们却都在节食。这给他们的餐饮带来了趣味，同时也让他们避免受到独食者们所经历的那两种不文明的极端：即要么过食，要么无规律地食用炒鸡蛋加生牛肉三明治。他们现在进食的规矩是，不能在一顿饭中同时吃到蛋白质和淀粉。他们打印了一份目录，告诉自己哪些东西含蛋白质，哪些含淀粉。可大多数菜看似乎两样东西都有，所以托尼和布兰达点菜，就变成了一件趣事。通常到最后，会以他们宣称一些食物为“隐患”而告终。

“我肯定它会对我大有好处。”

“没错，亲爱的。等我们厌倦这种方法之后，可以试试按菜名的字母顺序来点菜，这样每天吃的东西名字都会不一样。如果只吃以‘J’开头的菜，比如杰姆酱、胶冻鳗鱼什么的，会饿肚子噢。你下午计划吃什么？”

“没什么。卡特（Carter）五点钟会过来看一些东西。吃完午饭我可能要去趟皮哥士丹顿。有人要租勒沃特农场，但是那里闲置了有段时间了，我得去看看是否需要添置些什么。”

“要是去看电影的话，我是不会反对的。”

“好吧。我可以把勒沃特农场的事留到星期一做。”

“那我们吃完就去伍尔沃斯吧，好吗？”

布兰达的处事之道和托尼的通情达理，很自然地让朋友们觉得他俩这一对，是夫妻间能够融洽相处的典范。

不含蛋白质的布丁毫无吸引力可言。

五分钟过后，有人送来一封电报。托尼打开后说了句“该死。”

“坏消息吗？”

“有件可怕的事情发生了。你看看吧。”

布兰达念道：“三点十八分到访，不胜期待。比弗。”她问道，“比弗是谁？”

“一个小伙子。”

“听上去没什么问题。”

“啊，不，不见得。等你见到他就知道了。”

“他来这里做什么？你留他过夜了？”

“算是吧，我就随便提了一句。有天晚上我去布莱特俱乐部，只有他一个小伙子在那儿，所以我们喝了几杯，他说想看看我们的房子……”

“我想你当时八成是喝醉了。”

“不算醉。可我从没想过他会把我的客套话当真。”

“唔，这真是你自找的。要不是你去伦敦出差，把我一个人晾在家里，哪会有这种事……他到底是什么人呀？”

“就是个年轻人。那家店是他母亲开的。”

“我认得他母亲。她就是个母夜叉。说起来，我们还欠她钱呢。”

“噢，我们赶紧打个电话过去，说我们都病了。”

“太迟了，他现在已经上火车了，正在大西线上吃那种三先令六便士的午餐，那东西也就是胡乱地把淀粉和蛋白质搅拌在一起……不过可以让他住在加拉赫特爵士屋。但凡是在那间房睡过的人都不会再来第二次的，我想那张床太烂了。”

“我们到底该怎么接待他呢？再请别人已经来不及了。”

“你去皮哥士丹顿，我来接待他吧。一个人还更容易些。今晚可以带他去看电影，明天参观宅子。要是我们幸运的话，他可能会赶夜班车回去。他星期一上午要上班的吗？”

“我怎么知道？”

三点十八分到达的车怎么都不方便，因为客人大约在三点四十五分就会到家。如果来访者是像比弗这样的陌生人，在喝下午茶之前的这段时间就会比较尴尬。要是托尼不在的话，布兰达是可以非常得体地接待好客人的，一点儿都不会觉得不自在，而且比弗很少在其他社交场合上受到如此热情的欢迎，所以他对于主人待客时稍有保留的态度浑然不觉。

布兰达在那间仍被称作是吸烟室的房间接待的比弗，在整栋房子里，也就只有那间房没那么阴暗。布兰达说："你能来真是太好了。先声明噢，我们家没有聚会。恐怕你会觉得非常无聊……托尼出去办点事，一会儿就回来……火车上人多吗？一般周六火车上都很挤的……你想不想去外面逛逛呢？马上就要天黑了，我们可以趁着天还没黑，去夕阳下走走……"她还说了些别的话。如果托尼这时候在家，事情就要难办些，因为她会看托尼的眼神行事，那么她女主人的气质也就荡然无存了。比弗和她很聊得来，所以他们一道出门，穿过阳台的落地窗，走下台阶，进入荷兰式花园，然后绕过橘园，其间二人丝毫没有觉得尴尬。布兰达还告诉比弗，他的母亲是她的老朋友。

托尼回来的时候，正好赶上喝茶。他对没有在家迎接客人而表示了歉意。说完，便立刻去书房会见代理人了。

布兰达问比弗关于伦敦的情况，以及那里都有些什么样的聚会。比弗对此可以说是了如指掌。

"波莉·科克珀斯（Polly Cockpurse）家很快要办一场聚会了。"

"对，我知道。"

"你到时会去吗？"

"我想不会。我们现在基本上是足不出户。"比弗说的一些笑话，已经流传了个把月，可布兰达却是头一回听到。比弗把它们重新润色，翻来覆去地讲着，倒也能让人忍俊不禁。他还告诉布兰达许多关于她朋友们的婚姻发生的变化。

"玛丽（Mary）和西蒙（Simon）之间怎么了？"

“噢，你还不知道吗？他们分手了。”

“什么时候的事？”

“就这个夏天，他们在奥地利的时候……”

“比利·安格马林（Billy Angmering）呢？”

“他正和一个叫茜拉·施拉普（Sheila Shrub）的女孩热恋呢！”

“那赫尔姆·哈贝兹夫妇（The Helm Hubbards）呢？”

“他们的婚姻经营得也不是太好……对了，黛茜（Daisy）开了一家新餐厅……生意好极了……还有一家新开的夜店，名字叫沃伦……”

“我的天哪，”布兰达终于忍不住感叹道，“大家都在经历些什么样的趣事啊！”

喝完茶，嬷嬷把约翰·安德鲁带进屋，他很快就接过话茬。“您好！”他说，“我不知道您来了。爸爸还说这个周末他会一个人度过呢！您打猎吗？”

“有很长时间没打过了。”

“本叔说为了国家的利益，有钱的人都应该去打猎，这才合乎情理。”

“我出不起这个钱。”

“您很穷吗？”

“比弗先生，请别让他烦你了。”

“是的，很穷。”

“穷到可以叫别人‘荡妇’吗？”

“没错，穷得叮当响。”

“您是怎么变穷的呢？”

“我一直都穷。”

“噢，”小约翰对这个话题已经没了兴趣，“马房的那匹灰色马身上长虫了。”

“你是怎么知道的?”

“本叔说的。而且,你从马拉出的屎就能看出来了。”

“噢,天啊,”布兰达说,“如果嬷嬷听到你说这种话,她会怎么说你?”

“您多大了?”

“二十五。你多大?”

“您是干什么的?”

“没什么事干。”

“哼,如果我是您,我就去找点事干,赚些钱。那样就能去打猎啦。”

“可是那样我就没办法叫别人‘荡妇’了呀。”

“我觉得您这么说真不够意思。”

过了一会儿,小约翰在保育室吃完饭的时候,他说:“我认为比弗先生是个非常愚蠢的人,不是吗?”

“我不知道。”保姆说。

“我认为在所有来过这儿的人里面,他是智商最低的一个。”

“把人拿来作比较是很惹人嫌的。”

“他什么都不好。他有一副愚蠢的嗓子、一张愚蠢的脸、一双愚蠢的眼睛和一个愚蠢的鼻子,”约翰说着说着,声音就变成礼拜仪式上唱诗班的那种腔调,“愚蠢的双脚和愚蠢的脚趾,愚蠢的大脑和愚蠢的衣衫……”

“你快点把晚饭吃完。”保姆说。

那晚的晚餐前,布兰达正坐在梳妆台前面,托尼走到她身后,头靠在她的肩上,对着镜子做了个鬼脸。

“比弗的事，我挺抱歉的——我一个人出门，丢给你接待。不过，他很讨你的欢心嘛。”

“呃，还不赖吧。他挺可怜的。”布兰达说。

在走廊的尽头，比弗像个经验丰富的客人那样打量着他的房间。房里没有台灯，墨水瓶里的墨水也干了，有人生了火，可已经熄灭了。他还注意到他的房间离浴室还隔了好一段距离，得爬一段楼梯上角楼。至于睡床，不论是款式还是质感，他都打心眼里不喜欢。床中央的弹簧是断的，当他躺上去的时候，下面嘎吱嘎吱响。可往返的三等座车票花了十八先令，还要另付给佣人小费。

由于托尼的愧疚感，晚餐的时候他们开了瓶香槟，虽然他和布兰达都不是特别喜欢喝这种酒。碰巧，比弗也不喜欢，但桌上摆着香槟他还是很高兴的。仆人把香槟倒在一只带柄的大罐子里，围着小圆桌轮流给三人斟酒，以示主人的好客之情。晚餐过后，他们驱车前往皮哥士丹顿的“电影放映厅”，去看一场比弗几个月前就已经看过的电影。回来的时候，仆人已经把格罗格酒和几个三明治送到了吸烟室。他们谈论着电影的内容，而比弗也并没有透露电影他曾经看过。

托尼送他到以加拉赫特爵士命名的房间门口。

“祝你睡个好觉！”

“肯定会的。”

“早上要不要叫你起身呢？”

“我可以按铃吗？”

“当然，你需要的东西都有了吧？”

“都有了，谢谢。晚安！”

“晚安。”

托尼回到房里之后，对布兰达说："你知道吗，我讨厌比弗。"

"啊，我觉得比弗挺好的。"布兰达说。

比弗一点儿也没觉得舒服，他在床上滚来滚去，希望找到一个让自己能安然入睡的姿势。他心里盘算着，既然以后再也不打算来这个庄园，他就用不着给管家小费，至于那个照料他起居的仆人，就只给五先令好了。眼下，他正在适应这张高低不平的床垫，断断续续地打着盹儿，一直到天亮。第二天，仆人告诉他，周日全部的报纸都已经送去了女主人的房里。乏味的一天又开始了。

托尼在周日总是一成不变地穿着深色西装和立领白衬衫。他要去教堂做礼拜。他总会坐在一张北美脂松木的靠背长凳上，这还是他曾祖父在重建庄园的时候放在那里的。教堂里高高地堆放着一摞深红色膝垫，此外，还修葺了一个壁炉，添置了一扇铁门和一根拨火棍。只要他的父亲对牧师布道时说的任何话有异议，他就用拨火棍敲打壁炉。

从他父亲的时代起，教堂里就没有生过火。托尼心里想着，下一年的冬天再去遵照这个规矩好了。每年的圣诞节和秋收感恩节，托尼总会念一念铜鹰背后的《圣经》段落。

祷告结束以后，他也会在门廊上多待几分钟，与牧师的姐姐和村里的人亲切地交谈。然后，他便沿着通向花园的田间小路，从围墙侧门回家。路过种满花的温室时，他会顺手摘一朵花，别在纽扣上，又和花匠在屋外闲聊片刻（周日大餐传出的阵阵香味，带着热气弥漫在过道上）；尔后，他又一本正经地在藏书室喝一杯雪利酒。每个周日的上午，他都在这样简单而平淡的仪式程序中度过。这个习惯，或多或少是从他严格遵守宗教仪式的父母身上传承下来的，但他也能心满意足地坚持下来。布兰达只要看见他举手投足间像旧派的绅士一样正襟危坐、敬畏上帝，就免不了要打趣他一下。托尼知道这是他的笑柄，可这丝毫没有减少他从这种每周的例行公事中所获得的乐趣；同样没有减少的还有因为客人的到访，耽误他做礼拜而心生的烦恼。

因此，在十点四十五分，托尼从书房来到客厅的时候，他感到很沮丧。因为他看见比弗已经穿戴整齐，准备好等待下一个娱乐项目。然而，托尼的苦恼转瞬即逝，因为在他向比弗问候早安之后，他注意到他的客人手里拿着一份列车时刻表，很显然是在查下一班火车的信息。

"昨天晚上睡得还安稳吗？"

"安稳极了。"比弗说。可他疲倦的面容，似乎并不像他说的那样。

"那太好了。我自己每天也睡得可香了。嗨，你怎么拿着那份火车时刻表呢？我说，你不会就想着回去了吧？"

"唉，恐怕我今晚就得走了。"

"真遗憾！我们都没怎么聚呢。星期天的火车不是很方便，最好的一趟车五点四十五分开，九点到。一路上会经常停，而且没有餐车。"

"挺好的。"

"确定你不待到明天吗？"

"非常确定。"

教堂里传出的钟声在整个庄园回荡。

"唔，我得去教堂了。我想你应该不会愿意和我一道去的吧？"

比弗在别人家做客的时候，总不会违拗主人的意思，即使这次的拜访，是同上次一样的不尽如人意。“噢，好呀。我是非常愿意同去的。”

“不要吧，说真的，如果我是你的话，就不会答应。你是不会喜欢教堂的。我去那里主要是因为我多多少少得去。你留在家里吧。布兰达一会儿就下来。如果你想喝点什么，就按铃吧。”

“啊，好的。”

“那待会见了。”托尼在客厅拿上帽子和手杖后，就出门了。“这下我又对那个小伙子表现得很冷漠了。”他心想。

在车道上能清楚地听见喧闹的钟声。托尼步伐轻快地朝教堂走去。过了一会儿，钟声停了下来，这是一个信号，目的是提醒村民，再过五分钟，风琴手就要开始吹奏第一曲圣歌了。

保姆也带着小约翰，朝着教堂的方向走去，托尼快步赶上他们。小约翰很少像今天这样，看上去心事重重。他把戴着手套的小手放在托尼的手上，连开场白都没说，就直接给托尼讲了一个发生在1917年的伊普尔附近的故事，他讲了一路，到教堂的门口才讲完；故事的内容是那匹名叫“薄荷”的骡子，喝光了整个连队的朗姆酒。约翰讲故事的时候上气不接下气，要跟上他父亲的步伐，他一路上都在小跑。最后，托尼说：“多么令人难过呀。”

“唔，我一开始也觉得这很令人难过，但其实不是。本叔说他听完这个故事，笑得裤子都要掉了。”

钟声已经停止，风琴手从幕布后面注视着托尼的到来。他从过道径直朝前排走去，嬷嬷带着小约翰跟在后头。托尼坐在一张扶手椅上，而约翰和嬷嬷坐在他后一排的长凳上。他身子向前倾，额头靠在手上，半分钟后，身子往后坐正，风琴手便开始演奏第一首圣歌。

“主啊，求你不要审问仆人……”祷告按程序开始进行。托尼呼吸着周围宜人，又带点淡淡霉味的空气，重复着一系列熟悉的动作，坐下、站立、前倾；而此时他的思绪却漫不经心地在不同的事件中来回跳跃，脑海里闪现过去这一周所发生的事情，和对未来的打算。祈祷的经文中某些有趣的段落偶尔也会把他拉回到现实当中，可他那天早上满脑子想的都是修葺房子的事，如何才能在不破坏房子现有风格的情况下，多加几间浴室和洗手间。

村里的邮递员拿着奉献袋走到每个人跟前募集资金。托尼放入了两先令六便士；约翰和保姆也放了几个便士。

牧师稍显吃力地爬上布道坛。他是个年迈的老人，大半生时光都是在印度度过的。托尼的父亲在牙医的请求下，给了他这份活计。他的声音既高贵又洪亮，在方圆几英里以内，人们都认为他是最优秀的牧师。

他的布道词都是在那段他比较活跃的日子里写好的，那时他还在卫戍区部队的小教堂里讲道。虽然讲道的场所有所变化，他并没有为了适应新环境而修改布道词，而且他在结束布道时所提及的一些话，大部分的内容都是远方的家乡，要不就是远方的亲人。村民们对此已经见怪不怪了，因为牧师在教堂里说的话，似乎跟他们没有任何关系。但是，他们都很喜欢牧师的布道，而且他们都知道，当牧师开始说到远方的家乡时，就差不多是他们拍拍膝盖上的灰尘，拿起雨伞的时候了。

“我们在一周中这个神圣的时刻免冠祈祷，”牧师念道，他那苍老而充满力量的声音在最后的祷告中变得更加洪亮，“让我们铭记伟大的维多利亚女王陛下（Gracious Queen Empress)，我们相聚于此，为她效命。祈祷女王陛下得到永生，遵她之命，送我们去往地极之处①，尽职尽责。以陛下之名，让我们记起远方的至亲和家园。要记住，纵然绵延千里的贫瘠大陆和浩瀚无垠的海洋将我们隔开，但在每个星期日的早晨，我们却与它们近在咫尺。我们对陛下的忠诚之心，和对她所赐福祉的感激之情，会带领我们穿越山脉和沙丘，让我们与远方的家园和亲人重聚在一起；我们和他们就如同女王陛下的权杖和皇冠，荣耀地臣服于她。”

（“藤德里尔牧师（Reverend Tendril）对女王陛下的赞美真是淋漓尽致”，花匠的妻子曾这样向托尼评论道。）

唱诗班的成员陆续离场。在唱最后一首圣歌时，教堂的会众低头默祷，几秒后，便朝门口走去，彼此间没有任何交流；直到大家走到门外的墓园，才开始互相寒暄，喋喋不休的话语间充满着热忱与关怀。

托尼在同兽医的太太和开店的帕特里奇先生聊天，牧师也过来和他交谈。

“布兰达女士身体无恙吧？”

“噢，没什么大问题。”每当托尼一个人来教堂的时候，这样的桥段总会上演。“神父，今天的讲道最有意思。”

“好孩子，听你这么说我真是感到欣慰。这也是我最喜欢的布道词之一。可你以前有没有听过呢？”

“绝对没有。”

“我近来都没有在这儿说过。每当有人请我去别处讲道，

---

① 约瑟夫·康拉德（Joseph Conrad）所著的《黑暗之心》一书中，开头和结尾也描写了一条通向世界尽头的水路。详见于本社所出版的丛书“奥斯卡经典文库”中的《奥斯卡经典短篇集Ⅰ》。——编者注

我肯定都会讲到今天的内容。让我来看看，我每次讲的时候，总会记录下来。”年迈的牧师打开他随身携带的记事本。本子的黑色封面是软抄的，里面的纸张也因年久而泛黄。“啊，没错了，就在这儿。我第一次用这个布道词是在阿富汗的贾拉拉巴德，当时冷溪近卫团[①]在那里驻守；然后就是我第四次休假回家，在红海的时候；再就是在西德茅斯……蒙托……温彻斯特……还有一九二一年的夏天，女童子军们集结的时候我又用过……在莱斯特的教堂戏剧公会也讲过……在伯恩茅斯讲过两次，那时候是一九二六年的冬天，可怜的艾达病得很厉害……对，在一九一一年，我在这里讲过一次，你那时候太小，还无法理解，后来好像再没有在这里讲过……”

牧师的姐姐在和小约翰说话。他在讲“薄荷”的故事给她听。“……本叔说，要是它能把朗姆酒吐出来的话，就没事了，可骡子没办法呕吐，马也不行……”

保姆一把拉住他，匆忙朝家里走去。“跟你说过多少次了，不许重复本杰明·哈克特跟你说的任何话。藤德里尔小姐不想听‘薄荷’的故事。还有，以后再也不许说‘呕吐’这个粗鲁的词了！”

“它的意思只不过是‘恶心’而已呀。”

“唔，藤德里尔小姐才没兴趣听什么‘恶不恶心’的呢……”

站在门廊和停柩门之间人群渐渐散开，托尼动身朝花园走去。温室里的各种花卉，都很适合佩戴在胸前。他为自己

---

① 该团是英国陆军近卫师和皇室近卫师的一部分，1650 年由蒙克·乔治创建于苏格兰边界的冷溪，是英国正规军中历史最为悠久的军团。

摘下一朵带有褶皱和红边的柠檬色康乃馨，又为妻子摘了一朵山茶花。

十一月的冬日里，一道道金色的阳光透过尖顶窗和大大的凸窗洒进屋子，被饰有纹章的彩色玻璃染成了绿色、金黄色、红色和天蓝色；花饰铅条窗上的纹章图案，也将阳光打成无数斑驳陆离的圆点和小块。布兰达穿过宽大的楼梯，一步一步走下来时，虽然屋子里光线微暗，但她身上偶尔会映着缤纷的光线。她两只手都没闲着，紧紧抱住一只手包、一顶小礼帽、半块针脚细腻的刺绣和一大摞杂乱无章的周日报纸，只能看见她的眼睛和额头，好似蒙着一张面纱。比弗从楼下幽暗的客厅现身，走到楼梯口抬头望着她。

“需要我帮你拿些东西吗？”

“不了，谢谢。我抱得很稳。昨晚睡得好吗？”

“很香甜。”

“我敢打赌不是。”

“呃，我一向都睡得不好。”

“下次你来，再换间房住吧。但是我敢说你再也不会来了。一般人们遇到这种情况都很少会再来。这真是让人难过，没有客人过来，我和托尼两人能有什么乐趣？况且我们住得这么远，几乎交不到新的朋友。”

“托尼上教堂去了。”

“我知道，他喜欢去教堂。他很快就会回来了。要不我们出去走走吧，看上去天气还不错。”

托尼回来的时候，他们坐在藏书室里。比弗在用牌给布兰达算命。“……现在，你再抽张牌，”比弗说，“我看看有没有更清楚些……啊，有了……有人即将猝死，而这会给你带来极大的快乐，也能让你从中获利。事实上，你会杀掉某个人。我不能算出是男是女……等等，是个女人……然后，你会踏上一次漫长的旅途，漂洋过海，嫁给六个皮肤黝黑的男人，生十一个孩子，胡须长得老长，然后死掉。”

“坏家伙！我还一直以为你是说真的呢！嗨，托尼，去教堂还愉快吗?”

“好极了。要不要来杯雪利酒?”

午餐前，当托尼和布兰达单独在一起的时候，他说：“亲爱的，你对比弗真是热情似火呀!”

“啊，我挺享受和他应酬的，事实上我是在和他调情呢。”

“看出来了。好吧，今天下午让我来招呼他，他晚上就要走了。”

“是吗，那真是挺遗憾的。你知道吗，每当有差劲的客人来，你只顾躲得远远的，而我倒是对他们大献殷勤，向自己证明我能把事情做得多么好，事实上我乐在其中，这就是我俩的不同之处。再说比弗也不算太坏，在某些地方他和我们还挺像的。”

“他跟我可不像。”托尼说。

吃过午餐后，托尼说：“如果你乐意，我们可以仔细看看这栋房子。我知道现在这样的建筑已经赶不上潮流，但我的姑母弗朗西斯说这是正宗的佩克斯尼夫风格，而且我觉得它在这种风格的建筑中，还是很不错的。”

二人参观庄园用了两个小时，比弗对于参观别人的屋子颇有心得，事实上，从他和母亲同住开始，就已经慢慢接触了，因为他妈妈一直喜欢到处看房子；后来，随着时间推移，这逐渐变成了一种专业素养。他不吝赞美之词，恰如其分的评述大大增加了托尼在展示他拥有的财宝时经常会体验到的快感。

这栋大型建筑以晚期的哥特复兴式风格建造，人们对这种风格的复兴不再抱有幻想，因此它的结构开始变得条理分明，且中规中矩。二人把庄园看了个遍：像学校报告厅且装有百叶窗的会客室、隐蔽的走廊、阴暗的内庭、家庭小教堂（在托尼继承以前，全家人每天都要集合做祷告）、餐盘收纳室、庄园办公室、卧房和阁楼，以及藏在城垛下的水箱。他们沿着螺旋形楼梯爬上钟楼，等待钟声在三点半响起。然后，他们走下钟楼，清脆的钟声仍在耳边回响。他们来到了陈列室，各种藏品映入眼帘，其中有搪瓷、象牙、印章、鼻烟壶、瓷器、镀金工艺品和景泰蓝；他们驻足观看橡树画廊里的每一幅画，讨论其来龙去脉；随后，又拿起藏书室里几部引人注目的书稿，翻阅了有关原始建筑的出版刊物、古老教堂的手写账簿和托尼祖先写的旅行随笔。其间比弗总是随口念叨"某某人在某某地方有个和它非常像的东西"，而托尼就会回答说"没错，我以前还见到过，但是我认为我的这个年代更久远些"。最后，他们回到吸烟室。托尼把比弗交给布兰达。她正弓着身子坐在扶手椅上，绣那半块锦缎。

"嗨，"布兰达做着针线活，头也不抬地问道，"你觉得这栋房子怎么样？"

"宏伟大气。"

"你没有必要对我说这样的话，知道吗？"

"唔，很多东西都非常精美。"

"嗯，我觉得房子里面的东西都还可以。"

"难道你不喜欢这房子？"

"我？厌恶极了……确切地说，也没那么严重，可我有时的确希望这整个房子，能有一两处不要丑得这么吓人。但是我宁死也不会对托尼说这些的，他着魔似的爱这座庄园……真可笑。我哥哥雷吉把我们家房子卖掉的时候，我们谁都没有太介意，要知道那可是范布勒（John Vanbrugh）[①] 建造的……我想我们算是幸运了，还有能力养着这园子。你知道住在这里，得花多少钱吗？要不是这样，我们应该也有不少家底了。事实上，除了花匠、木匠、一个守夜人、所有在马场工作的人，和定期要请的几个给钟上发条，篡改账目和清理壕沟的散工，我们还养了十五个仆人在屋里伺候，而托尼和我却要为去伦敦过夜到底是搭车便宜，还是买旅行优待票更划算而争来争去……如果我们住的是和我家那样充满生气的房子，我也就不会感觉如此糟糕了……不过话又说回来，托尼是从小在这里长大的，他肯定不会这么想……”

托尼过来找他们喝茶。“并非是我想下逐客令，可如果你打算坐那趟火车的话，真的要准备动身了。”

“没关系。我已经说服他待到明天早上了。”

“如果你确定你不……”

“好极了！我很乐意再住一晚上。这时候出发真叫人不爽，尤其是坐那趟车。”

小约翰进屋时说道：“我还以为比弗先生要走呢。”

“他明天才走。”

“噢。”

吃过晚餐后，托尼坐着读报。布兰达和比弗坐在沙发上

---

① 约翰·范布勒爵士（1664～1726），英国建筑师、喜剧作家，所设计的牛津郡布伦海姆府是英国巴洛克风格登峰造极的作品。

玩游戏，他们先玩了纵横字谜。比弗说："我想到一个东西。"布兰达以提问的方式来猜他想的是什么。比弗想的是"薄荷"喝下的朗姆酒。约翰在喝茶的时候把那个故事告诉了他。布兰达很快就猜到了。然后他们又玩"类比联想"[①] 的游戏，先以朋友为对象，最后说他们自己。

他们在晚上就相互道别，因为比弗坐的是早晨九点十分的火车。

"你来伦敦一定要告诉我。"

"我有可能下个礼拜会去。"

第二天早上，比弗打赏给管家和仆人每人十先令。尽管布兰达对比弗的招待十分周到，可托尼仍然觉得很愧疚。他下楼吃早餐，顺便给客人送行。然后，他回到格温娜维尔屋。

"唔，我把他送走了。亲爱的，你表现得太棒了！我想，他回去这一路肯定会想你是不是对他有意思。"

"啊，他还不算太差劲啦。"

"是的。我带他参观宅子的时候，他很感兴趣，而且聪明，这一点我必须承认。"

比弗到家的时候，比弗太太正在喝酸奶。"都有谁在那儿?"

"没有谁。"

"没有谁? 噢，可怜的孩子。"

"他们没想到我会去。一开始很尴尬，后来就好了。他们就和你说的一样。女的很迷人，男的像个闷葫芦。"

---

① 游戏玩家写下对某种东西的描述，如花卉、动物、食物、气味等，并与其他人联系在一起。

“希望有机会能见见她。”

“她说想在伦敦找间公寓。”

“是吗?”比弗太太的生意有很重要的一部分是替人改造马棚和车库。“她要找什么样的?”

“很简单的那种。两间房带一个浴室。但还说不准，毕竟她还没把这事告诉托尼。”

“我肯定能给她物色一套好房子。”

二

如果布兰达要选一天去伦敦购物、理发或者正骨（她特别喜欢的一种消遣），她会选星期三去，因为那天的票价是平时的一半。她一般会在早上八点出门，夜里十点多才到家。她买的是三等火车票，而车厢里常常人满为患，因为坐这条线的其他妇人也会买这种廉价票。她经常会在这一天和妹妹玛乔丽（Marjorie）聚聚。她的妹夫艾伦（Allan），是南伦敦选区的保守党候选人，可是工党在这个区更深得民心。她的妹妹比起她，身体要结实得多。当地的报纸过去常把她俩称为“可爱的王室姐妹花”。玛乔丽和艾伦的日子过得紧巴，却能左右逢源；他们养不起孩子，住在波特曼广场附近的一幢小房子里，走几步路就可以到帕丁顿火车站。他们还有一只名叫“精灵”的狮子狗。

布兰达已经在去伦敦的火车上了，她是一时心血来潮决定的，还吩咐了仆人打电话告诉玛乔丽。两小时十五分钟以后，她从那趟车厢里一排挤了五个人的火车上下来，看上去神清气爽，可又带有一丝疲惫，就像刚从酒店套房里的一大群按摩师、足治疗师、美甲师和理发师的纠缠中解脱出来一样。她天性如此，总要把自己最好的一面示于人前；可当她真的筋疲力尽的时候（当她在伦敦待了好多天后，回海顿的路上就经常会这样），她就全身松垮下来，像是刚从外面流浪完一样；到家后，泡上一杯牛奶，拿几片面包，她便有气无力地瘫坐在壁炉旁边，等着托尼抱她上床。

玛乔丽戴着帽子，坐在写字台前为她的支票簿和一摞账单大费脑筋。

“亲爱的，看看乡下把你整成什么样了？你都胖了一圈了。你这身衣服是在哪儿买的？”

“不记得了，在某家店吧。”

“海顿有什么新鲜事吗？”

“老样子。托尼封建得要命，约翰·安德鲁像个马房小弟一样满嘴脏话。”

“那你呢？”

“我？噢，我还好啦。”

“都有谁去那住过？”

“没有谁。也就上周末托尼有个叫比弗的朋友去过。”

“约翰·比弗？……这太奇怪了。我怎么都想不到托尼会和他谈得来。”

“倒不是跟他……他人怎样？”

“我跟他不熟，只是有时会在玛格特餐厅见到他。他这人最爱瞎溜达了。”

“我觉得他是个可怜鬼。”

“啊，他是怪可怜的。你对他有意思？”

“天啊，才不是。”

她们带着“精灵”去公园散步。“精灵”是一条不近人情的狗，从来不喜欢出门，得用链子硬拖着才肯走；二人带着狗走到瓦特的雕塑作品《身体能量》下面，解开链子后，“精灵”笔直地站定不动，闷闷不乐地盯着柏油路面，一直到她们掉头回家；只有一次，它表现出懂得情绪的迹象，那次它咬了一个试图去摸它的小孩；后来，它就消失了，等找到的时候，它正坐在几英尺外的一张椅子下面，呆呆地望着旁边撕碎的废纸。这条狗的毛色很淡，鼻子和嘴唇是粉色的，眼睛周围有几圈粉色的秃肉。“我觉得它完全不通人性。”玛乔丽说。

她们还谈到了她俩的正骨医生克鲁特维尔先生（Mr. Cruttwell)，和玛乔丽的新疗法。“他还从没有那样给我弄过呢，”布兰达很羡慕地说。没过一会儿，她又问，“你觉得比弗先生的性生活怎么样?”

“我哪里知道。大概很没趣吧……你果然对他有意思。”

“呃，这个，”布兰达说，“我现在都没接触过什么年轻男人……”

她们把狗留在家里，出门买了一些东西——几条放在育儿室的毛巾、腌渍的桃肉，给其中一个在海顿服务了六年的看门人买的一个钟以及一罐莫克姆湾的虾作为给托尼的惊喜。那天下午，她们还预约了克鲁特维尔先生给他们做按摩。二人谈到波莉·科克珀斯家的聚会。“你会去吗？肯定很好玩。”

“可能吧……如果能找到男伴的话。托尼不喜欢她……再说我这个年纪的女人也不好单独去参加派对。”

她们去了阿尔比马尔街一家新开的馆子里吃午饭，馆子是她俩的朋友黛茜开的。“你走运了，”二人才刚进门，玛乔丽就说，“你的比弗先生的母亲在那里呢。”

屋子正中央的一张大圆桌旁围了八个人聚餐，比弗太太在招呼着他们。这是黛茜自己出钱让她请客的，因为馆子的生意并不像预期的那样。餐馆要继续开下去，来年春天重新装修的订单得归比弗太太。很显然，聚餐是经过“策划”的，选中的宾客都不是她的朋友——他们和比弗太太或者彼此之间都没有任何关系，只不过，他们的名字最近都为人所熟知罢了——一位平易近人而又带点传统习俗的公爵、一个待字闺中却很老练的姑娘、一位舞蹈家、一位小说家、一位舞台设计师和一位等到上菜才意识到他为何受邀的谦逊的年轻牧师，还有科克珀斯夫人；“老天，瞧瞧这聚会。”玛乔丽说着，一面热情地朝桌上的人们挥手。

“亲爱的，我办的聚会你俩都会来吧?”波莉·科克珀斯夫人尖尖的声音一下子传遍了整个饭馆。“只是别告诉别人，这只是个很小型的秘密派对。来我家的只有一些老朋友。”

“能见见波莉真正的老朋友是什么样的，真是太好了，”玛乔丽说，“五年前，她哪有什么朋友呀!”

“但愿托尼能看出她玩的什么把戏。”

(虽说波莉的财富都是从男人身上得到的，可她的好人缘主要都是在女性当中，那些女人都很羡慕她有好衣服，都是等她穿过之后再用低价买来穿；波莉·科克珀斯迈向显贵的道路，是从无名小辈的人际圈子开始的，正因如此，她渴望成为的那些人根本没把她当成过对手。不久前，她嫁给了一个好脾气的伯爵，那时正好也没有别家的姑娘愿意嫁给他；二人婚后，她逐渐过上了上流社会的生活，但比起那些高不可攀的达官显贵还是差了一些。)

午饭后，比弗太太来到布兰达她们的桌前。“虽然我忙得焦头烂额，可我必须过来跟你聊聊。我们太久没见了。约翰一直都跟我说在你家的那个周末过得有多开心。”

“怕是太安静了吧。”

“他求之不得呢。这孩子，在伦敦的时候成天脚不落屋。

说说你吧，布兰达女士，你是真的需要找间公寓吗？因为我手头正好有一套合适的。目前在装修，圣诞节前就可以完工了。”她看了看手表。“啊，亲爱的，我得走了。不知你今晚是否得空来我家里喝杯鸡尾酒呢？到时可以详细跟你说说。”

“可以的吧……”布兰达迟疑地说。

“那就一定来。六点，不见不散。我想你都不知道我住哪儿吧？”比弗太太告诉她住址后便离开了。

“你要一间公寓做什么？”玛乔丽问道。

“啊，我只是这么想啦……”

那天下午，布兰达舒服地趴在正骨师的工作台上，她的脊椎在正骨师的手指有力地按压下，咯咯作响，仿佛每一节脊椎骨都重新被接合。布兰达想，比弗晚上是不是也会在家呢。“可能不在吧，要是他真这么喜欢四处溜达的话，”她心想；“可他这样东家走西家逛的，究竟有什么意思？……”

比弗那天晚上在家，尽管还有两个别的邀约，可都被他给推了。

布兰达听说了关于那套公寓的情况。比弗太太对工作得心应手。“人们想要的，”她说，“无非是一个能更衣和打电话的地方。”她把一栋位于贝尔格莱维亚区[①]的小房子分成了六间公寓房，各带一间房和一间浴室，租金是三英镑一周；“浴室是那种很高档的，无限热水供应，而且带有欧式的典雅气息；房间里有放床的地方，还有宽大的带电灯的入墙柜。这将会是你梦寐以求的住所。”比弗太太说。

“我先问问我丈夫再答复你吧。”

---

① 英国伦敦中西部的上流社会住宅区。

“请尽快答复我，好吗？这种公寓可是相当抢手的。”

“我会尽快联系你。”

布兰达必须要走了，比弗送她到车站坐车。二人先一起去点心铺买了些巧克力和小圆面包，这是她通常会在车厢里吃的。距离火车发车还有很充足的时间，车厢里还没坐满。比弗走上火车与她并排坐着。

“你肯定想走了吧。”

“没，还不想。”

“我还要看会书。”

“我想陪你坐会儿。”

“你真好。”过了一会儿，她又问道，“你应该没兴趣陪我去波莉家的聚会吧？”虽然问出口了，但她却很不好意思，因为还不习惯问这样的事情。

比弗犹豫了一下。那天晚上应该会有几场晚餐聚会，几乎可以肯定他会受邀参加其中的某一场……如果他同意带布兰达出去的话，肯定得去安波希饭店那样的地方，或是某个时髦的餐馆……那至少得花三英镑……他还得负责她的安全，送她回家……而且，如果真像她说的，确实不认识什么人，（如果她说的是假话，又何必要叫他陪呢？）那他一整晚都得和她寸步不离了……“真希望我可以，”比弗说，“但是我已经答应别人那天要一起出去吃饭。”

布兰达注意到他有些迟疑。“我猜你也是有别的安排的。”

“不过我们可以在那里碰面。”

“好，要是我去的话。”

“我真的很乐意做你的男伴。”

“没事，没关系的……我只是随便问问。”

他们刚才买面包时的那种高兴劲儿现在已经烟消云散了。

二人沉默了一分钟后，比弗才开口说："唔，我想我该走了。"

"嗯，去吧。谢谢你来送我。"

他下了火车，沿着站台走。还有八分钟车才会开。车厢突然间挤满了人，布兰达感到疲惫不堪。"他凭什么就得答应做我的男伴呢，这坏家伙？"她心里想着，"不过也只有他可能会表现得好一些嘛。"

"累坏了吧？"托尼问。

布兰达点点头。"累惨了，"她说，"下半身沉得迈不动步子。"她坐下细嚼慢咽着面包，喝着牛奶，没精打采地搅拌着。她浑身上下都不对劲。

"今天过得好吗？"

她又点点头。"见了玛乔丽和她的脏狗，买了些东西，中午是在黛茜开的新店吃的饭。还正了骨。就这些。"

"你知道吗，我希望你这段时间不要去伦敦了。瞧把你给累的。"

"我？噢，我还好，只是累得想死了，仅此而已……还有，求你了，亲爱的托尼，千万别提'床'，我动不了啦。"

第二天比弗发来一封电报。"十六日聚餐取消。你是否仍得空？"

她的回电是："不胜欣喜，凡事三思必为佳。布兰达。"

在这之前，他们都避免用教名①。

"你今天看上去气色不错嘛！"托尼说道。

"我觉得很舒畅。我想都是克鲁特维尔先生的功劳。他把

① 出生和受洗时取的名字，以区别于姓氏。

我浑身的神经、血液循环都弄好了。”

三

“妈咪去哪里啦?”小约翰问。

“伦敦。”

“去干吗呀?”

“一个叫科克珀斯夫人的要办一场聚会。”

“她人很好吗?”

“你妈妈这么认为。可我不觉得。”

“为什么呢?”

“因为她看上去像只猴子。”

“我想去看看。她住在笼子里吗?她有尾巴吗?本叔见过一个长得像鱼的女人，浑身长的不是皮肤，而是鱼鳞。他是在开罗的一家马戏团见到的，他还说闻起来也跟鱼一个样。”

布兰达去伦敦的那天下午，父子二人在一起喝茶。“爹爹，科克珀斯夫人吃什么呀?”

“噢，坚果和一些其他东西。”

“坚果和什么东西呢?”

“各种不同的坚果。”

接下来的几天，约翰·安德鲁满脑子想的都是一个长着很多毛，又爱调皮捣蛋的伯爵夫人的形象。和那匹死于朗姆酒的骡子一样，伯爵夫人成了约翰世界里的另一位“住户”。每当村里一些和蔼的人和他讲话的时候，他总会提到她，说她如何坐在树上摇头晃脑，朝路人扔坚果壳。

“你不许那样说一个真实存在的人，”保姆说，“要是科克珀斯夫人听到的话怎么办?”

“她会不停地吱吱叫，甩着尾巴攻击别人。等她抓到一些又大又肥的美味的跳蚤之后，我想她就会把这件事忘得一干二净了。”

晚上，布兰达待在玛乔丽家里。她打扮好后来到妹妹的房间。“亲爱的，真漂亮，新衣服吗?”

“算吧。”

玛乔丽接到电话，是请她吃饭的那家女主人打来的。(“是我，你百分之百确定不能让艾伦今晚也一起来吗?”“确定。他在坎伯威尔有个会要开。可能连波莉家的聚会他也去不了了。”“你可以带别的男人吗?”“想不到还有谁了。”“唔，那我们就只得少一个了，没办法。我真不知道今晚怎么了。我给约翰·比弗打过电话，就连他也不来。”)

“你知道吗，”玛乔丽挂电话后说，“你造成了多大的麻烦。你把伦敦唯一一个有空的男人给占了。”

“噢，亲爱的，我哪知道……”

比弗到达玛乔丽家的时间是八点四十五分，他处于一个自我感觉相当良好的状态中；那天晚上他更衣梳洗的时候，推掉了两个晚餐邀约；他在俱乐部兑了一张十英镑的支票，又在埃斯皮诺萨餐厅订了一张咖啡桌。虽然这几乎是他长这么大第一次请人下馆子，可他对请客吃饭这件事了若指掌。

“我一定要好好瞧瞧你的那位比弗先生，”玛乔丽说，“咱们让他开怀畅饮几杯吧。”

这对小姐妹下楼的时候显得有些腼腆，但是比弗却很淡定从容。他举止文雅，看上去比他真正的年纪要更成熟些。

“噢，你的那位比弗先生还不赖嘛，”玛乔丽的表情似乎在说，“是相当不错呢!”比弗看着这两个女人在一起，虽然气质不同，但是都很漂亮，二人可能有着不同的血统。他开始明白是什么原因令他这整整一周困惑不解；又为什么要违背自己习惯和原则发电报给布兰达，邀请她共进晚餐。

“你不去吉米·迪恩太太家吃饭，她可难过呢。对于你的行踪，我是守口如瓶的。”

“替我向她问好，”比弗说，“反正我们都会在波莉家见面的。”

“我得走了，我们九点吃饭。”

“再待一会儿吧，”布兰达说，“她肯定会迟到的。”

既然事情发展到了这个地步，何不留他俩单独相处呢？

“不了，必须得走了。祝你俩玩得开心！”看着布兰达在即将经历一次奇异之旅时所表现出的胆怯和期待，她觉得自己更像是姐姐。

玛乔丽走后，二人显得很尴尬，因为毕竟分开了一周，可彼此间却产生了超乎寻常的心神交会。如果比弗更老练一些，他可能就会直接走向布兰达，坐在一把椅子的扶手上，立马与她亲热一番，而且或许真的能得手。然而，他却用轻松的口气说道：“我想我们也应该出发了。”

“好的，去哪儿？”

“要不就埃斯皮诺萨餐厅吧？”

“好极了。只是你听着，这顿饭得我来请。”

“当然不行了……哪有这样的事。”

“不，当然行。我比你大一岁，而且我这个结了婚的老女人很有钱，所以，求你了，让我买单吧。”

比弗还在继续争辩，一直到出租车跟前。

但是，二人之间还是显得很拘束，比弗心里泛起了嘀咕，“她希望我扑上去吗？”所以当车开到大理石拱门，在排起长龙的车流中停下时，他探身向前，想去亲吻她。可当他快要靠近的时候，她却连忙往后退。比弗说："别这样嘛，布兰达。"她转过身去看着窗外，快速地摇了摇头；她的眼睛仍然盯着窗户，可手却伸出去牵住了比弗的手，二人就这样坐着，沉默不语，直到车开到餐厅。

这下比弗完全是丈二和尚摸不着头脑。

当他们又回到公众视线时，比弗重拾自信。埃斯皮诺萨把二人带到进门右手边的一张单桌前；这是餐厅里唯一一张说话不会被人听到的饭桌。布兰达把菜单递给给他。"你点吧。我只吃一点点。我要含淀粉、不含蛋白质的东西。"

一般来说，在埃斯皮诺萨餐厅，不管你吃什么，都差不多是同样的价钱，可布兰达是不会知道这些的。由于二人现在对布兰达买单这件事都已经心照不宣了，比弗在点一些看上去明显价贵的菜时就觉得很不自在。但是，她坚持要点香槟酒，后来又给他要了一杯白兰地甜酒。"你无法想象我约一个年轻小伙出来吃饭有多么激动。我以前可从没这么干过。"

他们在埃斯皮诺萨餐厅一直待到该去波莉家参加聚会的时候。他们起身跳了一两支舞，但是大部分时间都坐在桌边倾谈。他们对彼此的兴趣要远远超出想象，总觉得还有很多话要说。

过了一会儿，比弗说："我很抱歉，我刚才在出租车上太混蛋了。"

"呃？"

他话锋一转，说道："刚才我试着去吻你的时候，你介不介意？"

"我？不，不是很介意。"

"那你为什么不让呢？"

"啊，亲爱的，你还有很多要学呢。"

“为什么这么说?”

“你再也不许问那样的问题了。记住了吗?”

他心里有些不快。“你跟我说话像是把我当成初次约会的大学生一样。”

“噢，这是一次约会?”

“在我看来不是。”

布兰达顿了顿，接着说：“我不确定约你出来吃饭是不是个错误。咱们先买单吧，还得去波莉家。”

等账单的十分钟里，二人都觉得要说些什么，比弗说他很抱歉。

“你要学会怎样处事更得体，”她严肃地说，“我相信你一定可以做到。”当账单终于送来后，她又说：“我要给他多少小费?”比弗拿手比划了一下。“你确定这够吗？我要给的话，会多加一倍呢。”

“听我的绝对没错。”比弗说。感觉自己又变得老练了，正如布兰达希望的那样。

当他们坐进出租车的时候，比弗立马明白布兰达希望他同她亲热一番。但他暗自决定这回该自己掌握主动权。因此，他故意与她隔着一段距离坐着，对一间正在拆除以便建造公寓的老房子发表评论。

“闭嘴，”布兰达说，“快过来。”

比弗亲吻她之后，她用自己独特的方式蹭了蹭他的脸颊。

波莉家的聚会完全和她本人所期待的一样，就像是完美复制了她去年参加的所有绝妙派对：同样的乐队、同样的晚宴，而且最主要的是连客人也一样。波莉的派对不是为了引起轰动，让这次聚会中的亮点成为接下来几个月人们茶余饭后的话题；也不是为了找到一些鲜为露面的名流人士，或者介绍什么异国来客。她要的就是一场直截了当，且衣着讲究的派对，而她也已经如愿以偿。事实上她邀请的人全都如数出席。如果说还有一个波莉没有接触过的遥远世界，那她目前对此还一无所知。所有出席的人都是她欢迎的，而这些人也都肯赏脸。波莉看着她的宾客，暗自庆幸在场的人没有她不想邀请的。科克珀斯勋爵站在她身边，为了今晚的聚会他还特意盛装打扮了一番。往年的聚会，人们对波莉的殷勤好客抱着很随意的态度，他们会把那些碰巧一起吃饭的人一同带去。但是在今年，虽然波莉并没有刻意为之，人们之间却显得更拘谨了。那些想带上朋友的人会在早上给她打电话，问能否这么做；总的来说，他们对诸多不确定的事处理得都更加谨慎。仅在十八个月前，那些对她视而不见的人，现在却把她家的楼梯挤得水泄不通。她现在已经和她所在圈子里的其他阔太太平起平坐了。

当他们准备上楼的时候，布兰达说："请你一定得陪在我身边。我不想认识其他人。"比弗再次看到自己作为一个男人所居的主导位置。

他们直接走向舞池中的人群，开始跳起舞来。除了和认识的夫妇打招呼，他们没怎么说话。跳了半个钟头之后，布兰达说："好吧，你可以去歇会儿，只是别丢下我。"

布兰达同乔克·格兰特·孟席斯和两三个老朋友跳了几支舞以后就找不到比弗了。后来她在酒吧间发现他时，他一个人待着。他在那儿有很长一段时间了，偶尔也和进进出出的男女攀谈，可最后还是剩下他自己。比弗今晚不开心，他相当憎恨地对自己说，这都怪布兰达，要是他和大伙一起来的话，肯定不会是这样。

布兰达看见他在生气，便说："晚餐时间到啦!"

时间尚早，餐桌上没摆什么吃的，只有几对情侣坐在桌上热切地交谈。他们看见窗户之间有张大圆桌还没人坐，便走过去坐了下来。

"我想坐久一些，你介意吗?"她想再次让他觉得他是很重要的，于是便问他屋子里其他人的情况。

不一会儿，他们的那张桌子陆续坐满了人。坐下的都是布兰达的旧友，在她初入社交圈子和结婚的头两年，常常见到他们，那时候托尼的父亲还健在；那是些三十岁出头的男士、与她年纪相仿的已婚妇女，他们中没有人认识比弗，也不怎么喜欢他。到目前为止，他们这桌人是整个屋子里聊得最欢的了。布兰达心想，"我可怜的小情人该有多厌恶这里呀!"她其实不知道，在比弗眼里，她的这群好朋友是这个派对上最合他意的人，而他也很高兴能坐在这群人当中。

"你是不是快被烦死了?"她悄声说道。

"没有，真的。开心得不得了。"

"唔，我烦了。咱去跳舞吧。"

但是，乐队成员都去休息了，舞厅里空无一人，只有刚从喧闹的人群中转移阵地的几对热情男女，坐在墙边抱作一团，聊得正起劲。"啊，亲爱的，"布兰达说，"就这样结束了。我们别回饭桌吧……看起来我们好像得回家了。"

"还不到两点呢。"

"对我来说已经很晚了。听着，你别跟着来。你留下，玩得开心点。"

"我当然要和你一起走啊。"比弗说。

这是一个寒冷而晴朗的夜晚。布兰达冷得直打哆嗦，在出租车上，比弗一手把她搂在怀里。他们没有太多的交流。

“已经到了？”

他们仍坐着没动。几秒之后，布兰达抽出身来，比弗先下了车。

“我想我不能请你来喝一杯了。你知道的，这不是我家，况且我也不知道去哪里找东西吃。”

“没事，这当然没什么了。”

“唔，那晚安吧，亲爱的。万分感谢你的照顾。恐怕你今晚被我烦够了吧。”

“没有啊，怎么会呢。”比弗说。

“你明早会打给我吗……答应我好吗？”她把手轻轻放在嘴唇上碰了一下，然后转身开门。

比弗犹豫了一下，是否要回到聚会上去呢？他决定还是不去了。他离家不远，波莉家的客人们这时候应该也都打道回府了；因此，他告诉司机去沙瑟花园，到家后便爬上了床。

正当他脱掉衣服的时候，他听到楼下的电话铃响了。是他的那台电话。他在冰冷的空气中，走下两节楼梯。电话那头是布兰达的声音。

“亲爱的，我刚准备挂呢。我以为你肯定回波莉家了。电话不在你床头吗？”

“不，在一楼。”

“啊，老天。那现在给你打电话不是个好主意，对吗？”

“噢，我不知道。什么事？”

“只是想跟你说‘晚安’。”

“啊，知道了，呃……晚安。”

“你明早会给我打电话吗？”

“会的。”

“早一点儿，要在你定别的计划之前。”

“好。”

“那么晚安了，祝福你。”

比弗又一次爬上两节楼梯，躲进了被窝。

“为什么在聚会的中途离开?”玛乔丽问道。

“你都不知道昨晚的聚会有多单纯。他甚至都没进屋来。”

“谁知道单不单纯。”

“我给他打电话的时候他气得不得了。”

“他觉得你怎么样?”

“只是他根本没法揣测我的心思……而且相当困惑，有时候又没劲透了。”

“你还要这样继续下去吗?”

“我不知道。”电话铃响了。“有可能是他打来的。”

但并不是比弗打来的。

布兰达回到玛乔丽的房间，她们在床上吃早餐。那天早上，玛乔丽表现得更像大姐。“不过说真的，布兰达，他是个相当沉闷的年轻人。”

“这我都知道。他是个中流阶层，有些自命不凡，而且冷若冰霜，可我偏偏就喜欢他，就这么简单……况且我觉得他也没有那么倒人胃口……他很崇拜他那个讨厌的妈……他一直都没什么钱。我觉得大家对他很不公平。我昨晚都听说了。他订过一次婚，但是因为钱的关系，婚没结成。从那时起，他就再没和什么像样的人好好谈过恋爱……他在很多事情上都需要好好调教。可这也是他的魅力之一。”

“啊，亲爱的，我看出你是来真的了。”

电话铃又响了。

“有可能是他打来的。”

但是，电话里响起一个熟悉的声音，连布兰达也听得到，“早安，亲爱的，今天有什么八卦?”

“啊，波莉，昨晚的聚会真不错!”

“对你的大姐来说还不赖，对吧? 我说，你姐姐和比弗先生怎么了?”

“他们怎么了?”

“他们那样多久了?”

“波莉，他们没怎么样啊。”

“你少来。昨天晚上他俩进展得挺顺利嘛！我想知道那个家伙是怎么办到的? 他肯定有什么情况把我们一直蒙在鼓里……”

“波莉知道你的事了。这下她要把这事在伦敦传得人尽皆知了。”

“我倒希望有什么事是可以拿来说的！这个兔崽子还没打电话给我的呢……唔，我会默默离开的。如果他还不做出什么行动，我下午就回海顿……噢，可能是他的电话。”但这通电话是艾伦从保守党中心办公室打来的，说他为昨晚不能同去参加聚会感到非常抱歉。“我听说布兰达做了丢人现眼的事。”他说。

“上帝啊，”布兰达说，“怎么大家都觉得年轻小伙会这么容易弄到手呢?”

“昨晚在波莉家我几乎没见到你，”比弗太太说，“怎么回事?”

“我们很早就走了。布兰达·莱斯特有点累。”

“她看上去很迷人。你和她交上了朋友我太高兴了。你什么时候再去见她?”

“我答应给她打电话。”

“噢，那怎么还不打呢?”

“唉，妈妈，有什么用呢！约布兰达·莱斯特这样的女人出去，我可负担不起。如果我给她打电话，她就会问我在做什么，接着我就不得不约她出来，那每天都会做同样的事情了。我实在没这么多钱。”

“我知道，亲爱的。这对你来说很为难……你在钱的方面真的做得很好。我很感激，我没生出一个追在我屁股后面要债的儿子。不过，你要知道，你也不能变得一无是处；你已经二十五岁了，马上就要变成一个老单身汉。在那天晚上布兰达来我们家的时候，我就看出她对你有好感了。”

“啊，她的确挺喜欢我的。”

“我希望她能把那间公寓定下来，它们抢手得很。我得再去找一套房子，分出几个小间。你要是知道都有谁租房子的话，肯定会大吃一惊，他们当中有很多人在伦敦早就有了住处……唔，我得回去工作了。顺便告诉你，我这两个晚上都不回来。让钱伯斯好好照顾你。西尔维娅·纽坡特知道有几个澳大利亚人想在乡下买房子，所以我得开车带他们看看一两处他们可能喜欢的住宅。你在哪吃午饭?”

“玛格特餐厅。”

到了下午一点钟，她们带着“精灵”从公园散步回来。比弗还没打电话来。“那好，就这样吧。”布兰达说，“我敢说我真的很高兴。”她给托尼发了封电报，让他等着她下午的那趟火车。然后，又小声地吩咐佣人把她的东西打包好。“看起来我没地儿吃午饭了。”布兰达说。

“干吗不去玛格特餐厅呢？我知道她肯定很高兴你去。”

“唔，打个电话给她吧。”

结果，她又碰到了比弗。

比弗坐在离布兰达很远的地方，直到店里所有人都走了，他们才讲话。“我今天早上一直试着给你打电话，”他说，“可老占线。”

“啊，走吧，”布兰达说，“我请你看电影。”

后来，她给托尼发了封电报：在玛乔丽家多待两日，爱你们。

四

“妈咪今天会回来吗？”

“希望吧。”

“那个像猴子的女人的聚会怎么办了那么久？我能不能去车站接妈妈？”

“好啊，我们两个都去。”

“她有四天都没见到‘霹雳’了，也没看到我骑马跳过新立的栅栏，对吧，爹爹？”

布兰达坐的是三点十八分到的火车。托尼和约翰·安德鲁早早地就来了。他们在站台闲逛，东看看西瞧瞧，又在一台自动售货机上买了些巧克力。站长走出来跟他们打招呼。“夫人是今天回来吗？”他是托尼的老朋友。

“我每天都在等她。你也知道啦，女士们上伦敦是去做什么。”

“山姆·布雷斯（Sam Braces）的太太去了伦敦以后就没回来了。他还得亲自去接。后来她跟他玩起了躲猫猫。”

过了一会儿，火车进站了，布兰达袅袅婷婷地从三等车厢走下站台。“你们都来了呀。你们真像可爱的天使。我真不值得你们这样的。”

“噢，妈咪，你有没有把猴子夫人带来？”

“这孩子说什么呢？”

“他满脑子想的都是你的朋友波莉长着一条尾巴。”

“细想一下，要是她真的有的话，我也不觉得奇怪。”

布兰达只有两个小行李箱。家里的私人司机用皮带把它们绑好后，放进车后备箱里。然后驱车回海顿。

“都有什么新鲜事吗？”

“本叔把栅栏的横木放得老高，昨天我骑着‘霹雳’跳了六次，今天也跳了六次。小池塘里的鱼又死了两条，肚子朝上浮在水面上，都泡肿了。嬷嬷昨天被水壶烫伤了手指。还有，爹爹和我看见一只狐狸，它就在离我们不远的地方静静地坐着，后来跑进林子里去了。我开始画一幅和战争有关的画，都怪那个颜料，弄得我没画完。对了，那匹身上长虫的灰马也好起来了。”

“没什么事，”托尼说，“我们都很想你。你这段时间在伦敦忙些什么？”

“我？噢，说实话，我过得糟糕透了。”

“买东西吗？”

“还要更糟。我一直在疯狂地与年轻小伙调情，而且我已经花好大一笔钱了，但我的确非常享受。只不过有件事让我挺难受的。”

“什么事？”

“没什么，最好还是不说吧。你绝对不会喜欢听的。”

“你买了一只狮子狗？”

“比这恶劣得多。可是我还没付诸行动！但我心里却是相当期待的。”

“继续。”

“托尼，我找了间公寓。”

“唔，你最好还是尽快脱手，要快。”

“行啦。我晚点再跟你聊这事。你别胡思乱想。”

“我是不会改变主意的。”

“爹爹，‘公寓’是什么呀？”

布兰达换上了睡衣。吃过晚饭后，托尼坐在沙发上，布兰达走过去坐在他旁边，从他的咖啡杯里舀出方糖来吃。

“我想你又要开始说那间公寓的事了吧？”

“嗯……”

“你还没签什么文件吧？”

“噢，还没呢。”布兰达郑重其事地摇摇头。

“那就没造成什么大的损失。”托尼开始往他的烟斗里装烟叶。

布兰达跪上沙发，屁股坐在脚跟上。“嘿，你没有老在胡思乱想这件事吧？”

“没有。”

“这个，你看吧，你说的‘公寓’和我这个有着天壤之别。你想象中的公寓一定有电梯、穿着制服的门童、带有门把手的宏伟的大门，和一个门扉环绕、四通八达的大厅，还带有厨房、储碗间、餐厅、客厅和佣人的浴室……对吧，托尼？”

“差不多。”

“那就是了。可我说的公寓就只有简单的一间卧室、一间浴室外加一部电话。是不是很不一样？我认识的一个妇人……”

“谁?”

“一个妇人而已……她装修了一幢那样的公寓楼，就在贝尔格雷夫广场旁边。租金每周三镑，不用交地税和国税，二十四小时热水和中央供暖，当你有要求的时候，还有人会来给你整理床铺。你觉得这怎么样?”

“这样啊。”

“我是这么想的。一星期三镑意味着什么？每晚还花不到九个先令！这个价，你去哪才能找到条件这么好的地方住一晚呀？你也经常去俱乐部，那里花钱更多。再说我也不能老是住玛乔丽家吧，我每次去住的时候她都挺遭罪的，何况还有她的那只狗。每次我买完东西晚上回来的时候，你不也总说，‘你为什么不在那过夜，何必要这样折腾自己呢?’你不止一次说过这样的话了。我确信如果没有公寓，我们一周花的钱也肯定远远超过三英镑。你知道吗，我决定去掉正骨师那边的花销，好不好?”

“你是真的想吗?”

“嗯。”

“唔，那我得再考虑一下。我们或许可以应付得来，但是要租房子的话，修缮咱们庄园的事就得往后推了。”

“我不值得你对我这样好，”在问题得到解决后，布兰达说道，“不管怎么说，我这周一直在忙这事呢。”

布兰达在海顿只住了三个晚上，就又回伦敦了，说是还得去看那间公寓。但是，她不用费什么心思，只需要挑选喜欢的涂料颜色和家具的款式。比弗太太已经把货备好，就等她过目了。一张床、一条地毯、一个梳妆台和一把椅子，再多屋里也没地方放了。比弗太太想把一套刺绣的挂画卖给她，被她婉拒了，同样没被照单全收的还有电热暖床器、一个浴室袖珍量体秤、一台电冰箱、一座老式的落地大摆钟、一副由玻璃和人造象牙制成的西洋双陆棋、一套装裱精美的十八世纪法国诗人相、一套按摩设备和一台装在涂有清漆的摄政时期盒子里的收音机，所有的这些东西全都是在店里组合好之后，给布兰达作为“备选方案”的。虽说布兰达没要什么东西，比弗太太也没有对她心存怨恨；她把地板装得非常好，此外，还花大价钱请了一个加拿大女人给屋子的墙面镀铬装饰。

布兰达这几天还是住在玛乔丽家里，她们之间的谈话渐渐变得尖锐起来。一天早上，玛乔丽说：“别怪我多嘴，但是我实在讨厌看到你的那位比弗先生成天在这房子里瞎转悠，还直呼我的名字。”

“啊，呃，公寓很快就布置好了。”

“可我还是要说，你现在做的是一件糊涂事。”

“你只是不喜欢比弗罢了。”

“不止这样，你这么做也对不起托尼呀。”

“噢，托尼那边没事的。”

“要是闹起来怎么办？”

“他不会的。”

“这可说不准。万一他闹起来，我可不希望艾伦觉得是我安排的。”

“你当年跟罗宾·比斯利（Robin Beaseley）的事，我可没说你什么。”

“那根本没什么。”玛乔丽说。

但是，除了她妹妹之外，其他人对布兰达的冒险活动都是赞成的。一大早，电话就响个没完，全都是打听她的事。

就连那些和她不怎么熟的人都兴高采烈地谈论着，头天晚上在餐厅或在影院看见了她和比弗在一起。这个秋天，甚少有什么人的风流韵事传出；只有那些生活过得最平淡无奇的人们才会分道扬镳，或是走到一起。有一些人，喜欢在电话里大聊特聊男欢女爱的事，并以此作为彼此的小幸福，而布兰达的事恰好满足了这些人的一种夙愿。对这些人而言，她所处的环境让事情变得有种独特的魅力；五年来，她一直是个传奇人物，布兰达这个名字就犹如鬼魅一般，挥之不去。她就像童话故事里被囚禁的公主，如今才得以重见天日，这比其他一些谨小慎微的妻子要有乐趣得多，因为她们身上发生改变的只有习惯罢了。她选的这个对象给这段韵事增添了一丝恰如其分的幻想；大家都知道比弗，这是个让人嗤之以鼻的小丑，可他却在发出神性光芒的云团中，一下子把布兰达的芳心俘获了。如果在结婚前的七年间，布兰达对结婚的对象有过挑选的话，那此次她背叛的对象至少会是乔克·格兰特·孟席斯，或罗宾·比斯利，又或者是其他任何一个几乎和每个女人都有过一腿的公子哥，而这无疑会让事情变得更激动人心，却也直截了当，就像一部不俗的情景剧。可故事的主人公换成了比弗，那么波莉、黛茜、安吉拉和其他长舌妇就会把这出闹剧升华到诗歌的境界。

比弗太太毫不掩饰内心的愉悦。“当然了，约翰自己倒是没和我谈过这个话题，但如果我听到的话是真的，我想这会给这小子带来极大的好处。不过话说回来，他也一直挺受欢迎的，朋友也多，可那不是一回事。长久以来，我都觉得他身上缺少了点什么，我想，像布兰达·莱斯特这样迷人又老练的女人，正好能帮助他。他骨子里就是那种感情很丰富的人，只是太过敏感，所以他轻易不会显露出这种性格……实话告诉你吧，上周我就察觉到空气中多了这种东西，所以我才找了个借口出去几天。要是我那几天在家的话，哪还会发生什么事呀。他这人又腼腆又矜持，甚至对我也这样。我会让人把棋子弄好，下午就给你送过去。太谢谢你了。”

而比弗呢，长这么大也是头一回发现有人对自己感兴趣，而且可以说是有重大意义。女人们开始用新的眼光审视他，思考自己以前忽略了他的哪些方面；男人们则更平等地对待他，甚至视他为一个成功的竞争伙伴。“他究竟是如何得手的呢?”他们或许这样问过自己，现如今，当比弗来到布莱特俱乐部，他们也会给他腾出位子，跟他打招呼说：“嘿，老朋友，喝一杯吧?”

布兰达会在早晚各打一个电话给托尼报平安。偶尔约翰·安德鲁也会和她讲两句，他的声音和波莉·科克珀斯一样尖；完全听不到妈妈说话。周末的时候，布兰达回了一趟海顿，之后又返回伦敦。她的公寓墙面的涂料已经完全干了，虽然热水的供应还没到位，屋内的一切闻起来都是崭新的味道——墙壁、被单、窗帘——还有新的暖气片发出的像热熨斗一样的臭味，可没那么舒服。

晚上，她和往常一样给海顿庄园里打电话。“我在公寓里给你打电话呢。”

“哦。”

“亲爱的，表现得有兴趣点嘛。我太兴奋了。”

“房间什么样?”

“唔，装修的味道还很浓。浴室有怪声，扭开热水的龙头，出来的只有呼呼的气流，冷水的龙头却一直在滴水，而且水的颜色也是深褐色的。橱柜的门还卡住了，窗帘也拉不拢，街灯整晚都能照进来……不过很温馨。”

“真没听出来。”

“托尼，你要宽容一点儿。实在太让人激动了——前门、弹簧锁钥匙什么的统统都有……而且我今天收到了一大束花，多得都没地方放。我这里没有花盆，所以我只好把它们放在洗手池里。不会是你送的吧？”

“事实上……就是我送的。”

“亲爱的，我希望是你送的……太爱你了。”

“三分钟快到啦。”电话里传出接线员的声音。

“我得挂电话了。”

“你什么时候回来？”

“很快就回。晚安，宝贝。”

“还真会聊啊。”比弗说道。

布兰达在讲电话的时候，一直用另一只手挡着比弗，因为他嘻嘻哈哈地要切断电话。

“托尼好贴心哦，送这么多花来。”布兰达说。

“我对托尼没什么好感。”

“别为这个烦心，我的美男子，他也一点儿都不喜欢你。”

“真的吗？为什么？”

“除了我，没人喜欢你。你必须明白这一点……我居然会喜欢你，这太奇怪了。”

这个圣诞节，比弗准备和他母亲去爱尔兰过，同他的表兄弟们住在一起；托尼和布兰达在海顿办了一场家庭聚会，玛乔丽和艾伦、布兰达的母亲、托尼的姑母弗朗西斯都来了。此外，还有莱斯特家族中两个贫困潦倒的家庭，他们是长子继承权的受害者，但毫无怨言，海顿对他们和对托尼而言，意义其实是一样的。保育室里有一棵迷你圣诞树，是给约翰·安德鲁的，在楼下大厅的中央还有棵大的，上面的装饰是莱斯特家族的穷亲戚弄的，饮完茶以后，他们还点亮了烛台，烛光闪烁了半个钟头就给弄灭了。（两个仆人站在一旁，手里拿着长杆，杆子的一头还绑着湿海绵，是为了在蜡烛倒的时候可以迅速熄灭，以免有着火的危险。）庄园里的所有仆人都有份礼物，但其价值严格按照他们的等级而定，另外，所有宾客也收到了礼物（莱斯特家族的穷亲戚收到的是支票）。艾伦总会带着一块老大的鹅肝酱酥皮饼，这是他尤为钟爱的一道佳肴。每个人都吃了许多，在节礼日的晚上，大家都稍显慵懒；盛着滚烫的白兰地酒的银制长柄勺在餐桌上来回传送，彩包爆竹①纷纷被拉开，里面装着纸帽子、室内烟花和写有箴言的纸条。今年，一切都按往常的方式进行；似乎没有什么东西危害到庄园里的平静与安稳。唱诗班登场了，在北美脂松画廊演唱了几首圣诞颂歌之后，成员们大口甜饼，大口热潘趣酒地狼吞虎咽起来。牧师也同往年一样做了圣诞布道，其内容和教民们有着密切联系。

“于我们而言，”牧师开始说布道辞，他用慈爱的目光环视那些教民，他们有的用围巾捂着口咳嗽，有的隔着羊毛手套用手轻拭冻疮，“懂得圣诞节的真正含义有何其难？没有熊熊燃烧的篝火和抵挡漫天飘雪的紧闭窗户，我们只有陌生的太阳带来的刺目眩光；没有亲人的笑脸和家人的陪伴，却有那些屈服之人投来的满腹狐疑的目光，尽管这些人毫无疑问都是心怀感恩的异教徒；没有驯良的牛和伯利恒的驴，”牧师

---

① 联欢会、宴会上装有糖果、小饰物、箴言等的小礼包，抽开时噼啪作响。

说着说着，对比得有些乱了头绪，“可我们有贪婪的老虎和奇异的骆驼，狡猾的豺狼和笨重的大象……”诸如此类，牧师翻着一页又一页已褪色的手稿。他的话曾经给冷酷的士兵带来一时心灵的慰藉。自从藤德里尔牧师到了这个教区，这些话他每年都会讲，所以今年再次听到它们的时候，托尼和他的大多数宾客都觉得这是他们圣诞节庆中必不可少的一部分。久而久之，“贪婪的老虎和奇异的骆驼”成了这家人的口头禅，而且在他们所有的游戏中都会经常说到。

这些游戏在布兰达眼里是最难应付的一部分。她不认为游戏有何趣味。当布兰达见到托尼穿上玩猜字游戏的服装时，她实在无法不感到羞怯。另一方面，她又很担心，莱斯特家的穷亲戚会把自己缺乏任何爱好这件事解读成一种优越感的表现。她的种种顾虑其实是多余的，她自己并不知道，丈夫那边的亲戚从来都是站在叔伯妯娌的真挚感情角度看她的，当然也带有一定的宽容，因为莱斯特家族的人都认为他们自己比布兰达在海顿有更多权利。

弗朗西斯姑姑很会察言观色，她很快就洞悉问题所在，并试图去消除布兰达心中的疑虑。她说：“亲爱的孩子，所有这些微妙的感觉根本不值一提；只有富人才会意识到他们与穷人之间隔着一道鸿沟。”但是布兰达的焦虑感仍在心头萦绕，夜复一夜，她总是被那些亲戚叫出房间，向他们提问或回答他们的问题，用毫无教养的举止表演节目，玩罚金游戏，写诗作画，乔装打扮，甚至被追赶着满屋子乱跑，又或者藏在橱柜里。那年的圣诞节是在周五，所以聚会时间很长，从周四一直持续到周一。

布兰达不许比弗送她礼物，或者给她写信；这是为了保护自己，因为她知道，不论他说些什么，都会因其贫乏而伤害到她，话虽如此，可她仍紧张不安地等待着邮件，期待他或许会违拗她的意思。布兰达寄了一个由黄金和铂制成的三环相连的戒指给远在爱尔兰的比弗。可在她下订单一小时之后，她就后悔了。周二的时候，她收到他寄来的感谢信。他写道：

> 亲爱的布兰达，衷心感谢你送的这份美好的圣诞礼物。你可以想象，我看到这个粉色皮革盒子时有多兴奋，打开时有多惊喜。你真是太好了，送我一份如此可爱的礼物。对此再次深表谢意。我希望你们的聚会成功。我这里相当乏味。其他人昨天都去打猎了，我只是去了他们出发前的集合会。昨天他们玩得不怎么开心。妈妈也在这里，她向你问好。我们会在明天或后天动身。妈妈感冒得很严重。

信写到一页纸的底端就结束了。比弗是在吃完饭之前开始动笔的，后来忘记收尾就直接塞进信封了。

他写的字斗大一个，像个女学生写的，每两行字之间也隔得很开。

虽然布兰达在看信的时候感到无比恶心，可她还是给玛乔丽看了，还说道："这无可厚非，他从来就没有假装过喜欢我。更何况，礼物也愚蠢得要命。"

托尼对于拜访安吉拉变得烦躁不安。他一直就很讨厌出门。

"亲爱的，你不用来的嘛。我和她们在一块没问题的。"

"不行，我要来。我有三周都没见你了。"

他俩在周三的一整天里都单独相处。布兰达使出浑身解数，总算让托尼的烦恼平息下来。这个时候，她对他格外温柔，一点儿也没打趣他。

周四他们北上，去了约克郡。比弗也在那。托尼在刚到半小时之内就发现了他，又上二楼把这件事告诉了布兰达。

“我有件怪事要告诉你，”托尼说，“你猜猜看有谁在这？”

“谁呀？”

“咱们的老朋友比弗。”

“为什么偏偏是那个呆子？”

“啊，我不知道。我早已把他忘得一干二净的，你呢？你觉得他给安吉拉发的电报是不是和他来我们家那次发一样？”

“我敢说是的。”

托尼猜想比弗肯定很孤单，所以他勉为其难同他打招呼。托尼说：“上次我们见你之后，发生了许多事。布兰达在伦敦租下了一间公寓。”

“是的，我知道。”

“你怎么知道的？”

“呃，那房子是我母亲租给她的。你难道不知道？”

托尼大吃一惊，回去后他质问布兰达。“你从没跟我说过你那间公寓背后是谁在操作！要是我早知道是这样，我或许就不会这么通情达理了。”

“不是吧，亲爱的。你就因为这个呀。”

有一半参加聚会的人都对比弗的在场感到疑惑不解；剩下的一半则知道个中原委。由于这个原因，他和布兰达很少打照面，少到即便是泛泛之交也不会生疏至如此地步。因此，安吉拉对她的丈夫说：“我想，我们请他来是个错误吧。这样的事太难以得知了。”

布兰达从未主动提起那封写了一半的信，但她注意到比弗手上带着那枚戒指，而且他在跟别人说话的时候，还像玩把戏一样扭转着。

在除夕夜，附近的一户人家里有场聚会。托尼先回家了。比弗是和布兰达一起走的，他俩同坐一辆车的后排。翌日早晨，他们吃早餐的时候，她对托尼说："我定了个新年计划。"

"是想多在家待吗？"

"啊，不是，正好相反。听我说，托尼，我是认真的。我觉得我应该学点东西了。"

"别又是正骨吧？还以为你已经死心了。"

"不，我想学点经济之类的。你看，我一直都在想，目前我根本就无所事事。要说我能帮到约翰就太可笑了，而且宅子的事也不用我管，所以我觉得是时候学些东西了。你一直说想进议会。那如果我修完一门经济学的课程，我就能发挥点作用了，可以替你游说选民和写写演讲稿之类的。你也知道的，就和妹夫艾伦在克莱德赛德区时，玛乔丽做的那些事一样。在伦敦，大学里开了各种各样的讲座课程给女士们学习。你不觉得这主意很棒吗？"

"是比正骨要好。"托尼承认道。

新年就这样开始了。

第三章　托尼的厄运

一

晚上九点至十点这段时间，布莱特俱乐部里身穿燕尾服和打着白领结的男人屡见不鲜。他们独自坐着，闷头享用大份的奢侈晚餐，情绪明显很低落。这些倒霉蛋，约会的最后一刻才得知被女伴放了鸽子。在这之前，他们在其他一些餐馆的大厅里坐了大概二十分钟，满怀期待地凝视着旋转门，一会儿掏出手表看时间，一会儿又点杯鸡尾酒，最后，终于收到一条电话信息，说他们请的客人不能来了。接着，他们抱着一丝希望去布莱特俱乐部找朋友，可通常最后都只能闷闷不乐地看着空空荡荡的或是挤满陌生人的俱乐部。所以他们围坐在墙边，愁眉苦脸地盯着面前的红木桌，大吃大喝起来。

将近二月中旬的一个晚上，乔克·格兰特·孟席斯正处于这样的情绪当中，也是同样的原因，他来到了俱乐部。

“都有谁在？”

“今晚没什么人，先生。莱斯特先生在餐厅里。”乔克发现他坐在一个角落，身上穿着白天的衣服；文件和杂志杂乱地放在他那一侧的桌椅上，还有一份支在他面前。他的晚餐已经吃了一半，一瓶勃艮第红酒也喝了四分之三。“哈罗，”托尼说，“被甩了？跟我一起喝两杯。”

乔克上次见托尼还是很久以前的事了；这次碰面让他有些许尴尬。因为和所有朋友一样，乔克不知道托尼会做何感想，而布兰达和约翰·比弗的事，他本人又知道多少。但是，他还是在托尼的桌旁坐了下来。

“被放鸽子了？”托尼又问了一次。

“是的，我再也不约那婊子出来了。”

“建议你喝一杯。我已经喝了无数杯。一醉解千愁。”

他们喝完剩下的一点勃艮第酒，然后又多叫了一瓶。

“我是来这里过夜的，不走了。”托尼说。

“你如今不是有间公寓吗？”

“唔，是布兰达的。只能住一个人……我们试过一次，确实挤不下。”

“她今晚有什么安排？”

“反正不在公寓。我没告诉她我要来……我真傻，可我一个人在海顿待得快闷死了，于是一时冲动就跑来找布兰达，就这样。做的什么该死的蠢事。早该料到她此刻不在屋里。她对放人鸽子这件事是很讲原则的……所以你看吧。如果她走得开，晚点就会给我打电话的。”

他们喝了很多。

大部分时间都是托尼在讲话。“她的想法多么不同寻常，学经济，”托尼说，“我从没想过她居然会坚持下来，可她似乎真的很热衷于这事……所以我想这个计划还是很好的。要知道，她成日里在海顿确实也没什么可忙的。我相信她偶尔在海顿会感觉有点无聊，当然她死也不会承认。我一直都在认真思考这件事，这是我得出的结论。布兰达肯定是腻味了……我敢说，过段时间她对经济也会腻味的……不管怎么说，她现在看起来倒是高兴劲十足。我们近来每周末都有聚会……我希望你有空也过来聚聚，乔克兄。我和布兰达的新朋友好像不怎么合得来。”

“那些人是经济学校里的吗？”

“不是，反正我不认识。我想，他们令我厌烦。这是我考虑之后得出的结论。我讨厌他们。他们谈论我的时候都管我叫‘老兄’。是约翰听到的。”

“呵，真够友好的。”

“对，是很友好。”

他俩喝光了第二瓶勃艮第，又喝了些波特酒。不一会儿，托尼说：“嘿，你下周末过来，好吧？”

“我想我会愿意去的。”

“希望你会。我最近都没见到什么老朋友……到时宅子里肯定会有许多人，你应该不会介意吧？……爱社交的家伙，乔克……一点儿不在乎人多，可我对这反感得要命。”他们又喝了些波特酒。托尼说：“你知道吗，宅子里洗手间不够用……这你当然知道了，你以前去过的，而且经常去。哪会像这些新朋友，会觉得我很无趣。你该不会也觉得我很无趣吧？”

“不会，老兄。”

“即使我像现在这样酩酊大醉，你也不会觉得我无趣，对吧？……本来都准备弄的，我都已经有计划了，四个新洗手间……是海顿的一个小伙子制订的计划……但是后来布兰达想要那间公寓，所以为了省钱，我只好推迟这个计划……我说，这太好笑了。为了布兰达的经济课，我们还得给她精打细算。”

“是挺好笑的。我们来点波特酒吧。”

托尼说：“你今晚看上去挺消沉的。”

“确实不大爽。为‘猪肉方案’的事操心。选民不停地给我写信。”

“我也感觉情绪低落，低落得要死，但我现在缓过来了。最好是能一醉方休，我就是这么干的，现在也没那么沮丧了……真郁闷，白跑了一趟伦敦，发现自己没人要。真是好笑，你情绪低落是因为你女伴放人鸽子，而我郁闷却是因为我那位不会放人鸽子。”

“是啊，这很好笑。”

“可是你知道吗，我都已经这样消沉好几周了……真他妈的消沉……来点白兰地怎么样?”

“好啊，有何不可呢？毕竟生活中除了女人和猪，还是有其他东西的。”

他们又喝了些白兰地，过了一会儿，乔克开始打起精神。

不久后，一名侍者来到他们桌边，说：“有布兰达女士的口信，先生。”

“太好了，我这就去跟她说话。”

“不是夫人打来的。是有人给的口信。”

“我来给她回个电话。”

他走到外面大厅的电话旁。“亲爱的。”托尼说道。

“请问是莱斯特先生吗？我这里有一条口信，是布兰达女士留下的。”

“好啊，帮我接通她的电话吧。”

“她自己不能接电话，但她让我给您这条口信。她说她很抱歉今晚不能陪你，她累得够呛，已经回家上了床。”

“告诉她我想跟她说话。”

“恐怕不能，她非常疲倦，已经上床睡觉了。”

“她疲倦得已经上了床?”

“对的，没错。”

“唔，我想和她说。”

“晚安。”那个声音说道。

“那家伙喝得醉醺醺的。”比弗在挂电话时说道。

“啊，天哪。我真替他难过。他像这样突然过来，又能期待些什么呢。他得接受教育，不该搞突然袭击。”

“他经常这样的吗?”

“不，只是最近才这样。”

电话铃响了。“你猜会是他吗？我最好还是接吧。”

“我要找布兰达·莱斯特女士。”

“托尼，亲爱的，是我，布兰达。”

“有个该死的傻瓜说我不能跟你讲话。”

“我是在吃饭的地方留的言。你今晚过得愉快吗?”

“坏透了。我和乔克一起。他在担心那个‘猪肉方案’的事。我们去见见你好不好?”

“不，今晚不要，亲爱的。我累惨了，正要睡呢。”

“我们过来看你。”

“托尼，你是有些喝醉了吗?”

“烂醉如泥。我和乔克这就过来看你。”

“托尼，不可以。听到了吗？我不要你过来又吵又闹的。公寓的名声是越来越坏了。”

“等我和乔克一去，就没有名声可言了。”

“托尼，听着，请求你今晚不要来。乖乖待在俱乐部，好吗？”

“不会待太久的。”托尼挂断了电话。

“噢，上帝，”布兰达说，“这一点儿也不像托尼。打电话到布莱特俱乐部，让乔克听电话。他会理智些。”

“刚刚是布兰达接的。”

“我猜到了。”

“她在公寓。我说我们会过去看她。”

“好极了。已经有好几周没见她了。我很喜欢布兰达。”

“我也是。她是个出色的女人。”

“确实出色。”

“有位夫人打电话找您，格兰特·孟席斯先生。”侍者说。

“谁？”

“她没说名字。”

“好，我就来。”

布兰达对他说：“乔克，你对我丈夫做了些什么？”

“他有点醉了，就是这样。”

“他刚对我大吼大叫。听着，他还扬言说要过来看看。只是我无法招架他今晚的那种情绪。我身心俱疲了。你能理解的，对吗？”

“是的，我理解。”

“所以，拜托你让他别过来吧。你也喝醉了吗？”

“一丁点儿。”

“啊，天哪，我还能信你吗?”

“我尽力一试。”

“唔，听起来不太妙啊。再见。”……“约翰，你得走了。那两个混混随时可能出现。你有打车的钱吗？你可以去我包里拿些零钱。”

“是你的女伴打来的吗?”托尼问。

“对。”

“言归于好了?”

“还没有。”

“和解要好得多。我们再来点白兰地，喝完就立刻去找布兰达，行吗?”

“咱们再多喝点白兰地吧。”

“乔克，你不会现在还郁闷着吧？不要意气消沉。我现在都不觉得意气消沉了。刚才是这么觉得，现在已经缓过来了。”

“没有啊，我没感到消沉。”

“那我们就再喝点白兰地，然后去布兰达那里。”

“好的。”

半小时后，他们上了乔克的车。“我跟你说吧，如果我是你的话，就不会去开车。”

“不开车?”

“对呀，我不能开车。他们会说你醉了。”

“谁会这么说?”

“你碰到的任何人，他们会说你醉了。”

“嗯，我是醉了。”

“所以说我不开车。”

“可走路太远了。”

“我们可以叫出租车。”

“啊，见鬼。我可以开的。”

“要不然，咱就别去布兰达那了吧。”

“我们最好还是去。”乔克说，“她正等着我们呢。”

“唔，我无法一路走去。再说，我想她也没真心希望我们去。”

“她见到我们会很高兴的。”

“我知道，可是太远了。我们去别处吧。”

“我想见见布兰达，”乔克说，“我对布兰达情有独钟。”

“她是个出色的女人。”

“真是个出色的女人。”

“呃，咱们搭出租车去找布兰达吧。”

但是，在半路上，乔克说：“别去那了。我们去其他地方吧。要不去下等酒吧好了。”

“和我想的一样。告诉他去下等酒吧。”

“去下等酒吧。”乔克把头伸进窗户，对车夫说道。

车子调了个方向，朝沙夫茨伯里大街驶去。

“我们反正可以在下等酒吧给布兰达打电话的。”

“没错，我想我们应该这么做。布兰达真是个出色的女人。”

“出色的女人啊。”

出租车拐进了瓦尔杜街，又沿着辛克街开。这块肮脏的小地方，大部分都是亚洲人在住着。

“知道吗？我想他要把我们拉到‘老百号’。”

“那家店难道还在吗？还以为好几年前就倒闭了呢。”

可是大门依旧熠熠生辉，有个戴着鸭舌帽，穿着一件用饰带镶缀的外套的下人走了出来，为他俩打开车门。

“老百号”从未停业。在那个时代，名字五花八门的夜总会如雨后春笋般出现，它们有着不同的经营者，且都使出浑身解数自诩为体面之地，却在风雨飘摇中度过了其简短的一生，最终被扼杀在警察或者债权人的手中。“老百号”却在逆境中落地生根。可它也没有免遭迫害，而且远不止如此。地方法官曾多次勒令“老百号”停业，吊销了它的执照，还认定整栋楼不宜营业；员工和经营者都经常进出监狱；总有人对内阁和委员会的调查提出质疑，但是，不管内阁大臣们和警务处处长如何变得声明赫赫，又是如何落得名誉扫地，“老百号”总是雷打不动地从晚上九点一直营业到翌日凌晨四点，而酒吧里泛滥着各种可疑的酒类饮品。一位友好的年轻女士把托尼和乔克带进那栋摇摇欲坠的房子。

“麻烦您签上大名好吗？”那位女士说。托尼和乔克在一张表格下方签了他们临时瞎编的名字，那张表上写着：我应邀参加由查尔斯·维布里奇先生（Mr. Charles Weybridge）在辛克街一百号举办的一场自带酒水的聚会。

“每位五先令，谢谢。”

经营这样一家俱乐部并不需要投入巨资，因为除了乐队，不用给任何一名员工发工资；他们各显神通，摸摸大衣口袋，找到什么算什么，还故意给那些醉鬼们找错钱。年轻女士们可以免费入场，但是得让她们的男伴掏钱。

“托尼，我上一次来这里是在你婚礼之前，来参加一场单身派对。”

“那天晚上喝高了吧？”

“喝得烂醉。”

“知道那天晚上还有谁喝高了吗？是雷吉。他还弄烂了一台水果口香糖机。”

“雷吉也喝得烂醉。”

“我说，你不会还在因为那个女人而闷闷不乐吧?”

“我没有闷闷不乐。”

“得了吧，我们下楼。”

舞厅里挤得水泄不通。一个年迈的老者加入了乐队，担起了指挥。“我喜欢这个低档的俱乐部。”乔克说。“我们喝点什么?”

“白兰地。”

他们得买下一整瓶才行。所以两人又填了一张蒙特伦西葡萄酒公司的订单，并付了两镑。当酒送上来的时候，上面的标签写着：醇馥幽郁的陈年佳酿——特优白兰地，由蒙特伦西葡萄酒公司进口。侍者还送来了姜汁汽水和四只玻璃杯。两位年轻女士走到他们身边坐下，她们叫米莉（Milly）和芭布斯（Babs）。

米莉说：“你在伦敦住很久了吧?”

芭布斯说：“有烟抽吗?”

托尼和芭布斯跳舞的时候，芭布斯问托尼：“你喜欢跳舞吗?”

“不，你呢?”

“马马虎虎。”

“唔，那我们坐下吧。”

“请问你们要不要买盒装巧克力糖的抽奖券呢?”侍者走过来对他们说。

“不要。”

“给我买一张吧。”芭布斯说。

乔克开始详细描述“基本猪肉”的规格。

……米莉问乔克："你结婚了，对吗？"

"没有。"乔克答道。

"啊，我一般都能猜到，"米莉说，"你的朋友也结婚了吧。"

"是的，他结了。"

"你会惊讶地发现有多少绅士来这儿就是为了谈论他们的妻子。"

"他还没有。"

托尼凑过身来，靠在桌上，对芭布斯说："你瞧，我的烦恼就是我妻子太好学了。她学了一门经济课。"

芭布斯说："我认为一个女人有感兴趣的事挺好的。"

侍者过来问："两位晚餐吃点什么？"

"不需要，我们刚刚才吃过。"

"来一条美味的黑线鳕怎么样？"

"我来告诉你我要什么，就是打个电话。电话在哪里？"

"你是真的要打电话，还是想去厕所？"米莉问道。

"不，是要打电话。"

"在楼上办公室。"

托尼打电话给布兰达。电话嘟了好几声，布兰达才接的。她说："是我，你是哪位？"

"我这里有托尼·莱斯特先生和乔克·格兰特·孟席斯先生留的口信。"

"啊，托尼，是你。嗯，你要干吗呀？"

"你听出我的声音了？"

"听出来了。"

"唔，我本来只想留个口信，但既然电话接通，我就能自己跟你说了，对吗？"

“对。”

“唔，乔克和我今晚终究还是不过去了，对此我们感到非常抱歉。”

“啊。”

“希望你觉得这不会太粗鲁才好，可我们的确有很多事要忙。”

“没事的，托尼。”

“我是否吵醒你了呢？”

“没关系，托尼。”

“那晚安吧。”

“晚安。”

托尼下了楼，走到桌前。“我刚刚一直在跟布兰达讲话。她听上去相当不高兴。你觉得我们是不是应该去一趟呢？”

“我们答应了会去的。”乔克说。

“绝对不要辜负女人。”米莉说。

“啊，可是现在太晚了。”

芭布斯说：“你们两个是政府官员吧？”

“不是，为什么？”

“我还以为你们是呢。”

米莉说：“我个人最喜欢商务绅士，他们更能侃侃而谈。”

“你是做什么的？”

“我设计邮差帽。”乔克说。

“噢，你接着说。”

“我这位朋友是海狮训练员。”

“再说一个吧。”

芭布斯说：“我有个绅士朋友，他在一间报社工作。”

过了片刻，乔克说：“我想，关于布兰达的事，我们是不是得做点啥?”

“我刚不是告诉她我们不去的吗?”

“是的……可她或许还抱有希望。”

“我看，你去给她打个电话，看看她到底要不要我们去。”

“好的。”十分钟后，乔克回来了。“我觉得她听起来确实不大高兴，”乔克报告说，“可最后我还是说我们不去。”

“她可能累了，”托尼说，“得早起去上经济课。我现在想起来，在今晚早些时候，确实有人跟我说过她累了。”

“嗬，哪来这么恶心的鱼片?”

“侍者说是你点的。”

“或许是吧。”

“我拿去喂俱乐部的猫，”芭布斯说，“那只可爱的小宝贝名叫‘黑莓’。”

他们又起身跳了一两支舞。然后，乔克问托尼：“你觉得我们要不要再给布兰达打个电话?”

“或许我们得打个电话。听上去她对我们挺恼火的。”

“我们现在走吧，出去的时候顺便打给她。”

“你不和我们回家吗?”芭布斯问道。

“恐怕今晚不行。”

“别不够朋友。”米莉说。

“不，我们真的不行。”

“好吧。那送个小礼物意思下总可以吧？你要知道，我们可都是专业的舞伴。”芭布斯说。

“啊，是的。要多少钱?”

“噢，这个留给绅士们自己定。”

托尼拿出一镑给她们。“你可以再多给一点儿吗?”芭布斯说，“我们陪你坐两个钟头了。”

乔克又给了一镑。“等你们哪天晚上有多点时间的话，再来找我们吧。”米莉说。

“我感觉相当不舒服，”托尼在上楼的时候说，“才懒得费神打电话给布兰达呢。”

“发条口信。”

“这主意不错……喂，”托尼对衣着邋遢的看门人说，“请你打电话到电话局，告诉夫人，就说格兰特·孟席斯先生和莱斯特先生对他们今晚无法亲自致电感到非常抱歉。懂了吗?”他给了看门人半克朗，二人随即信步走向辛克街。“布兰达不能指望我们做得比这更多了。”托尼说。

“我告诉你我会怎么做。我差不多会走到她门前，按一小会儿门铃，以防万一她还醒着等咱俩。”

“好啊，你就这么做。你真是我的好哥们，乔克。”

“啊，我喜欢布兰达……是个出色的女人。”

“出色的女人……要是我没觉得不舒服就好了。”

第二天早上，托尼浑浑噩噩地醒过来的时候已经八点钟了，他在脑海中拼凑昨晚发生事情的零散片段。可他记起得越多，越觉得自己的行为有失体面。九点钟，他洗了个澡，又喝了些茶。十点钟，他心里泛起了嘀咕，是不是该给布兰达打个电话呢？而这时布兰达打了电话过来，他也用不着纠结这个难题了。

“嗨，托尼，感觉怎么样?”

“很糟糕。我昨晚喝醉了。”

“你是醉了。”

“我也觉得很有内疚感。”

“意料之中。”

“我记不清发生的一切，可我隐约记得我和乔克两个相当烦人。”

“确实是。”

“你在生气吗？”

“唔，昨晚很生气。托尼，究竟发生了什么事，你们居然会那样做！你们不是小孩子了。”

“我们昨晚心情很差。”

“我敢说，你们今天早上的心情会更差……我刚收到乔克送的一盒白玫瑰。”

“我希望我也想到了这个。”

“你们两个像小孩子一样。”

“你不会真的生气吧？”

“当然没有了，亲爱的。你只要立刻回到乡下，明天就没事了。”

“那我见不到你了？”

“恐怕今天不行。整个上午都有课，而且我中午在外面吃饭。不过我周五晚上会回海顿，要不然，周六早上无论如何都会回去。”

“知道了。你不能翘一节课或者不吃中饭吗？”

“不行，亲爱的。”

“好吧。关于昨晚的事，你这么通情达理，真像个天使。”

“再没有比这更走运的事了。”布兰达说，“我知道托尼，他在接下来几周都会饱受内疚感的折磨。虽然昨晚的事让人恼火，但是很值得。现在他犯了这么大的错，那么不管我做什么，他都不敢有任何不满，更别提让他口出怨言了。而且，他这一趟玩得根本不开心，这个可怜的宝贝。所以这也是件好事。他得学会一点，不能不请自来。”

“你在教别人东西这方面真在行。”比弗说道。

托尼从三点十八分到海顿的那趟火车下来的时候，感到又冷又累，而且带着沉重的负罪感。司机开车带约翰·安德鲁来车站接他。“嗨，爹爹，在伦敦过得开心吗？你不介意我来接你吧？我求嬷嬷让我来的。”

“见到你真高兴，约翰。”

“妈咪好吗？”

“听上去她很好。我没见到她。”

“可是你说你要去见她的呀。”

“是的，我是这样想来着，可事实证明我错了。我只和你妈妈通过几次电话。”

“但是你在家里也可以给她打电话呀，不是吗，爹爹？你为什么要大老远地去伦敦给她打电话呢？为什么呢，爹爹？”

“这就说来话长了。”

“那就告诉我一部分吧……为什么呀，爹爹？”

“听着，我很累。要是你还问个不停，我以后再也不让你来火车站接我了。”

约翰·安德鲁的小脸开始皱成一团，说道：“我还以为你喜欢我来接你呢。”

“不许哭，要不然我就让你到前面去，和道森（Dawson）坐一起。你这个年纪还哭，实在不像话。”

“我宁可早点去前面和道森坐一块儿。”约翰·安德鲁说着，泪水在眼眶里打转。

托尼拿起传话筒，告诉司机停车，但他没听见。所以托尼又把传话筒放回挂钩上。车在一片沉默中继续行驶，约翰·安德鲁头靠着车窗，小声地啜泣。当他们到达庄园时，托尼对保姆说道："嬷嬷，我不希望约翰今后再去车站了，除非是夫人或我特别允许他去。"

"不会了，先生。我今天没准他去，是他自己做的主。快过来，约翰，把你的外套给脱了。天哪，孩子，你手帕哪去了？"

托尼走到藏书室，一个人在壁炉前坐着。"两个三十岁的男人，"他自言自语，"举止像桑德赫斯特的皇家军校里的学生一样，喝得酩酊大醉，乱给人打电话，还在'老百号'和妓女跳舞……而布兰达对整件事的态度甚好，这是最糟糕的。"他眯了一会儿，之后去换了身衣服。吃晚饭的时候，托尼说："安布罗斯（Ambrose），以后的晚餐要是只有我一个人，就把饭菜端到藏书室里的书桌上，我在那里吃。"

吃完晚饭，托尼拿起一本书，坐在壁炉前，但是他看不进去。十点钟，他把壁炉里的木头拨散开后，就上了楼。他还扣紧了藏书室的窗户，然后熄了灯。那天晚上，他在布兰达空荡荡的房间里睡了一夜。

二

喝醉酒那天是星期三；到星期四，托尼就身心舒畅了。早上，他还参加了郡议会的会议。下午的时候，他去了趟庄园农场，还和代理人讨论了购买新型拖拉机的事。然后，他就对自己说："明天这个时候，布兰达和乔克就都会在这里了。"托尼在藏书室的壁炉前用了餐。几周前，他就放弃了节食。（"安布罗斯，要是只有我一个人吃晚餐，就不用那么麻烦。以后我只吃两道菜。"）他仔细翻阅了代理人留给他过目的一些账簿，然后就上了床，他对自己说："等我一觉醒来，就到周末了。”

但是，第二天早上，托尼收到乔克发来的一封电报，上面写道：周末无法赴约，须访选民，下下周可好？他回电：随时欢迎。“我想一定是他和那个女人言归于好了。”托尼心想。

还有一封布兰达用铅笔写的短笺：

> 周末同波莉和她的朋友维罗妮卡（Veronica）坐波莉的车一起来。黛茜和女佣带行李搭三点十八分的火车到。请你通知安布罗斯和莫索普夫人（Mrs. Massop）。我们最好让波莉住莱昂尼斯房，如你所知，她喜欢舒适。维罗妮卡可以住任何一间房，加拉赫特爵士屋除外。波莉说她很有趣。比弗太太也来，请你不要介意，她是为了生意上的事，她自觉可以替我们修缮起居室。波莉还会带司机。顺便说一句，我会让格雷姆肖（Grimshawe）在海顿待一周，请告诉莫索普夫人，她在伦敦去别家搭伙既麻烦又费钱。事实上，我觉得没有她也没什么不妥，你认为呢？她只在缝纫的时候有点用。期待见到小约翰。所有人周日会在晚上离开。尽量做到别喝太多酒，亲爱的。
>
> ——布兰达

周五，托尼发现他没什么事可忙。他在上午十点之前写完了回信。然后又去了趟农场，可那里没有生意可谈。那些以前看起来烦琐的工作，如今花很少时间就能做完；他还没有意识到以前他和布兰达浪费了多少时间。托尼在围场看约翰骑马。因为周三和父亲的拌嘴，孩子心里难免有不快；当托尼对“霹雳”的精彩一跃鼓掌叫好时，约翰冷冷地说：“她平时跳得比这个好。”不一会儿，他又问：“妈咪什么时候回来?”

“明天才回来。”

“哦。”

“我今天下午得去趟小贝顿村。你愿意去吗? 或许我们可以看看那里的养狗场。”

过去几周，约翰一直央求托尼带他去那儿。

“不了，谢谢，”约翰说，“我想把我正在画的一幅画完成。”

“你什么时候都可以画呀。”

“我想今天下午画。”

当托尼离开以后，本杰明问他：“究竟是怎么了，你怎么那样跟你爸说话? 你不是从圣诞节开始就一直嚷着要去养狗场看看的吗?”

“才不要和他去。”约翰回答说。

“你这个没良心的小杂种，这样和你老爹说话实在是混账。”

“可你不该在我面前说‘杂种’和‘混账’，嬷嬷说不可以这样。”

因此，托尼独自一人去了小贝顿村，他要去那里和布林克上校谈生意。他期待布林克夫妇会留他过夜，可他们二人准备出去喝茶，所以托尼只好在黄昏时分驾车回海顿。

整个庄园里弥漫着齐胸高的淡淡的薄雾；修道院的角楼和城垛看上去灰溜溜的，且毫无生气。锅炉工正在降下主塔上的旗帜。

“我可怜的布兰达，这房间太可怕了。”比弗太太说。

“这间房我们不怎么用。”托尼很冷漠地回应道。

“我也这么认为。”那个叫维罗妮卡的女人说。

“除了有些霉味，”波莉说，“我看不出有什么不妥。”

“是这样，”布兰达没看托尼，向众人解释道，“我是这么想，必须给楼下弄一间可以住人的房间。目前就只有吸烟室和藏书室了。客厅太大，所以根本用不上。我还觉得我需要一间属于我的小起居室。你觉得有可能弄好吗？”

“但是，亲爱的，房间的形状都是错的。”黛茜说，“那个壁炉架是用什么材料做的？还有粉色的花岗岩，灰泥天花板和墙裙。一切都太吓人了，感觉也阴暗得很。”

“我完全知道布兰达要的是什么，”比弗太太态度更温和地说道，“我觉得还是有可能弄好的，我要好好想想。正如维罗妮卡所说，屋子的结构确实有局限性……知道吗？我觉得唯一要做的，就是根本不用管结构，只要找到确切的房屋整改方案就行，你懂我的意思吗？……假如我们给墙面镀一层白铬，再给地板铺上天然羊皮毯……我在想这是否会超出你的预算。”

“换作是我，整栋屋子都要推倒了重新盖。”维罗妮卡说。

托尼没有继续参与她们的讨论。

“你真的想让比弗太太给我们装修起居室吗？”托尼问。

“如果你不愿意就不要，宝贝。”

“不过你想象一下，墙面镀上白铬？”

“啊，只不过是种设想罢了。”

托尼在摩根勒菲和格温娜维尔两间更衣室之间进进出出，每当他和布兰达穿衣服的时候，他总是这么做。“我说，”托尼穿好马甲后，进屋问道："你明天不会也跟着走吧？"

"必须走。"

他回到摩根勒菲屋，拿上领带，又回到了布兰达的格温娜维尔屋，挨着她坐下后，便对着梳妆台系领带。

"顺便说一句，"布兰达说，"你对留下格雷姆肖有什么意见？留她的话似乎很浪费。"

"你以前经常说没她你应付不来。"

"是的，可现在我的生活起居都在公寓，一切从简。"

"生活起居？亲爱的，听你的口气，像是已经永远扎根在那儿了。"

"你介意挪下身子吗，宝贝？我看不太清。"

"布兰达，你这个经济学的课程还要学多久？"

"我吗？我哪知道。"

"你总有自己的计划吧？"

"噢，我发现还有很多东西要学，这太叫人意外了……我刚开始学的时候，落后别人一大截呢。"

"布兰达……"

"快点，把你的外套穿好。她们都在楼下等咱们呢。"

那天伴晚，波莉和比弗太太在玩西洋双陆棋。布兰达和维罗妮卡坐在沙发上一边缝纫，一边讨论女红；偶尔，四个女人之间也会交流几句。她们说着说着，就会习惯性地用上行话，托尼听得云里雾里；这是小偷用的黑话，每个词的读音顺序都颠倒了。托尼置身这群女人之外，一个人在台灯下看书。

那天晚上，众人上了楼。当布兰达准备上床睡觉的时候，客人们走进她房间找她说话。托尼可以透着房门听到她们的低声笑语。她们用电热水壶烧了壶水，一起喝塞打布罗[①]。

之后不久，女人们嘻嘻哈哈地离开。托尼来到了布兰达的房间。屋里很暗，不过布兰达还是听到托尼进屋的声音，她看到走廊上的灯光，于是打开了床头柜上的小台灯。

“怎么了，托尼?”布兰达问。

她躺在床上，脑袋把枕头睡得深深地凹了进去；她脸上的洁面油在灯下闪着光；那只开灯的手臂还赤裸地搭在鸭绒被上。“怎么了，托尼?”她又问道，“我都快睡着了。”

“很累吗?”

“嗯。”

“不想我陪你?”

“我好累……而且我还喝了好多波莉带的那种东西。”

“那好吧……晚安。”

“晚安……你不会介意的对吧？……好累哦。”

托尼探过身去，吻了一下布兰达；她闭上眼睛静静地躺着。然后，托尼熄了灯，回到自己的房间。

“布兰达女士身体无恙吧?”藤德里尔牧师问。

“噢，没什么大问题，多谢关心。她从伦敦回来就疲惫不堪了。你知道的，她周一到周五都会去伦敦，所以周日的时候就想静养一下。”

“她的那个了不起的经济课程进展得如何?”

“我想应该非常好。她似乎还很有兴趣。”

“好极了。以后我们有经济问题就立刻找她。不过，我敢说你和约翰都很想念她，对吗?”

---

① 一种安神饮料。

“是的，确实非常想。”

“唔，请转达给她我最诚挚的问候。”

“我一定会的。谢谢您。”

托尼离开教堂的门廊，像往常一样走去花房；他给自己摘了一朵栀子花，又给女士们摘了四朵深紫色的康乃馨。当托尼来到女士们所在的房间时，突然听到一阵爽朗的笑声。他愣在房门口，不知所措。

“快进来，亲爱的，没什么事。只不过我们打了个赌，猜你今天别在纽扣上的花是什么颜色的，结果都没猜对。”

女士们一边把托尼带来的花别在胸前，一边吃吃地笑了几声；比弗太太除外，她对托尼说：“你只要想买插枝或种子，一定得找我。可能你还不知道，我在这方面已经有不少生意了……全都是相当稀有的花卉品种。我为西尔维娅·纽坡特和各种各样的人买过这类东西。”

“这件事，你必须和我这儿的工头谈。”

“唔，实话告诉你吧，今天早上你还在教堂的时候，我就和工头说过了。他似乎非常理解。”

女士们提前动身，为的是到伦敦的时候可以赶上吃晚饭。在车里，黛西说：“天哪！这是什么宅子啊。”

“现在你明白了我这些年都是怎么过来的吧。”

“可怜的布兰达。”维罗妮卡一边说着，一边取下别在衣服上的康乃馨，把花从窗户扔到路边。

“你知道吗？”第二天，布兰达向波莉吐露心声，“我对托尼并不十分满意。”

“你那个老兄最近在忙些什么？”波莉问。

“没什么可忙，但是我的确看得出，一直以来他一个人在海顿也相当乏味。”

“我不觉得有什么可担心的。”

“啊，我不是在担心什么。只不过，他要是喝了酒或干出些什么事的话，一切就不好办了。”

“要我说，这也不怪他……我们得想个法子，让他爱上某个姑娘。”

“如果可以的话该有多好……有谁合适吗？”

“那个老女人西碧尔（Sybil）绝对是上佳人选。”

“亲爱的，托尼和她从小就认识。”

“要不就苏琪·德·富科尔德·艾斯特哈吉（Souki de Foucauld Esterhazy）？”

“他不怎么喜欢美国人。”

“唔，反正我们会给他找到一个的。”

“现在的问题是我对他而言，已经成为一种依赖，他是不会轻易接受一个新人的……那人是该像我好呢？还是和我大不一样好呢？”

“我觉得最好是不一样，但是这很难说。”

她们探讨了这个问题的各个方面。

三

布兰达在信中写道：

亲爱的托尼：

抱歉许久没有写信或电话问候，因为一直忙于学习金银复本位制理论，这东西非常复杂。

周六又会和波莉一起回海顿。她能再次到访真好，看来莱昂尼斯屋和其他大多数的房间不同，没那么令人厌恶，对吗？

另外，我还会带上一个迷人的姑娘，我希望咱们都能善待她。那姑娘身世坎坷，她就住我同一栋公寓的另一间套房里，名叫珍妮·阿卜杜勒·阿克巴（Jenny Abdul Akbar）。她嫁给了一个黑人，但她自己不是黑人。其他情况让她本人告诉你吧。我想她会坐三点十八分的那趟车。我得停笔了，还要去上课。

别碰那可恶的朗姆酒。

——布兰达

附：昨天在巴黎咖啡馆，见到乔克和一个没羞没臊的金发女郎在一起。是谁？

“京灵”，不对，是狮子狗“精灵”，不知怎么得了风湿病。玛乔丽对此忧心忡忡。她觉得狗的骨盆错了位，而克鲁特维尔医生又不给治。想想玛乔丽给他介绍过多少生意，如此看来，他还真不厚道呢。

“你确定托尼会对珍妮着迷吗？”

“这事没法百分百肯定，”波莉说，“我一见她就烦透了，但是让她去试试也未尝不可。”

“妈咪今天会回来吗？爹爹。”

“会。”

“还有谁？”

“一个叫阿卜杜勒·阿克巴的女人。”

“多蠢的名字啊。她是个外国人吗？”

“我不知道。”

“听起来像，对吧？爹爹。你觉得她是不是连一句英语也不会说呢？她是黑人吗？”

“你妈妈说不是。”

“噢……还有谁呢？”

“科克珀斯夫人。”

“那个猴子女人。你知道吗？可能除了她的脸之外，其他地方长得和猴子一点儿也不像。我觉得她没有尾巴，因为我离得特别近地观察过她……除非是她把尾巴卷到了双腿的中间。你觉得她有尾巴吗？爹爹。”

“如果有我也不觉得奇怪。”

“可是太别扭了。”

托尼和约翰又成了好朋友；但是在过去的一周，父子间气氛很沉重。

迟一些再去海顿是科克珀斯夫人计划中的一部分。“让那姑娘有机会办好这件事。”波莉说。所以等到珍妮上车后，她和布兰达才动身。那一日天寒地冻，偶尔还下点雨。珍妮，这个刚毅的小个子女人在到达庄园大门口前，一直用毯子把身体裹得严严实实。她打开提包，卷好面纱后放了进去，又抖抖粉扑，给脸上补妆。她伸出尖尖的红舌头，舔掉手指上的口红。

当仆人来禀报珍妮的到访时，托尼正在吸烟室；白天的藏书室里能听到非常嘈杂的声音，因为有工人在隔壁的起居室施工，他们在把墙面上的石膏饰样拆下来。

“阿卜杜勒·阿克巴王妃到。”

托尼起身去迎接她。一股浓浓的麝香味扑面而来。

“啊，莱斯特先生，”珍妮说，“这是一栋多么惬意的老宅子呀。”

“不少地方都是修缮过的。”托尼说。

“啊，但宅子的氛围没变。我总觉得房子的氛围是很重要的。如此高贵而静谧的地方，当然，你们早就习惯了。可是当你和我一样过得不快乐的时候，就会体会到这些东西了。”

托尼说：“实在不巧，布兰达还没到家。她同科克珀斯夫人一道坐汽车来。”

“布兰达一直都当我是特别好的姐妹。”王妃脱下皮大衣，坐在壁炉前的凳子上，她抬头望着托尼。“我把帽子摘了你是否介意呢?”

“不，当然不介意。”

珍妮把帽子扔在沙发上，抖了抖她那干枯的黑色卷发，说：“你知道吗？莱斯特先生，我马上就会改口叫你特迪先生(Mr. Teddy)。你会不会觉得我的想法独到呢？还有，你得叫我的名字珍妮。‘王妃’太正式了点，不是吗？王妃是那种穿着紧身裤，头上绑着金色缎带的女人。当然，”她把双手伸向壁炉烤火，并让头发散落下来盖住一部分脸，她继续滔滔不绝地说，“我的丈夫在摩洛哥也不是什么‘亲王’，他的头衔是‘毛拉[①]’，而妇女则没有完全对等的称呼，所以我一般都称呼我自己为欧洲的王妃……事实上，他的真实身份远没有‘毛拉’那么高……我丈夫是一个先知的后裔。你对东方感兴趣吗?”

“不……是的，我的意思是我对此了解甚少。”

“东方对我而言，有一种神秘的魅力。你得去那儿看看，特迪。相信你会喜欢的。我一直都是这么告诉布兰达的。”

---

① 通常指伊斯兰教的教长，但在阿拉伯国家中，也在贵族人名前冠以“毛拉”，以示尊敬。

“我想你会愿意去你房间看看吧?”托尼说,“茶很快就会上了。”

“不,我更愿意待在这儿。我喜欢像猫一样蜷缩在火堆前面。如果你对我好,我会发出咕噜咕噜的声音,可你要是很凶,我会装作对你不理不睬,就像猫咪那样……我可以发出咕噜声吗?特迪。”

“呃……好的……如果你喜欢的话,那就请做吧。”

“英国男人真是既绅士又体贴。能回到他们当中真是太妙了……都是我的同胞们。偶尔我也会回顾我的一生,特别是那段和现在一样混迹于古老又可爱的英国环境和好心人之中的日子。我觉得这一切都像是可怕的噩梦……然后,我会想起我身上的伤痕……”

“布兰达说你和她住在同一栋公寓里,那些套间一定非常舒适。”

“你身上的英国味怎么那么浓呀,特迪,这么羞于谈论个人的私密事……知道吗?我就喜欢你这一点。在经历过这么多之后,我爱一切可靠、朴实和美好的东西。”

“你不会和布兰达一样,也在学经济吧?”

“没有。布兰达在学吗?她从没告诉过我。还真是不可思议,她哪来的时间呢?”

“啊,总算是上茶了,”托尼说,“我希望你会吃点小松饼,如今我们的许多客人都在节食。我认为小松饼是能让英国冬天变得可以忍受的为数不多的东西之一。”

“小松饼确实是首屈一指的。”

珍妮吃得很痛快,还不时地用舌头舔舔嘴唇,清理沾在上面的面包屑和黄油酱。托尼瞥见一滴黄油落到她的下巴上,闪闪发光,可她自己却并未发觉。此时,约翰·安德鲁被领了进来，托尼可算松了口气。“过来，我给你介绍，这是阿卜杜勒·阿克巴王妃。”

约翰·安德鲁从未见过王妃，他出神地盯着她看。

“你不想让我亲一下吗?”

约翰走过去，珍妮亲了亲他的嘴唇。

“噢，”约翰向后退，擦掉了弥漫在唇上的口红味道，然后说，“多么美妙的香味啊!”

“这是我同东方的最后一丝联系了。”珍妮感叹道。

“你下巴上沾到黄油啦!”

珍妮笑着伸手去拿包。“哦? 有黄油吗? 特迪，你早该告诉我嘛!”

“你为什么管爹爹叫特迪?”

“因为我希望能和他成为很好的朋友呀。”

“这理由真滑稽。”

约翰和他们待了一个钟头，一直着迷地望着珍妮。“你有皇冠吗?”约翰问，“你是怎么学会说英语的? 那个大戒指是什么做的? 它贵吗? 你的指甲为什么是那种颜色? 你会骑马吗?”

所有的问题珍妮都一一作答，其间还不时用一种难以捉摸的眼神看着托尼。她掏出一条香气扑鼻的手帕，指着上面字母交织的图案对约翰说：“这是现在唯一能证明我王权的东西。”她还告诉他以前自己骑什么样的马——毛色乌黑发亮，脖子呈拱形；银制的嚼子周围有很多白沫；前额飞扬着一撮翎毛；挽具和深红色的鞍座坐垫上装饰有银制饰钉。“在毛拉生日那天……”

“毛拉是什么?”

“是个漂亮的坏家伙，”她一本正经地说，“在他生日那天，他全部的骑兵都要到一个大广场的四周集合。他们个个都得穿上最华丽的衣服，佩戴珠宝，连大马也要戴盛装的挽具。毛拉会坐在大大的红色华盖下的王座上面。”

“华盖是什么东西？”

“就像一顶帐篷，”她声音变得更尖锐了，然后又继续像之前那样轻声细语，“所有的骑兵通常会骑着马全场驰骋，在飞扬的尘土中挥舞大刀，径直向着毛拉的方向冲。在场的所有人都屏住呼吸，因为他们觉得这些骑兵就要跳到毛拉头上去了。可是当士兵们骑马飞奔至离他只有几英尺的时候，就像我们两人之间这么远，他们会猛地一勒马缰，让马高高地扬起前蹄致敬……”

“啊，可他们不该这么做，”约翰打断她，“本叔说过，这种骑马技术是很差劲的。”

“他们是世界上最棒的骑手了。这是众所周知的。”

“噢，不。如果他们那样骑马，就不可能是最棒的。那是最坏的骑马技术。他们都是土著人吗？”

“当然是了。”

“本叔说土著人根本不算是人。”

“啊，我想他说的是那些黑人吧。这些人都是纯种的闪米特人。”

“闪米特人什么人？”

“和犹太人一样。”

“本叔说犹太人还不如土著人呢！”

“噢，老天。你可真是个严苛的小孩。我曾经也是这样，可生活让我学会了宽容。”

“可它还没把本叔教会，”约翰说，“妈咪什么时候回来？我还以为她回来了，不然我才不会放下画笔呢。”

然而，保姆过来接约翰的时候，他没有任何请示，直接走上前去和珍妮吻别。“晚安，约翰孩儿。”珍妮说。

“你叫我什么？”

“约翰孩儿。”

“你叫的名字还真滑稽。”

约翰上了楼，他若有所思地拿勺子搅拌着牛奶里泡着的碎面包。他问：“嬷嬷，我确实觉得王妃很漂亮，你不这么认为吗？”

保姆轻哼了一声说：“要是我们想的都一样，这个世界该有多无趣。”

“她甚至比藤德里尔小姐还要漂亮。我觉得她是我见过的最美的女人……你说她会想来看我洗澡吗？”

楼下，珍妮对托尼说：“真是个可爱的孩子……我喜欢小孩，可这却是我最大的不幸。当毛拉发现我无法生育的时候，他头一回露出了他本性的另一面。可这不是我的错……只是我的子宫错了位……我也不知道我为什么要对你说这些，可我感觉你能理解我。如果一个人知道自己即将爱上某个人，却还要继续伪装，那真是浪费时间啊，对吗？……我立马能知道对方是否会成为真正的朋友……”

快七点的时候，波莉和布兰达才到家。布兰达直接上了二楼的保育室。“啊，妈咪，”约翰欣喜地喊道，“楼下来了一位特别漂亮的女士。记得叫她睡前来和我说一句‘晚安’。嬷嬷觉得她不愿意来。”

“你爹爹看上去喜欢她吗？”

“他都没怎么说话……那位女士对马和土著人一点儿也不懂，可是她长很漂亮。请她过来一趟吧。”

布兰达下了楼，发现吸烟室里珍妮和波莉待在一起，而托尼独坐一旁。布兰达对珍妮说：“你和约翰·安德鲁处得很好嘛。你不去见他，他都不肯睡呢。”

她们一块儿上楼，珍妮说：“他们父子俩都很可爱。”

“你和托尼谈得来吗？真是抱歉我没能在海顿迎接你。”

“他是那么的善解人意、温文尔雅……又是那么的惆怅。”

她们来到夜间保育室，坐在约翰的小床上。约翰扯掉身上的衣服，爬出被窝，依偎在珍妮身边。“回到被窝里去，”珍妮说，“不然我可要打你的屁股了。”

“你会打得很重吗？我才不怕哩。”

“噢，亲爱的，”布兰达对珍妮说，“你这是给他施了什么魔咒啊。他以前可从不会这样。”

当她们离开后，保姆又打开了一扇窗户，嘴里念叨着：“噗！把整间房都熏臭了。”

“你不喜欢吗？我觉得好闻得很呢。”

布兰达把波莉领到莱昂尼斯房。这间大大的套房用缎木装修过，是为了恭候爱德华国王的大驾，那时他还只是威尔士亲王，受邀参加一场狩猎聚会；可他最后却未曾莅临。

“进展如何?”布兰达迫不及待地问道。

“现在下定论还为时尚早，我相信没什么问题。”

“她搞错了对象。约翰·安德鲁特迷她……这太尴尬了。”

“在我看来，托尼起步慢了点。可惜的是珍妮搞错了他的名字。我们要不要跟她说说?”

“不了，随它吧。”

布兰达在梳妆打扮的时候，托尼走过来说：“布兰达，这个可笑的女人是谁?”

“亲爱的，你不喜欢她吗?”

布兰达语气中明显的失落和苦恼触动到了托尼。“我完全不懂你说的什么喜不喜欢。她不过是个玩笑罢了，难道不是吗?”

“她是……噢，亲爱的……你要知道，她的生活经历是很可怕的。”

“我想也是。”

“请你对她好点，托尼。”

“啊，我会善待她的。她是犹太人吗?”

“我不知道。我从未想过这个问题。或许是吧。”

吃过晚饭后不久，波莉就说累了，她一边卸下佩戴的饰物，一边叫布兰达陪她上楼。“让他们小两口单独待会儿。”走到门口时，她小声在布兰达耳边说。

“亲爱的，我觉得这没什么用……你也知道，那可怜的老兄还是有些品位和幽默感的。”

“那女人在吃晚饭时表现得不好，是吗?”

“她还得继续坚持……毕竟托尼和我携手度过了七年的时光，这个转变来得太突然了。”

“累了?”

“嗯，有点累。”

“你让我和阿卜杜勒·阿克巴周旋得太久了。”

“我知道。对不起，亲爱的，可波莉磨蹭了好久才上床……很可怕吗？我希望你多喜欢她一些。”

“她太可怕了。”

“每个人都得学会体谅……她身上有极其可怕的伤痕。”

“她告诉了我这些。”

“我亲眼见到过。”

“再说，我希望能多和你待在一起。”

“啊。”

“布兰达，你还在气我那天喝醉酒，然后又把你吵醒的事吗？”

“没有，宝贝，我的样子像在生气吗？”

“……我不知道。你看上去确实很生气……这一周有什么趣事吗？”

“没什么趣事，很努力地学习。金银复本位制理论，知道吗？”

“啊，对……呃，我猜你要休息了吧？”

“嗯……好累。晚安，亲爱的。”

“晚安。”

“妈咪，我能去向王妃说句早安吗？”

“我想她还没醒呢。”

“求你了，妈咪，让我去看看嘛。我就偷偷看一眼，要是她还睡着，我立马走开。”

“我不知道她住哪个房间。”

“她在加拉赫特爵士屋，夫人。”格雷姆肖一边穿衣服，一边答道。

“噢，老天。怎么安排她住那间房了？”

“是莱斯特先生的命令，夫人。”

“嗯，那她或许已经醒了吧。”

约翰一溜烟地跑出了房间，一步三颠地沿着走廊来到加拉赫特爵士屋。“我能进来吗？”

“你好，约翰孩儿。进来吧。”

他推开房门，半边身子倚在门上。“您吃过早餐了吗？妈咪说你还没醒呢。”

“我醒了很长时间了。你知道吗？我以前受过重伤，现在我总是睡不好。就算是最软的床，我也觉得硬。”

“啊。你的伤是怎么弄的？是车祸吗？”

“不是车祸，约翰孩儿，不是一场事故……进来吧，门开着冷。这里有葡萄，你要吃吗？”

约翰爬上了床。“你今天要做什么？”

“还不知道呢。没人告诉我。”

“那让我告诉你吧。早上我们去教堂，因为我必须得去。下午我们去马场看‘霹雳’，你会见到我们骑马跨栏的地方。然后你可以在我吃晚饭时和我一起回来，因为我吃得很早。吃完饭，我们可以去布鲁顿树林，不要带上嬷嬷，因为她会弄得脏兮兮的。你可以看看树林旁边的一个下水道，就在树林旁边，有人从里面挖出一只狐狸，差点让它跑掉。然后你可以回保育室喝茶。我有台小留声机，是雷吉舅舅送我的圣诞礼物，它能放《当父亲给客厅贴上墙纸》，你听过这首歌吗？本叔能唱出来。我还要给你看几本书，和我画的一幅马斯顿荒原战役的画。”

“听上去真是个美好的一天。可你不觉得我应该花些时间陪你爹爹、妈咪和科克珀斯夫人吗？”

“啊，还有他们……另外，关于科克珀斯夫人有尾巴这事，是我瞎说的。请你一天都陪着我好吗？”

“唔，看情况吧。”

“她和托尼去教堂了。这是个好兆头，对吗？”

“唔，这倒不见得，波莉。托尼喜欢一个人去，要不就带上我。这是他和村里人闲话家常的时间。”

“那女人不会打断他的。”

“我觉得你完全不了解这老兄。他比你想的要古怪得多。”

“神父，我从你的布道中看得出你对东方有所了解。”珍妮对牧师说。

“是的，没错，我人生中的大部分时光都在东方度过。”

“东方世界有种神秘的魅力，对吧?”

“啊，走吧，”约翰用力扯着她的大衣说，“我们还得去看‘霹雳’呢。”

于是，托尼一个人带着花回到家。

吃完午饭，布兰达对托尼说：“你怎么不带珍妮参观宅子呢?”

“啊，对，是得带她转转。”

他们来到起居室，托尼对珍妮说：“布兰达在弄装修的事。”

屋里到处都是木板、梯子和成堆的石膏。

“啊，特迪，太遗憾了。我讨厌把东西弄成现代化的风格。”

“这间房我们用的不多。”

“话虽如此，可毕竟……”她拨弄着扔在地板上的鸢尾花样的石膏线，失去光泽的镀金材料碎片和落满灰尘的镂花模版。“你知道吗？布兰达一直都是我特别好的朋友。我不愿说她的坏话……可是从我来到这里开始，我就一直纳闷，她是否真的了解这个美丽的地方，而这宅子对你来说又意味着什么。”

“再和我说说你可怕的人生经历吧。”托尼边说边带着她回到中央大厅。

“说到你自己的事，你很难为情，是吗？特迪。知道吗？把一切都闷在心里是不对的。我也一直都不快乐。”

托尼四处张望，拼命想找人解围；终于他的救星出现了。“啊哈，原来你们在这里。”传来一个沉着坚定的童声，“走吧。我们现在得去树林了。动作快点，不然就天黑了。”

“噢，约翰孩儿，我一定要去吗？我在和你爹爹说话呢。”

“来嘛！都安排好了。看完以后，你就能和我一起上楼喝茶了。”

托尼蹑手蹑脚地来到藏书室。工人们都休息去了，所以今天这里待得下去。两个小时以后，布兰达发现了他。“托尼，你一个人在这儿？我们还以为你和珍妮在一起呢。你们逛得怎么样了？”

“约翰把她叫走了……在我差点要言语无状的时候。”

“啊，亲爱的……吸烟室里只有我和波莉两个人。过来喝点茶吧。你看上去脸色怪怪的，刚睡醒吗？”

“我们必须承认这事黄了，毋庸置疑。”

“这位老兄到底想要什么样的人？他似乎不是什么‘万人迷’吧。”

“我敢说要是珍妮没把他名字搞错，事情本来没什么问题的。”

“不管怎么说，你尽力了。为了让这位老兄高兴，你做了大多数妻子都办不到的事。”

“嗯，这倒是千真万确的。”布兰达说。

四

五天后，布兰达又回到了海顿。“我下周末不回来，”她对托尼说，“得去维罗妮卡家做客。”

“她没有邀请我?”

“嗯，当然有，但我替你回绝了。想你也舍不得离开家。”

“其实要去，我也不介意。”

“啊，亲爱的，要是我早知道就好了。维罗妮卡也会很乐意你去的……但是现在恐怕来不及了。她家小得很……说实话，我觉得你应该很讨厌她。”

“我对她深恶痛绝。”

“唔，那么？……”

“呵，没关系。你周一必须回伦敦吗？狩猎比赛就在下周三举行，这你知道的吧。”

“我们要在狩猎前，给他们弄个露天招待会吗?”

“是的，亲爱的。你也知道，这是我们每年的老规矩。”

“可不是嘛。”

“你不能待到那个时候?”

“我办不到，亲爱的。只要我错过一堂课，我就跟不上进度了。再说了，我也不是很想看到那些猎犬。”

“本杰明问我们是否也让约翰去凑个热闹。”

“啊，他还太小了。”

“不是去打猎。我觉得可以让他骑着小马驹，跟大部队骑到第一片树林。他肯定喜欢这个安排。”

“这样安不安全?”

“啊，肯定是安全的，就这么定了?”

“这个淘气鬼，我真希望能留下来看他。”

“那就改变主意吧。”

“啊，不行，这是不可能的事。托尼，别劝我了。”

布兰达刚到海顿时就是这样，后来一切就有了好转。这个周末，乔克也在海顿，同时还有艾伦、玛乔丽和另外一对托尼从小就认识的夫妻。这场聚会是布兰达安排的，托尼玩得很尽兴。他和艾伦带着来复枪，在暮光中猎兔子。吃过晚饭，这四个男人在台球桌上玩手推球，一位夫人在旁边观战。“这位老兄高兴得像只雀跃的百灵鸟，”布兰达对玛乔丽说，“他在这种新式聚会里玩得不亦乐乎。”

男人们进来的时候上气不接下气，因为喝了威士忌和苏打水的缘故，他们个个都面红耳赤的。

“托尼差点没把球丢到窗外去。”乔克说。

那天夜里，托尼睡在布兰达的格温娜维尔屋。

“一切正常吗?”他说。

“当然，亲爱的。”

“我独自待着的时候心情很低落，脑子里在想事情。”

“你不可以自寻烦恼，托尼。知道吗？这是你要改掉的毛病之一。”

“我再也不会瞎想了。”托尼说。

第二天，布兰达和他一道去教堂。她决定贡献整个周末的时间给托尼，因为她接下来很长时间都不能陪他了。

“你的那些深奥的科学学得怎么样？布兰达夫人。”

“很有趣。”

“关于透支方面的问题，我们还得请你指点一二呢。”

“啊哈。”

“‘霹雳’怎么样?”藤德里尔小姐问约翰。

“周三的时候我准备带它去打猎。”约翰答道。他为即将来到的集会而兴奋不已，早就把阿卜杜勒·阿克巴王妃抛到脑后。“上帝啊，请保佑我嗅觉敏锐；上帝啊，请保佑我看见他们杀死猎物；上帝啊，请保佑我别做错事；上帝啊，请保佑本叔和‘霹雳’；上帝啊，请保佑我从一个特别高的横杆上跳过去。”在整个祷告过程中，约翰一直重复这些话。

布兰达陪托尼逛了村舍和花房；她还为托尼挑选了一枝花别在胸前。

吃午饭的时候，托尼兴致高涨。布兰达已经逐渐忘记他原来可以这么有趣。饭后，托尼换了身衣裳，同乔克一道去打高尔夫球。二人在会馆待了一些时间。托尼说："周三海顿有狩猎集会，你不能等到那时再走吗?"

"必须回去。关于‘猪肉方案’的事，要和大家正式讨论一下。"

"我希望你能留下来。嘿，你可以把那姑娘叫来的嘛。明天大家就都走了。你不能给她打电话吗?"

"可以。"

"她会乐意吗?她可以住莱昂尼斯房。波莉连续两个周末都住那，我想应该挺舒适的吧。"

"她或许会喜欢的。我打个电话问问她。"

"你干吗不打猎呢?有个叫布里克威尔的小伙子，雇了好几个像样的跟班。"

"好，我应该会吧。"

"乔克会待到周三，还会把那个不害臊的金发女人叫过来。你不介意吧?"托尼问布兰达。

"我吗?当然不介意。"

"这个周末过得真开心。"

"我一开始就猜到你会玩得很尽兴。"

"和过去一样——那些在你学经济以前的日子。"

玛乔丽对乔克说："你认为托尼知道比弗先生的事吗？"

"不，一无所知。"

"我还没有向艾伦提起这事。你觉得他知道吗？"

"有可能。"

"唉，乔克，你觉得这事会怎么收场呢？"

"她很快就会厌倦比弗的。"

"可问题是比弗一点儿也不在乎她呀。要是他在乎的话，这事很快就没戏唱了……布兰达可真傻啊。"

"如果你问我的话，我倒认为这事布兰达处理得相当不错。"

另一对夫妻彼此间也在谈论这件事，"你觉得玛乔丽和艾伦知道布兰达的事吗？"

"我敢肯定他们不知情。"

布兰达对妹夫艾伦说："托尼高兴得不得了，不是吗？"

"确实兴致很高。"

"我开始有些担心……你不觉得他对我的举动有所察觉了吗？"

"啊，不。他怎么也想不到有这事。"

布兰达说："知道吗？我不想让他不开心……玛乔丽对整件事的态度也一直都古板得要命。"

"是吗？我都没和她谈论过这事。"

"那你是怎么听说的？"

"我亲爱的大姐哟，直到此刻我才知道有这档子事，而且我现在也根本不想过问。"

"啊……我还以为大家都知道呢。"

“那些有外遇的人经常遇到这个问题。他们要不就觉得大家都被蒙在鼓里，要不就觉得事情尽人皆知。可事实是，只有少数像波莉和西碧尔那样的人，才会去窥探别人的私生活；我们其他人压根就没兴趣知道这些。”

“噢。”

过了一会儿，艾伦对玛乔丽说：“布兰达今晚还想隐瞒她和比弗的事。”

“我还以为你不知道呢。”

“噢，当然知道。只是我不想谈这事，免得她太在意。”

“这整件事我从头到尾都是不同意的。你了解比弗吗？”

“和他打过交道。不过，这是布兰达和托尼他们两个人的事，与我们无关。”

五

乔克的金发女郎被称作雷特里太太（Mrs. Rattery）。托尼从偶然听到波莉说的闲话，和乔克无意间蹦出的只言片语中，已经对雷特里太太形成一些印象。她年纪三十刚出头，曾经和考特斯摩尔村一个叫梅杰·雷特里（Major Rattery）的人结过婚，此人腿很长，名声不大好；雷特里太太有着美国人的血统，可如今已失去美国国籍；她还很有钱，但是除了五个装满东西的大箱子之外再没有其他财产。去年夏天，乔克在比亚里茨市度假时与她邂逅，后来二人又在伦敦相遇。雷特里太太在伦敦的时候，桥牌打得很大，也早已驾轻就熟，一天会玩上六七个小时；她平均每三个星期换一间酒店。她的吗啡瘾定期发作后，就会停止玩牌，独自待在酒店套房里，一待就是好几天，还不时喝杯冰牛奶来让自己打起精神。

雷特里太太是在周一下午搭飞机到的。这还是头一回有客人以这种方式造访，庄园里的人都显得兴致勃勃。在乔克的指挥下，锅炉工和一个花匠在庄园空地上用木桩撑开一块防尘布，为客人标出着陆点；又用潮湿的树叶燃起一堆篝火标示风向。一个做事尽善尽美的年迈女佣带着那五个箱子，搭人们常坐的那班火车来到了海顿。她把自己的被单也装进了其中一个箱子，这些被单既不是蚕丝的，也没什么颜色，除了小块素色的字母图案，没有花边和其他装饰。

托尼、乔克和约翰都出来看飞机着陆。雷特里太太从驾驶舱爬了出来，舒展了一下筋骨，解开了皮头盔侧边的纽扣，走上前和他们打招呼。“四十二分钟，”她说，“逆风情况下，还不错。”

雷特里太太长得很高，身子挺得笔直，戴着头盔，身穿工装裤，看起来很朴素；这与之前托尼想的样子截然不同。说来可笑，托尼的脑海中，依稀期待着来人会是歌舞团里的某个年轻女成员，穿着真丝短裤，戴着胸罩，从一枚巨大的绑有缎带的复活节彩蛋中砰的一声出现，同时还尖声叫道：“啊哈！孩子们。”而雷特里太太的问候既世故又冷淡。

“你周三会去打猎吗?”约翰问，“大家都会来这里集合，你知道吗?”

“如果能找到马，就可能会去半天。这将是我今年第一次打猎。”

“也是我第一次。”

“那咱们都会显得笨手笨脚的喽。”她和约翰说话的口气，完全像是在和一个与自己同龄的男人说话，“你得带我在乡下好好逛逛。”

“我希望他们先去布鲁顿树林里搜。那里有只大狐狸。我和爹爹都见到过。”

当他们单独在一起的时候，乔克说：“我真高兴你能来。你觉得托尼怎么样？”

“他太太是不是那个我们在‘巴黎咖啡馆’看到的大美妞？”

“是的。”

“跟那个小伙子有一腿的那个？”

“对。”

“她可真有能耐……这家伙叫什么名字来着？”

“托尼·莱斯特。这房子大得吓人对吧？”

“很大吗？我从来都不怎么留意房子。”

雷特里太太是个很容易招待的客人。周一晚餐过后，她拿出四副牌，一张张摆在吸烟室的桌上，一个人专心致志地玩了整个晚上。“你们先睡，别等我，”她说，“等我把这牌搞定了再走。通常得花好几个小时。”

他们告诉她电灯开关在哪之后，就都离开了。

第二天，乔克问托尼：“你的农场里养猪吗？”

“嗯。”

“我可以去看看吗？”

“当然没问题。可为什么要去看猪呢？”

“有没有养猪人能给我讲解一下猪？”

“有。”

“好，我想我白天得和他待在一起了。我近期就要做一个关于猪的演讲。”

二人在午饭前都没见过雷特里太太。托尼以为她还在睡觉，直到在起居室见到她，她还穿着那条工装裤。

“我很早就下楼了，”她解释说，“然后看到工人们在把天花板上的石膏剥下来，就忍不住帮把手。希望你别介意。”

下午，他们去了附近的马车行，想雇几个跟班。饮完茶，托尼提笔给布兰达写信；这是他过去几周养成的习惯。

他写道：

我们共度了一个多么愉快的周末呀！

你对我如此的贴心，我感激不已。真希望你下周末能回来，不然多待上几天也是好的，但我很理解你。

那个恬不知耻的金发女人完全出乎我们意料，她喜怒不形于色，又对人很冷漠，这一点儿不像乔克往常的品位。我敢肯定她完全不知道自己身处何处，还有我姓甚名谁。

起居室的装修工作进展顺利。工头今天告诉我，他觉得周末之前就可以开始给墙面镀铬了。你知道我对此做何感想吗？

约翰心心念念的就是明天那场狩猎。希望他别累得连头都抬不起来才好。乔克和他那位不知羞耻的女人也会去。

海顿地处三个帮派聚集地的边界附近；皮哥士丹顿的人都在海顿打猎，他们在领地分割中，只得到最差的地盘，因此他们对贝顿村附近的几片树林里的狩猎活动向来都愤愤不平。这伙人脾气暴躁，对帮中弟兄的表现不屑一顾，对外人充满敌意。他们被帮内的积怨弄得离心离德，只有在对付讨厌的首领时，才会步调一致。英奇上校在狩猎一族中，早就不受大家欢迎，可这也不是他的错；他既胆怯又没什么威望，只不过他给邻里间安排的活动，总让人破费不少。他本人很少在狩猎比赛中露面，人们经常会在村里别的地方看见他，要不就躲在小巷子里满脸愁容地拿着姜汁饼干一点点啃；要不就在黄昏时候，骑着马在村里乱跑，看起来失魂落魄，当夕阳西下暮色渐浓时，他身穿红色外衣，孤独地站在耕过的田间垄上，双眼瞪得老大对庄稼汉们大声叫嚷，要他们说说地里的情况。英奇上校从他的职位中所获得的唯一乐趣，是在他负责的各个狩猎小组的委员会议上，人们偶尔会提起他，可尽管如此，这对他来说也是很重要的。

皮哥士丹顿帮每周有两次集会，周三很少会有大型的野外狩猎活动。然而，海顿帮的狩猎集会却风靡一时，因其绝佳的地理位置，和践行酒的传统，就连附近帮派的许多满脸皱纹的老妪都赶来看热闹。此外，还吸引了众多追随者，或步行，或搭乘各种交通工具前往观看，有些人畏首畏尾，踌躇不前；还有一些人，或多或少都与托尼相识，便纷纷围挤在摆放茶点的餐桌旁。藤德里尔先生带着侄女，坐摩托车来的。

约翰站在霹雳旁边，神情严肃，心中却兴奋不已。本杰明从附近的一个农民手上买下了一匹健壮的方脸母马，他希望把约翰送回家后，自己也能加入到狩猎队伍当中。在约翰诚恳的请求下，保姆只得待在屋子里，和其他女佣一样，把头探出窗外；她今天很不走运。在给约翰穿衣的时候，她一直都面有愠色。“要是我亲眼见到他们把猎物打死，我希望英奇上校能为我做脸上涂血的仪式。”

“你是不会看见猎物被打死的。”嬷嬷说。

此时，保姆眯起双眼站在窗边，怒视着底下熙熙攘攘的人群。“这全都是本杰明·哈克特干的蠢事。”她心想，同时也痛恨着这一切：猎狗、帮派首领、牧场、猎人和猎犬管理员、藤德里尔先生穿着雨衣的侄女、便装上阵的乔克、身穿燕尾服头戴高帽，对旁观者投来的狐疑目光置若罔闻的雷特里太太、托尼与客人的谈笑风生、牵着一只小型猎犬的疯老头、报社的摄影师、被一匹跑到旁边草坪上的小马驹搞得一团乱的漂亮的瑞彭小姐（Miss Ripon）、马夫们和备用马匹，还有后面那些身份卑微的陌生跟随者——这全都是本杰明·哈克特干的蠢事。“昨晚那孩子十一点多才睡觉。”她回想道，“他兴奋得过了头。”

没过多久，大部队就启程了。他们沿着南边车道走，穿过康普顿·莱斯特，又顺着大路走了半英里，然后穿过田野，最后到达布鲁顿树林。出发前托尼向本杰明交代道：“他最远可以和大家骑到树林。”

“好的，先生。如果他多待一会儿看猎狗捕狐狸，应该不会有什么危险吧，对吗？”

“嗯，我想不会。”

“如果他中途突然跑回家，我们跟在他后面骑一段路应该也没危险，对吗？要是我们沿着巷子和大门走呢？会有什么问题吗？先生。”

“想来没问题。不过他待在外面的时间不能超过一个小时。”

“猎狗还在打猎的时候，您不会让我把他带回家的，对吗？先生。”

“好吧，不过他必须在一点钟之前回到家。”

“我会注意的，先生。”

“别担心，小美男子，”本杰明转过身对约翰说，“你肯定会打到猎物的。”

他们等到所有人都骑马出发了，才不紧不慢地跟在大部队后头小跑。几辆汽车紧随其后，开低速档行驶着，车尾气如烟雾般突突往上冒。约翰气喘吁吁地骑在马背上，被颠得有些头晕。霹雳摇头晃脑地撕咬着嚼子，在猎手们向前进发的时候，它两次都想要逃跑，驮着约翰转了一小圈。见此情形，本杰明对约翰说："抓稳了，孩子。"然后来到他身边，以便在马儿想跑开的时候拉住缰绳。还有一次，马突然把头往前一伸，弄得约翰措手不及，失去了重心，身体往前一倾；他慌忙抓住马鞍的前端，让自己坐稳，然后满脸羞愧地望着本杰明。"我想我今天骑马骑得一塌糊涂。你觉得有人看见了吗?"

"没事，孩子。骑马打猎和你在马场学骑马的规矩是不一样的。"

乔克和雷特里太太肩并肩地骑着马小跑。"我相当喜欢这匹笨马。"雷特里太太说。她骑马的时候双腿叉开，从在她上马的那一刻开始，她高超的骑马技术就显而易见。

皮哥士丹顿帮派的成员毫不掩饰地用怨恨的目光注视着这一点，因为这打破了他们的固定思维，在他们眼里，如果狩猎队的所有成员都是小丑和懦夫，那么其他人统统都是不懂规矩的疯子。不仅如此，雷特里太太的行为对于他们周围四百米范围内的人来说，都是一种严重的威胁。

在穿过村子的过程中，一辆停着的面包销售车给瑞彭小姐造成了困扰，拦住了她的去路。她的马一会儿纵身一跃，一会儿向后退，全身直打哆嗦，它在掉头往回走的时候，滑了一跤，重重地摔在柏油路上。其他骑手只好绕过她，尽可能多地给马腾出翻身的空间，同时还阴沉着脸对她发了一通牢骚。他们都知道那匹马。瑞彭小姐的父亲在过去的这三个月里，一直都想方设法地要把它卖掉，要价也已经降到八十镑。这匹马偶尔也能跳得很高，但有人要骑它的时候，它就成了一匹野马。瑞彭小姐的父亲真的以为让女儿亲自带着马展览，就可以有更大的机会成交吗？这倒挺像瑞彭那个吝啬鬼父亲的行事风格，为了区区八十镑，连女儿的性命都可以不顾。无论如何，瑞彭都不应该骑马……

不一会儿，瑞彭小姐骑着马从他们身边飞驰而过；她满脸通红，脑后的发髻歪在一边；她身体往后倒，用尽全力把马拉住。"那妞儿没什么好下场。"乔克说。

后来，他们又在树丛相遇。瑞彭小姐的马跑得出了汗，马缰上也黏上了它的汗沫。她让马停下歇会，它正吃着林子里成簇的莎草。瑞彭小姐大口喘着粗气，她整理面纱、发髻和圆顶礼帽的时候，双手不停地颤抖。约翰骑着马来到乔克身边。

"怎么啦？格兰特·孟席斯先生。"

"猎狗都进林子里搜猎物去了。"

"噢。"

"你玩得高兴吗？"

"啊，当然。我从没见过霹雳像今天这么精力充沛。"

过了许久，树林深处才响起一阵号角声。每个人都站在离大门不远处的空地一角翘首以待。这些人当中没有瑞彭小姐，她几分钟前突然骑马朝着海顿山的方向疾驰。半个小时以后，乔克对本杰明说："他们把猎狗叫回来了。"

"也就是说一无所获？"

"我想是的。"

"我讨厌这种事发生在我们的林子里，"本杰明说，"看来不妙。"

的确，当莱斯特先生自己没有参与狩猎的时候，皮哥士丹顿帮的成员开始把他们近来的热情友好抛在脑后，彼此间互相询问对此事的看法，而且还传播一些秘密的闲言闲语，说的是上周有人看见一个守林员在深夜去林子埋了些什么东西。

猎手们离开海顿，继续向下一站进发。本杰明开始意识到自己的责任。“你觉得我应该带这个小伙子回家去吗？格兰特·孟席斯先生。”

“莱斯特先生是怎么说的？”

“他说约翰最远可以骑到树林，但没说是哪一片树林，先生。”

“听上去你似乎得带他走了。”

“啊，格兰特·孟席斯先生。”约翰惊声尖叫道。

“好了，跟我走吧，约翰少爷。你今天也玩够了。”本杰明说。

“可我什么猎物还没抓到呢！”

“如果你今天准时回去，你父亲下次就会很乐意让你接着出来。”

“但是也许没有下次呢？世界或许就要毁灭了。求求你，本叔。求你了，格兰特·孟席斯先生。”

“真是丢脸，他们居然啥都没逮到，”本杰明说，“他一直都盼望着这一天呢。”

“我还是认为莱斯特先生想要他回去。”乔克说。

因此，约翰的命运就这样被决定了；猎手们带着猎犬朝着一个方向走，而他和本杰明走向另外一边。当走到大路的时候，约翰的眼泪在眼眶里直打转。

“快看，”本杰明为了让他高兴起来，于是说道，“瑞彭小姐骑着她那匹短毛枣红马过来了。她好像也要回去。看她的样子，像是刚跌了一跤。”

瑞彭小姐的帽子和后背都黏上了大块的泥巴和青苔。从她消失到现在，她度过了很糟糕的二十分钟。“我要把它带回去，”瑞彭小姐说，“我一个上午被它折腾得什么也没做。”她骑着马一颠一颠，和他们肩并肩朝村子走去。“我想，莱斯特先生或许会让我进屋打电话叫辆车。我可不想像现在这样骑着它回家。我搞不懂它撞了什么邪，”她有板有眼地说着，“它周六出去过，我以前从没见过它像今天这样。”

“它想要个男人骑它背上。”本杰明说。

“唉，就算换成马夫，也没好到哪去，我爹又不想离它太近，”瑞彭小姐一激动，轻率的话语脱口而出，“至少……我是说……就它目前的状态，我觉得他们两个应该搞不定。”

她的马在那一刻倒是很老实，与其他两匹马齐步并进。三人肩并肩地骑着，瑞彭小姐骑在外侧，约翰骑着小马驹夹在她和本杰明的中间。

接着发生了如下一幕：他们骑到那条路的转弯处时，迎面驶来一辆单层乡村巴士，它的营运范围覆盖了村子附近的地区。车缓缓开着，司机看见有马过来，便把车速放得更慢，最后干脆停在路边。

同样对今天的活动感到失望透顶的还有藤德里尔先生的侄女，她骑着一辆摩托车，跟在他们后面不远的地方；她也开始减速，见到瑞彭小姐的马开始闹别扭，便停了下来。

本杰明说：“我来开路，小姐。他随后。别把缰绳抓得太紧。轻轻拍一下马就行了。”

瑞彭小姐照做了，事实上，每个人都配合得相当默契。

他们一个跟一个，从公共汽车旁边走过去。瑞彭小姐的马不喜欢汽车，但是看样子还是愿意过去的。车上的乘客饶有兴致地看着他们。这时，那辆挂着空挡但没熄火的摩托车，气缸突然回火，发出一声非常震耳的爆炸声。那匹马受到惊吓，一瞬间猛地站得笔直；然后，又发现前后都不安全，它本能地往路边逃窜，还重重地撞了一下旁边的小马驹。约翰被撞下了马，摔倒在地，可瑞彭小姐的枣红马仍一边扬起前蹄直立，一边蹄子打滑，不停地朝远离巴士车的方向奔窜。

“控制住它，小姐。用马鞭，”本杰明喊道，“孩子坠马了。”

她抽了马一鞭子，那匹马就拼命地挣脱缰绳，朝村子的方向狂奔。它跑开前，一只后脚猛地把约翰踢进了水沟。他的身体蜷成一团，一动不动。

大家都同意在这件事上谁都没错。

事情过了差不多一个钟头，才传到了乔克和雷特里太太的耳朵里，他们在另一片没有捕获到猎物的林子里等待。英奇上校那天停止了打猎，后来又把猎犬赶回狗舍。大家开始都在谈论莱斯特曾下令要捕光林子里的狐狸的事，可五分钟前，当他们听说了约翰的惨剧，人群中一片缄默。后来，等众人洗浴完毕后，他们集体编了个借口，把这事怪在瑞彭父亲的头上，可是此时此刻，大家都被震惊得一言不发。有人借了一辆车给乔克和雷特里太太，让他们先回宅子，又叫了个马夫去照料那些租来的马匹。

“再没有比这更可怕的事了，”在那辆借来的车里，乔克感叹道，“我们到底要怎样对托尼说呢?”

“对于这种事情，我是最没有主意了。”雷特里太太说。

他们经过事故现场的时候，看到仍然有人围在那里，谈论着刚才发生的事。

回到海顿，屋内大厅里也围了一些人，谈论着这件事。医生扣好大衣上的纽扣，准备离开。

“当场死亡，”医生说，“太可怜了，颅底直接被击碎。虽说我很喜欢这孩子，可这事似乎怪不得任何人。”

佣人待的大厅里，嬷嬷在流眼泪；里面还有藤德里尔先生和他的侄女、一名警官、本杰明和两位帮忙抬小孩尸体的男人。“不是这孩子的错。”本杰明说。

“也不是任何人的错。”众人回应道。

“这一天他还过得很不顺，苦命的小杂种。”本杰明继续说，“如果要说谁错了，那就是格兰特·孟席斯先生，他让约翰进的树林。”

“这事谁都没错。”众人说。

托尼一个人待在藏书室。乔克进来后，托尼说的第一句话便是：“我们得告诉布兰达。”

“你知道去哪可以找到她吗？”

“她多半在那所经济学校里……但我们不能在电话里跟她说……更何况安布罗斯已经给学校和她的公寓去过电话，但是都没打通……我们究竟该对她说些什么？”

乔克沉默不语。他背对着托尼站在壁炉前，双手插进裤兜里。片刻之后，托尼说：“事情发生的时候，你没在附近，对吗？”

“是的，我们去了另一片林子。”

“最先告诉我的是藤德里尔先生的侄女……然后我们见到大家正朝我们走来，本杰明把事情的来龙去脉都告诉了我……那姑娘吓坏了。”

“瑞彭小姐?”

“对，她刚走……就在那之后，她的马在村子里摔了一跤，她也重重地摔在地上……她情况很不好，可怜的孩子，倒也不完全因为摔跤，还有……约翰。过了很久，她才知道她伤了约翰……她在药店包扎额头的时候，有人告诉了她这件事。她吓得撒腿就跑，结果又摔了一跤。她的情况糟透了，是我用车送她回来的……也不是她的错。”

“是的，不是任何人的错。事情反正发生了。”

“没错，”托尼说，“反正也发生了……我们怎么跟布兰达说?”

“咱们中得有一个人去伦敦一趟。”

“是啊……我想我得留下。我虽然说不上来为什么，但总觉得有一些事情要处理。又不好差别人去……”

“我去吧。”乔克说。

“这里有些事情要处理……医生说会有场死因审讯会。当然，这完全是例行公事，可对那位瑞彭姑娘来说，却是相当可怕的。她得作证……现在她的状态很糟糕。我希望她不要觉得太为难。他们刚才把约翰抬进来的时候，我整个人都懵了。瑞彭小姐脸色也很差，我想她的父亲一定对她大发脾气……要是布兰达在家就好了，她是那么的八面玲珑，而我现在却手忙脚乱。”

这两位男士静静地站着。托尼打破沉默，说道：“你真的可以去伦敦找布兰达吗?”

“是啊，我会去的。”乔克说。

不一会儿，雷特里太太走了进来。“英奇上校方才来过了，”她说，“我们说了会儿话。他向你表示慰问。”

“他走了吗?”

“是的，我对他说，你可能更想一个人待着。他觉得或许你听到他中止狩猎的消息会欣慰一些。”

“他能来真好……你今天玩得开心吗？”

“不开心。”

“听你这么说，我很遗憾。我们上周在布鲁顿树林里看见了一只狐狸，我和约翰……乔克正准备动身去伦敦接布兰达。”

“我用飞机搭他去吧，会快一些。”

“没错，飞机倒是会快些。”

“我的女佣可以带上行李搭火车来……我现在去换件衣服，要不了十分钟就行。”

“我也得去换一件。”乔克说。

他们都走后，藏书室里只剩下托尼一个人，他按了一下铃。一位年轻的男仆应召而来；他相当年轻，来海顿的时间也不长。

“告诉安布罗斯先生，雷特里太太今天动身，她同格兰特·孟席斯先生一道坐飞机去伦敦。夫人可能会坐晚上的那趟火车回来。”

“好的，先生。”

“他们最好用过午饭后再走，餐厅里的一些凉菜就可以。我和他们一起吃……另外，你给英奇上校打个电话，感谢他今天的到访，告诉他我会写信给他。然后，打电话给瑞彭先生，问问瑞彭小姐的情况。最后打电话到牧师家去，问问藤德里尔先生今晚是否得空见我。他已经走了吗？”

“是的，先生，他在几分钟前走的。”

“告诉他，我得和他谈谈约翰的后事。”

“好的，先生。”

莱斯特先生一切都讲求实事求是，后来，这位男仆也一一做出了汇报。

藏书室里一片寂静，因为在旁边起居室干活的工匠们已经收了工。

雷特里太太最先穿戴完毕。

“他们刚准备吃午饭。”

“我们什么也不吃，”她说，“你忘了我们刚才准备去打猎的吗?”

“吃点垫垫肚子吧，”托尼劝道，转眼又说，“真是太难为乔克了，要去告诉布兰达。不知道她什么时候到家。”

托尼说这些话的时候，似乎颇有深意，于是雷特里太太问：“你怎么打发等布兰达的这段时间呢?”

“我不知道。我想总有些事要办吧。”

“听我说，”雷特里太太说，“乔克最好搭车去伦敦。我留在这儿，一直到布兰达夫人回来。”

“这太难为你了吧。”

“不，我留下。”

托尼说：“说来荒唐，我也希望你留下……我的意思是这不会让你为难吗？我心乱如麻，很难相信这件事是真的，可它的的确确发生了。”

“确实发生了。”

仆人前来报告，说藤德里尔先生喝完下午茶后会打电话来；瑞彭小姐一回到家就上了床，到现在还没醒。

“格兰特·孟席斯先生将驾车去伦敦，他可能今晚会回来，”托尼对仆人说，“雷特里太太会一直待到夫人回府。”

“好的，先生。另外，英奇上校想问您，葬礼上是否要安排猎手吹奏《斯人已逝》这支曲子。”

“告诉他我会写信给他，”待仆人走出房间后，托尼说了句，“这是个馊主意。”

“噢，我可不懂。他急于想帮忙吧。”乔克说。

“大家都不怎么喜欢他这个头领。”

刚过两点半，乔克就出发了。托尼和雷特里太太在藏书室喝咖啡。

“恐怕目前的情况很难办。”托尼说，“毕竟我们不怎么熟悉对方。”

“你不必理会我。”

“但这肯定让你很为难。”

“你绝对不能这么想。”

“尽量吧……可笑的是我没想这事，可忍不住脱口而出了……我同时还在想其他的事。”

“我懂。你什么也不用说。”

过了一会儿，托尼说：“布兰达一定更难承受这件事。因为，她几乎一无所有，只有约翰。而我，我还有她，和这所心爱的房子……但是，在布兰达心里，约翰永远是最重要的……这也是自然而然的……知道吗？她近来都很少见到约翰，她在伦敦还真待得住。这事一定会伤到她的。”

“哦，伤没伤到的，只有别人自己知道。”

“可是，你也知道，我太了解布兰达了。”

六

藏书室的窗户敞着，尖顶上卷叶式凸雕中间的大钟敲响的报时声，在这间安静的屋子里听得清清楚楚。雷特里太太背对托尼坐着；她又把那四副牌杂乱无章地铺在一张牌桌上；托尼坐在壁炉前的一把椅子上，午饭后他就一直坐在那里。

“才四点?”托尼说。

“我还以为你睡着了呢。”

“没有，只是在想……乔克这时候应该开过了大半路程，差不多到艾尔斯伯里或特陵了吧。”

“自己驾车是很费时的。”

“从出事到现在才过了不到四个钟头……这一天居然还没过去，真是怪事；也就五个小时前，他们还在聚会上喝酒谈天。”雷特里太太趁着托尼没说话的空当，把牌聚拢后，重新发了一遍。“我当时看了表，十二点二十八分的时候，他们告诉我出事了……到了十二点五十分，他们把约翰抬进屋……就在三小时前……一切发生了翻天覆地的变化，突然间变成这样，这太难以置信了，不是吗?”

“天有不测风云。”雷特里太太说。

“一个小时以后，布兰达就会知道了……如果乔克能在公寓找到她的话。当然，她也很有可能出门了。那乔克就不知道该去哪找她了，因为她那间房里没住别人。每次她都会锁好门再出去，她一走里面就空了……而且一天当中，她有一半时间都在外面。这一点我清楚，是因为我有时候会打电话到她的公寓，发现没人接。所以乔克要找她得花上好几个小时……估计要用从出事到现在这么长的时间。那就要到八点钟了，她很有可能八点才回到公寓……想想看，从出事到现在过了这么久，而且还要经过同样漫长的时间之后，布兰达才会知道。这简直可怕极了，不是吗?然后，她得来海顿。九点左右有辆夜班车会发车，她或许会搭那一班。我在想是不是我开始也该跟着去……我不愿留下约翰一个人。”

(雷特里太太专注地玩牌，她熟练地在牌桌上上下下挪动着小摞理顺了的牌，手中的牌像是织机上的梭子；在她的手指下由乱乱的一团变得井然有序；她将牌按花色、点数整齐地排列好；她面前的各种符号也变得联系紧密起来。）

“……当然，乔克到公寓的时候，她也有可能在家。那她就能和以前一样搭晚上的那趟火车。那时候她还没有租下公寓，白天她在伦敦办事，晚上搭夜车回海顿……我在想一些将会发生的事，乔克到达，布兰达惊愕地见到他之余，还会听到他带去的消息……这太难为乔克了……可能在五点半或者更早，布兰达就会知道了。”

“你不玩纸牌戏太可惜了。”雷特里太太说。

“从某种意义上讲，她知道了实情，我会更宽慰一些……像现在这样，布兰达还蒙在鼓里，我觉得很不妥……不知道她今天是怎么安排的。我猜她的最后一节课大概会在五点钟结束……我在想，如果她准备出去喝茶或鸡尾酒的话，是不是会先回趟家换身衣服再去。她不能大部分时间都坐在公寓里，房间实在太小了。”

雷特里太太对着不同花色的牌沉思了一会儿，然后把牌揽到身边收拢成一堆，于是它们再次变得杂乱无章；刚才，这些牌差点就能全部理顺，只有一张方块六位置不对，还有一个角落里的一小摞烂牌，挪也挪不动。“真是个累人的游戏。”她说。

钟声再次敲响。

“才过了一刻钟吗？……知道吗？如果只有我一个人，天知道我会不会疯掉。你留在这里陪我真是太好了。”托尼说。

“你会玩伯齐克牌戏吗？”

“不会。”

“皮克牌呢？”

“也不会。除了动物呼‘同’牌戏，别的玩法我都不会……”

“可惜。”

“我应该给玛乔丽和其他一些人发电报的，可我最好还是等到我知道乔克见到布兰达之后吧。想想看，电报发过去的时候，如果她和玛乔丽待在一起……”

“你尽量别去想这些事。你会掷双骰子吗？”

“不会。”

“很简单，我教你。双陆棋的盒子里就有骰子。”

“我没事的，真的。我不太想玩。”

“你去拿骰子，然后坐到牌桌这里来。我们还得消磨六个小时呢。”

雷特里太太给托尼做示范怎么扔双骰子。托尼说：“我在电影上看卧车服务生和出租车司机玩过。”

“你肯定看过，很简单的……看吧，你赢了，全都归你。”

过了一会儿，托尼说：“我只是在想些事情。”

“难道你就没停下歇会儿，一直在想东想西吗？”

“假如晚报报道了这事，布兰达就有可能会在布告栏上看到，不然就是从随手抓起的一张报纸上，可能……还附上了照片。”

“是啊，你刚才说发电报的时候，我也想到了这一点。”

“可这是很有可能的，不是吗？他们总是以迅雷不及掩耳之势捕捉到消息。这叫我们怎么办？”

“我们无能为力。眼下能做的就只有等了……好了，小子，快掷吧。”

“我不玩了。我现在心急如焚。”

“我知道你心急。你不必告诉我……运气好起来的时候，你也不想继续玩吗？”

“很抱歉……我根本没什么运气。”

托尼在房间里踱步，先走到窗边，然后来到壁炉旁。他一边往烟斗里塞烟叶，一边说：“至少我们可以查出晚报是否登出了这个消息。我们可以打电话问问我俱乐部的看门人。”

“那样也无法阻止你太太读到消息。我们只能等。你开始说你会玩的游戏是什么？动物什么？”

“呼‘同’牌戏。”

“好，你教我玩。”

“这只是个小孩玩的游戏，而且两人玩的话也怪可笑的。”

“说来听听。”

“好吧，我们每人扮一种动物。”

“这好办。我是条狗，你是只母鸡，然后呢？”

托尼解释了一番。

“我觉得这是那种你先得认为它好玩，才能乐在其中的游戏。”雷特里太太说，“但我什么都愿意玩玩看。”

他们各拿一副牌，开始出牌。很快就出现了一对八。“汪汪。”雷特里太太一边叫，一边迅速地把牌往身边扒拉。

又来一对。“汪汪。”雷特里太太叫道，“拜托，你都没有用心在玩。”

“啊，”托尼后知后觉，“咯咯咯。”

不一会儿，他又叫了一声：“咯咯咯。”

“瞎叫什么，”雷特里太太说，“根本就不成对……”

当艾尔伯特进来拉窗帘的时候，二人还玩得热火朝天。托尼只剩下两张牌，他不时翻开看；雷特里太太不得不分出她手上的牌，因为多得都拿不住了。当他们发现艾尔伯特在屋子里的时候，就停了下来。

“那人会怎么想？”艾尔伯特离开房间之后，托尼说道。

（“坐在那里像只母鸡一样‘咯咯’叫，”艾尔伯特对其他人说，“而小家伙的遗体就躺在楼上。”）

“咱们最好别玩了。”

“这也不是什么很好玩的游戏。可想想，你又只会这一种。”

雷特里太太把牌收拢后按类分好。安布罗斯和艾尔伯特带着茶点走了进来。托尼看了看表。“五点钟了。现在百叶窗是关着的，所以我们听不到钟声。这时候乔克肯定已经在伦敦了。”

雷特里太太说：“我倒是想喝点威士忌。”

乔克之前没去过布兰达的公寓。她的套间在一栋巨大而平淡无奇的房子里，这种建筑形式是那条街所特有的。公寓的楼梯间，和铺砌过的空荡荡的大厅在比弗太太眼里就是一种浪费。楼里没有管理员，只有一个妇女带着水桶和拖把，每周来三个上午。乔克看到写有房客姓名的挂牌上有布兰达的名字，这意味着她“在家”。不过，他对这个信息半信半疑，因为他知道，布兰达每天进进出出，根本就懒得把写有她名字的挂牌取下来又挂上去。乔克来到二楼，找到了布兰达住的那间房。从第二层楼梯开始，台阶不再由大理石铺砌，取而代之的是褪色的地毯，在比弗太太开始改建之前，就已经铺在那里了。乔克按了按门铃，听到铃声在屋里响起，却没人来开门。时间是五点过十分，布兰达不在家也是他意料之中的事。在来伦敦的路上，他就想好在公寓看过之后，就去一趟他的俱乐部，在那里打电话给布兰达的各路朋友，或许可以问到她的行踪。他习惯性地再次按响了门铃，等待片刻后，转身准备离开。就在那时，布兰达隔壁的房门打开了，出来一位身穿深红色的丝绒连衣裙的黑皮肤女人。她戴着一副由金属丝线编成的东方式大耳环，上面镶嵌着不透明且廉价的石头。“你要找布兰达·莱斯特女士吗?”

“是的。她是你朋友吗?”

“噢，太是了。”阿卜杜勒·阿克巴王妃说。

“那你能告诉我去哪可以找到她吗?”

“我想她这时候一定在科克珀斯夫人家。我也正准备要去呢。需要我捎个口信吗?”

“我最好亲自去一趟。”

“好的，等五分钟，你可以和我同去。先进屋吧。”

王妃的单人房里的摆设杂乱无章，大有东方人漠视物品正确属性的特点；与摩尔酋长的长袍礼服相称的佩剑用挂镜线悬挂；祷告用的跪垫散乱地摆在长沙发椅上；装饰墙面用的布哈拉挂毯却被铺在地上；而梳妆台上盖着一匹横滨造的，向游艇上乘客兜售的披肩；一张从塞得港买来的八角形桌上，放着一尊白色蒙脱石雕琢出的西藏佛陀像；从孟买购得的六只象牙制成的小象，在暖气片上摆成一排。此外，还有一些代表着其他文化的东西，包括一套莱丽卡瓶和化妆盒、从塞内加尔买来的阳具木雕、一只荷兰产的铜碗、一个用蚀刻工艺制成的涂有清漆的废纸篓、一个在海滨酒店的晚宴上得到的黑脸木偶、十几幅装裱过的王妃的照片、一幅由彩色木头巧妙拼贴而成的花园风景画，和一台装在都铎风格的氨熏橡木匣子中的收音机。在这样狭小的房间里摆放如此多的东西，只会让人看得眼花缭乱。王妃坐在镜子前，乔克坐在她身后的长沙发椅上。

“你叫什么名字?”她转头问乔克。乔克也告诉了她。“啊，对，我听她们提到过你。我上上个周末是在海顿度过的……好一个古朴雅致的地方。”

“我直说了吧。今天上午出了一件可怕的事故。”

珍妮·阿卜杜勒·阿克巴坐在一张旋转皮凳上，她转过身来正对乔克，吃惊地瞪着双眼，一只手按在胸口上。“快讲，”她悄声说，“告诉我。我受不了了。有谁死了吗？”

乔克点了点头，说道：“他们的小儿子……被踢下了马。”

“小吉米。”

“是约翰。”

“约翰……死了？这太可怕了。”

“这件事不是任何人的错。”

“啊，不对，”珍妮说，“是的，是我的错。我不该去他们家的……我身上笼罩着一种可怕的诅咒。不论我去哪，我只会给那里带来悲伤……情愿死的人是我……我再也没办法面对他们了。我觉得自己就像一个刽子手……活活杀死了那个勇敢的小家伙。”

“唉，知道吗？说实话，我真不应该跟你说这件事。”

“这已经不是第一次了……我随时随地都被这种厄运穷追不舍……没有片刻喘息。老天啊，”珍妮·阿卜杜勒·阿克巴哀叹道，“我做了什么，你要这样对我？”

她起身离开，可除了厕所，她实在没别的地方可去。透过厕所门，乔克说：“嗨，我得去波莉家找布兰达了。”

“等等，我也一道去。”她出来的时候，脸色好看了一些。“你有车吗？”她问，“还是要我打电话叫出租车呢？”

刚喝完茶，藤德里尔先生就来了。托尼在书房接见他，二人谈了半个小时。托尼从书房出来之后，回到了藏书室，雷特里太太一早就吩咐佣人把餐盘放在里面。他来到餐盘前，给自己倒了一些威士忌加姜汁汽水。雷特里太太一个人继续玩牌，头也不抬地问道："谈得不好吗？"

"糟透了。"托尼一口气喝掉了杯里的威士忌，然后又倒了一些。

"给我拿一杯过来，可以吗？"

托尼说："我只是想和他谈谈约翰的后事。他设法安慰我，可这太痛苦了……毕竟人们在这种时候最不想谈的就是宗教信仰。"

"有些人愿意谈。"雷特里太太说。

"的确，"托尼沉默片刻后说，"如果你没有孩子的话……"

"我有两个儿子。"雷特里太太打断他。

"是吗？真是抱歉。我没想到……我们对彼此的了解太少。我太鲁莽了。"

"没关系，别人听到也觉得很吃惊。我很少见到我那两个儿子。他们在别处上学。去年夏天，我带他们去看了场电影。他们正在长个子。我想，其中一个将来会长得很英俊，他父亲的样子就很不错。"

"六点过一刻，"托尼说，"乔克这时肯定已经把事情告诉了她。"

在科克珀斯夫人家里，一群女人正在享受她们的小规模聚会，其中有维罗妮卡、黛茜、西碧尔、苏琪·德·富科尔德·艾斯特哈吉，和另外四五个人，她们新找到一位名叫诺斯科特太太的算命师来给她们算命，是比弗太太找到她的。她从比弗太太介绍的人那里每赚五基尼，就要给她两镑十二先令六便士的佣金。她用一种新法子来给人算命：看脚底板。

女士们都不耐烦地等着。“她怎么给黛茜算这么久？”

“她看得很仔细，”波莉说，“而且脚底也会痒痒。”

过了一会儿，黛茜走了出来。“她算得怎么样？”众人问道。

“我不能说，否则会遭殃的。”黛茜回答。

她们抽牌决定了谁先谁后，现在轮到布兰达。她走进隔壁房间，诺斯科特太太正坐在圆凳上，旁边摆着一把扶手椅。这是个衣着邋遢的中年妇女，谈吐之间略显教养。布兰达坐在椅子上，脱下了鞋袜。诺斯科特太太把布兰达的一只脚放在膝上，一本正经地盯着脚板看；然后又把脚举起来，拿起一支银色的自动铅笔比画着脚板上细微的皱痕。布兰达恣意地扭动脚趾，专心听着算命师侃侃而谈。

隔壁房间，人们在窃窃私语，“她的比弗先生今天在哪？”

“和他母亲搭飞机到法国看新墙纸去了。布兰达整天都魂不守舍的，担心他出了意外。”

“真是挺感人的呢，对吧？虽然我本人看不出比弗先生葫芦里卖的什么药……”

“每到周四，你什么事也别做。”诺斯科特太太说。

“什么也不做吗？”布兰达问。

“别做重要的事。你这个人既聪明又富有想象力，有些多愁善感，还容易被人牵着鼻子走，而且做事冲动，感情丰富。你很有艺术细胞，却没有充分发挥出自身的才能。”

“关于爱情方面呢？”

“这是我正要说的。所有从大拇指到脚后跟的这些纹路代表你的情人。”

“很好，继续说下去……”

阿卜杜勒·阿克巴王妃到了。

“布兰达人呢？”她问道，“我还以为她已经来这了。”

“诺斯科特太太在给她算命呢。”

“乔克·格兰特·孟席斯想见她。他就在楼下。”

“噢，宝贝乔克……你怎么不把他带上来呢？”

“不成，出了件要命的事。他得单独和布兰达见面。”

“我的天啊，真神秘。呃，她快出来了。现在还不能打扰她们，不然诺斯科特太太会不高兴的。”

珍妮把她知道的消息告诉了她们。

在门的那一边，布兰达开始觉得腿部有些瑟瑟发冷。“有四个男人主宰你的命运，”算命师娓娓而谈，“一个温柔又忠诚，但他还没向你吐诉衷肠；一个热情似火、气场强大，你有点怕他。”

“天啊，”布兰达说，“好刺激呀。他们会是谁呢？”

“另一个你得躲着他，这是你的灾星。他有铁石心肠，而且贪婪成性。”

“我敢打赌这是我的比弗先生。愿他平安。”

乔克坐在楼下的小客厅里等布兰达，波莉的客人们通常在吃午饭前都会在那里集合。时间到了六点过五分。

又过了一会儿，布兰达穿好袜子，脚踩进鞋里，回到了女士们中间。“真过瘾。”她说，“你们怎么都这副表情？”

“乔克·格兰特·孟席斯人在楼下，他想见你。”

“乔克？太阳打西边出来了。没出什么祸事吧？”

“你还是去见见他吧。”

忽然间，屋内奇怪的氛围，和她的朋友们脸上不同寻常的神情，把布兰达吓得心怦怦直跳。她冲下楼，来到了乔克等她的那间客厅。

“什么事，乔克？快告诉我，我快吓死了。不是什么祸事吧，对吗?”

“很抱歉，正是如此。出了一场非常严重的事故。”

“约翰?”

“对。”

“死了?”

乔克点点头。

她走到墙边，在一把小型硬式帝王椅上坐下，双手交叠放在膝上，一动也不动，就像一个有教养的小孩被带到了坐满大人的房间里那样。她开口问道：“告诉我发生了什么事?为什么你会最先知道?”

“这个周末我一直待在海顿。”

“海顿?”

“你忘了吗?约翰今天去打猎了。”

布兰达双眉紧蹙，脑子里不止一次回荡着他说的这句话。“约翰……约翰·安德鲁……这……噢，谢天谢地……”然后，她突然放声大哭起来。

布兰达哭得像个无助的孩子。她背过身去，前额靠在镀金的椅背上。

楼上，诺斯科特太太一边看苏琪·德·富科尔德·艾斯特哈吉的脚底板，一边说道：“有四个男人主宰你的命运，一个温柔又忠诚，但他还没向你吐诉衷肠……”

在海顿，管家房里响起的电话铃声，打破了宅子的一片沉寂。电话被转接到藏书室，托尼拿起了听筒。

“我是乔克。我刚刚见到布兰达了。她准备坐晚上七点的那趟火车回去。”

“她极其沮丧对吗?”

“对，这也是情理之中的事。”

“她现在在哪里?”

“和我在一起。我现在在波莉家打的电话。”

“我能和她讲话吗?”

“最好不要。”

“那好吧……我会去接站的。你也一道过来吗?”

“不了。”

“也行，你真够朋友。要不是你和雷特里太太，我都不知道自己会做出什么事来。”

“啊，这没什么。我会送布兰达上车的。”

布兰达停止了哭泣，蜷着身子坐在椅子上。刚才乔克打电话的时候，她始终都没抬头看一眼。过后她说：“好吧，我就坐那趟车回去。”

“我们得出发了。我想，你应该要去公寓拿些东西吧。”

“我的包……就在楼上，你帮我拿。我没办法再上去了。”

在回公寓的路上，布兰达一声不吭。乔克开着车，她就坐在旁边，视线直直地看向前方。到了之后，她打开房门让乔克进去。屋里的家具少之又少，她坐在唯一的一张椅子上。“事实上，时间还很充裕。告诉我到底发生了什么事。”

乔克把事情的原委告诉了她。

“苦命的孩子，”布兰达说道，“苦命的孩子。”

随后，她打开橱柜，开始把一些东西装进手提箱；她前后进出了浴室一到两次。“就这些了，”她说，“时间还有一大把。”

“你要吃点东西吗?”

“啊，不用，没有东西吃。”她再次坐下，看着镜子里的自己，并不想在脸上涂脂抹粉。

“一开始当你告诉我的时候，”布兰达说，“我没缓过神来，我不知道自己说了些什么。”

“我明白。”

“我什么话也没说，对吗?”

“你知道自己说了些什么。”

“对，我是知道……可我那是胡话……算了，多说也是无益。”

乔克说：“你确定东西都收拾好了吗?”

“是的，就这些了。”布兰达看着床上的手提箱点点头，一脸的愁云惨雾。

“那好，我们该去车站了。”

“好吧。时间还早，不过也没关系。”

乔克把她送上火车。因为是周三的缘故，车厢里挤满了白天进城购物的妇女。

“为什么不坐头等车厢?”乔克问。

“不，不用。我总是坐三等车厢。”

布兰达坐在一排人的中间。坐在她两侧的妇女好奇地打量着她，心想她是不是病了。

“你要看看书吗?”乔克问。

“没有书看。”

“那要吃东西吗?”

“不吃。”

“那我要和你说再会了。”

“再会。”

有个女人从乔克身边挤过，手上拎着分量不重的大包小包进了车厢。

当大家都知道了约翰的死讯后，玛乔丽对艾伦说："唉，不管怎么说，这意味着比弗先生没戏了。"

但是波莉·科克珀斯对维罗妮卡说："布兰达和托尼之间结束了。"

莱斯特家族的穷亲戚接到唁电时都惊呆了。他们住在一座占地面积广阔却不赚钱的养鸡场里，距离里斯伯勒王子城不远。当时，他们谁也没想到，如果有何变故，他们就是海顿的继承者；当然，即使他们想到了这一点，心里的悲痛也不会有所减少。

乔克从帕丁顿驾车前往布莱特俱乐部。坐在吧台旁的一个男人对他说："托尼·莱斯特的儿子死得真惨。"

"是啊，当时我也在那儿。"

"不会吧，你也在场？多么可怕的事啊。"

过了一会儿，侍者带来一条电话口信："阿卜杜勒·阿克巴王妃打电话来问你在不在俱乐部。"

"不，不在。别告诉她我在这里。"乔克说。

七

第二天早上十一点整，召开了死因审讯会；会开得不长。医生、巴士司机、本杰明和瑞彭小姐一一作证。审讯的过程中，瑞彭小姐得到批准，可以坐着作证。她脸色惨白，说话的时候声音发抖；她的父亲坐在邻近的一张椅子上怒视着她；她的帽子下面贴着一小块纱布，之前为了清理伤口，周围的毛发被剃掉了。死因调查官在总结陈词的时候说道，证词清楚无误，这场意外事故的发生完全不该怪罪任何人；法庭所能做的就只有对痛失爱子的托尼和布兰达夫人表示深切的慰唁。众人退到一旁，让托尼和布兰达离开屋子。英奇上校和狩猎会干事当时都在场。一切都进行得很细致，这体现出大家对二人的悲痛表示尊重。

布兰达说："等等，我要和那位可怜的瑞彭姑娘聊聊。"

她在谈话的时候表现得魅力十足。大伙都离开后，托尼对她说："要是你昨天在家里就好了。昨天来了许多人，可我却不知道该对他们说些什么。"

"你昨天一天都做了些什么？"

"和那位不知羞耻的金发女人一起……我们玩了一会儿动物呼'同'牌戏。"

"动物呼'同'牌戏？好玩吗？"

"不怎么好玩……话说昨天这个时候，一切都还是风平浪静的，我的想法真是古怪。"

"可怜的孩子。"布兰达说。

自从布兰达回到海顿，二人几乎没说过话。昨晚，托尼开车去车站接她；等他们回到家，雷特里太太已经上床睡觉了；今天一早，她就驾着飞机离开了，连招呼也没打。他们听到飞机从宅子上空飞过时的隆隆声，当时布兰达正在洗澡，托尼在楼下书房里处理一些重要的信函。

这一天，时而阳光灿烂，时而狂风造作；一团团白色和灰色的云朵在头顶上静静地悬着；而宅子周围一棵棵光秃秃的大树随风摇曳，晃动着枝丫；马厩院子里，疾风吹出的漩涡卷起秸秆，在空中飞舞。本杰明换下那身在审讯会上穿的正装行头，开始忙活。还有霹雳，由于昨天被猛撞了一下，前蹄也稍微有点跛。

大厅里，布兰达脱下帽子，扔在椅子上，对托尼说道："是不是无话可说了？"

"亲爱的，何必没话找话呢？"

“怎么没有。我想，葬礼是免不了的吧。”

“嗯，当然了。”

“好，明天吗?”

布兰达的步子迈得比平时都要慢，说话时冷漠又呆板。她挪步走到大厅中央，瘫坐在一把没人坐过的扶手椅上。她呆坐在那儿无所事事。托尼走过去，把手放在她的肩上，她说：“别这样。”她说话时既没有不耐烦，也没有很紧张，只是面无表情。托尼说：“我要去处理那些信件了。”

“好。”

“午餐时见。”

“好。”

她站起身漫不经心地环顾四周找她的帽子，找到帽子后，又缓慢地挪步上楼。阳光透过彩色玻璃窗户照进屋里，在她的身上闪着绚丽光芒。

布兰达回到自己房里，坐在靠窗的位子上，远眺窗外的牧场，和毫无生气的耕地，又看着在寒风中摇晃的掉光了叶子的树木、教堂的塔形尖顶，和在空中回旋飞舞的灰尘和落叶；她仍然把帽子拿在手中，不停地拨弄着别在帽子一侧的饰针。

保姆敲门进来，眼眶红红的。“打扰您了，夫人。我在整理约翰的东西。这条手帕不是他的。”

手帕上浓浓的香水味，和帕子一角带有王冠式样的字符表明了它的主人是谁。

“我知道是谁的，我会把它物归原主。”

“搞不懂这帕子是怎么跑到这里的。”保姆说。

保姆走出房间后，布兰达喃喃自语：“可怜的孩子，可怜的孩子。”她目光呆滞地看着这片让人心烦意乱的土地。

“我刚才在想那匹小马驹的事，先生。”本杰明对托尼说。

“啊，是的，本。”

“您还要继续养着它吗?”

“我还没考虑过……不，我想不会了。”

“雷斯托尔的韦斯特马科特先生（Mr. Westmacott）在打听小马驹的情况。他想买下来送给他的小女儿。”

“好。”

“我们应该卖多少钱?”

“啊，我不清楚……你觉得好就行。”

“霹雳是一匹训练有素的小马驹，一直以来它都受到精心呵护。我想，要价不应该低于二十五英镑，先生。”

“好的，本，你决定吧。”

“那我要价三十镑，可以吗？先生，留些还价的余地。”

“你觉得怎样最好就怎样做吧。”

“好的，先生。”

吃午饭的时候，托尼对布兰达说：“乔克来过电话。他问有没有用得到他的地方。”

“他好贴心啊。你怎么不请他来这里过周末呢?”

“你想叫他来吗?”

“我又不会在家。我要去维罗妮卡家。”

“你要去维罗妮卡家?”

“是的，你不记得了吗?”

因为有仆人在屋子里，所以他们之间的谈话点到即止。到后来，他们单独在藏书室里的时候，托尼继续之前的话题：“你当真要去吗?”

“是的。我没办法待在这里。你能理解的，是吗?”

“是的，当然。我之前在想，或许咱俩都应该出趟远门，比如出国之类的。”

布兰达没有接托尼的话茬，只是自顾自地说：“我没办法待在这里。一切都结束了，你没看出来吗？我们两个在这儿的生活走到头了。”

“亲爱的，你这话什么意思?”

“别叫我解释……现在不行。”

“可是，布兰达，亲爱的，我不明白。我们都还年轻。当然，我们永远不会忘记小约翰，他也永远是我们的长子，但是……”

“别说了，托尼。求求你别说了。”

所以托尼没再继续下去，片刻之后，他又问：“那……你明天还是要去维罗妮卡家吗?”

“嗯。”

“那我就请乔克过来。”

“是的，我心意已决。”

“将来的事，我们可以留到以后再讨论。等我们都冷静一些的时候。”

“是的，以后再说。”

第二天早上。

“是妈妈写来的一封窝心的信。”布兰达把信递给托尼时说道。

圣·克劳德夫人（Lady St. Cloud）这样写道：

……我无法前来海顿参加葬礼，但我会无时无刻地想着你们两个，和我亲爱的外孙。我会想着在圣诞节的时候，你们一家三口欢聚一堂的样子。

亲爱的孩子们，在这种时候，只有你们自己才能作为彼此的依靠。爱，是唯一能够战胜悲伤的东西……

“我收到一封乔克发来的电报，”托尼说，“他会来。”

“布兰达要过来，这对我们来说实在是太尴尬了，”维罗妮卡说道，“我还以为她肯定不会来的。我真不知道该对她说些什么才好。”

吃完晚饭后，托尼和乔克两人单独坐着聊天，托尼说：“我一直都试着去理解所发生的一切，现在我想我终于弄懂了。问题并不在于我本人是怎么想的，而是因为布兰达和我在许多方面都有很大出入。她周围的那些朋友都是不了解她的陌生人，她们既不知道约翰，也没来过我们庄园，所以布兰达喜欢和那些人混在一块。就是这么回事，你不这么认为吗？她还想要绝对的独处，要远离一切会勾起她在这里的伤心事的东西……我实在很不愿意让她走。我没办法告诉你她最近在家是怎样的……呆滞得要命。我知道，这件事给她带来的痛苦远远超过它带给我的。我想做点什么，可又无能为力，真是太糟糕了。”

乔克沉默不语。

比弗也在维罗妮卡家。布兰达对他说：“周三那天，我以为你出了什么事，那一刻，我才明白我有多么爱你。”

“哦，这种话你已经说得够多了。”

“我是想让你明白我的心意。”布兰达说，“你个傻瓜。”

周一早上，托尼在放早餐的托盘上发现了这封信：

亲爱的托尼：

我不会再回海顿了。格雷姆肖会把一切都打包好，然后带回公寓。之后我就不再需要她了。

你一定早已觉察出不对劲了。

我爱上了约翰·比弗。我要和你离婚，然后嫁给他。要是约翰·安德鲁没死，事情也许不会发展成这样。我说不上来。可事已至此，我无法从头再来。请不要太过耿耿于怀。我想，在办离婚手续的过程中，我们还是不要见面的好。但我希望事后我们还是好朋友。无论如何，我永远都会把你当成好朋友，哪怕是我一厢情愿。

挚爱，

布兰达

当托尼读到这封信时，他脑子里第一反应就是，布兰达一时糊涂。“据我所知，她只见过比弗两次。”托尼说。

但是，当他后来把信给乔克看过之后，乔克说：“很遗憾，事情闹到了这步田地。”

“但这不是真的吧，是吗?”

“恐怕是真的。大家早就知道了。”

不过托尼在几天后才全然明白乔克这句话的意思。他对布兰达的爱与信任已经成了一种习惯。

第四章　英国哥特式建筑 II

一

“那位老兄是什么态度？”

“不太愿意。这让我觉得自己很残忍。”布兰达说，“我想他应该很在乎吧。”

“唉，要是他一副无所谓的态度，你恐怕又要不高兴了。”波莉安慰她说。

“不，我想不会。”

“不论发生什么事，我都站在你这边。”珍妮·阿卜杜勒·阿克巴说。

“啊，眼下事情进展得还是相当顺利的。”布兰达说，“只是和亲戚那边闹得有些不太愉快。”

在过去的三周里，乔克一直住在海顿陪着托尼。雷特里太太回了加利福尼亚，所以他倒也乐意作陪。大部分的晚餐，他们都是一块儿吃的。二人再也没去过布莱特俱乐部，比弗也没有；他们怕冤家路窄。托尼和乔克去的是布朗俱乐部，因为比弗不是那家的会员。现如今，比弗在五六家俱乐部中的任何一家出现时，布兰达总会相伴在侧。

比弗太太倒是不想看到事情如此转变，那些在海顿干活的工匠，手头的活儿还没干完，就被她叫了回来。

事情发生后的第一周，托尼找一些人谈过心，但几次谈话都让他觉得心里不大痛快。艾伦想当和事佬，“你只要再等几个礼拜就好。”他说，“布兰达会回来的，她很快就会厌倦比弗了。”

“可我并不想她回来。”

“我完全明白你的感受，可是在这个问题上，思想太守旧就不值当了。要不是因为约翰的死，布兰达也不会走这一步棋。为什么去年玛乔丽和那个混蛋罗宾·比斯利不论去哪儿都出双入对的呢？不就因为当时玛乔丽正疯狂地迷恋他吗。可我就睁一只眼闭一只眼，最后这事就平息了。如果我是你，我就当什么也没发生过。”

玛乔丽也对托尼说：“布兰达肯定不爱比弗。她怎么可能看上他呢？……就算眼下她自己是这么认为的，我也觉得你有责任阻止她干蠢事。你绝对不能同意离婚——无论如何也要等到她找到一个更合适的人选。”

他的丈母娘圣·克劳德夫人也说：“布兰达真是蠢到家了。她很容易感情用事，但我敢打包票，这姑娘从没做过错事，绝对没有，所以布兰达根本不像会做出这种事的人。我还未见到比弗先生，也不想见他。但我想，他们两个怎么看怎么不合适，而且布兰达绝对不会愿意嫁给那种人。让我来明白告诉你事情是如何发生的吧，托尼。布兰达一定是感到有些受冷落了——这是人们在婚姻的这个阶段常有的感觉。这种事我已经听过太多了——而且，有个年轻小伙对她千依百顺、关怀备至，她就飘飘然了。情况就是这样，没什么不对的地方。还有，小约翰的意外身故也给她带来了极大的打击，让她心绪不宁，所以她连自己说过什么，写过什么都不知道。等过几年，你们再回头看这段婚姻中的小插曲，只会觉得好笑罢了。”

自从葬礼那天下午托尼见过布兰达之后，就再也没见过她。他们只在第二周的时候通过一次电话，当时托尼正被各种各样的建议弄得心烦意乱，而且他也感到无比的孤独。艾伦一直在劝他和解。“我一直在和布兰达谈，”他说，“她已经厌倦比弗了。她现在心里想的就是回到海顿，和你重新开始。”

当艾伦在的时候，托尼执意不听他说。但是到后来，艾伦所说的话，和他描绘的场景，都印在他的脑海里挥之不去。

于是，他拨通了布兰达的电话，电话那头的声音冷静又严肃。

“布兰达，我是托尼。”

“你好，托尼。有事吗?”

“我一直在和艾伦谈。他告诉我你改变主意了。”

“我不知道你是什么意思。”

“意思是说你想离开比弗，回海顿来呀。”

“艾伦是这样跟你说的?”

“是啊，这难道不是真的吗?”

“恐怕不是。艾伦这个多管闲事的家伙。我叫他今天下午来我这儿。他之前告诉我，说你不想离婚，但是愿意让我一个人在伦敦住，而且只要没有流言蜚语传出来，我可以做任何我想做的事。这主意似乎不错，我还准备给你打电话谈这事呢。不过我猜这也只是他的策略罢了。不管怎么说，目前要我回海顿是不可能的。”

“啊，我懂了。我也觉得这不大可能……我只是打电话来问问。”

“那没事。你好吗，托尼？”

“很好，谢谢关心。”

“那就好，我也挺好的。再见。”

布兰达的情况，托尼就知道这么多。二人都避免去一些可能会碰面的地方。

人们都觉得申请离婚的话，布兰达作为原告会更方便快捷些。托尼并未聘请家庭事务律师，只是找了另一家没什么名气的专打离婚官司的律师行。他满心期待能找到一个专业素养高的律师，哪怕举止轻浮些也无妨，可到头来却发现那里的人个个都意志消沉，还有些疑神疑鬼。

“我认为布兰达女士远非无名之辈。很有可能王室法务代理人①会介入进来……另外，还有财产分配的问题。你也知道，按照目前的安排，由于她是无辜受伤害的一方，那么她就有权在法庭上索要一笔丰厚的赡养费。”

“噢，没关系。”托尼说，“我已经和她妹夫谈过这个问题

① 又称“王室讼监”，负责离婚案件的法庭官员。在这本小说所设定的背景下，英国只有通奸行为才能作为离婚案的判据；因此有些夫妻为了离婚，有时会策划一些通奸行为。

了，我决定每年支付五百英镑给她作为生活费。她自己还有四百英镑，而且我听说比弗先生手上也有几个小钱。”

“很遗憾不能把你们磋商的内容白纸黑字地记录下来。”律师说：“那样可能会构成同谋罪。”

“布兰达女士的诉讼词写得够完善了。”托尼说。

“我们的宗旨是保护我们的客户的一切利益，为日后可能发生的不测事件未雨绸缪。”律师用一种虔诚的口气说。因为他不像托尼那样习惯性地爱着，信任着布兰达。

在布兰达离开海顿的第四个周末，律师安排托尼上演“负心汉”的桥段。他在一家海滨酒店预定了一间套房（“我们一向都把客户安排在那里，那儿的服务生全是替人作证的老手”），并通知了私家侦探。“现在，你只要再找个女伴就成了。”律师说。托尼心中的忧郁并未因为他的调侃而有丝毫减少。“我们有时候也能替客户找到合适的人选，但常常会遭到埋怨，因此我们觉得最好还是把主动权交到客户手里。我们最近接了一个非常棘手的案子，男方是个原则性极强的人，而且有些内向。到最后，还是他自己的妻子点了头，答应和他去作证。她戴了顶红色的假发。干得非常成功。”

“我觉得在我这个案子上，这是行不通的。”

“是的，一点儿不错。我只是出于好心提醒你，才说起那个案子。”

“我想，应该找得到愿意的人吧。”托尼说。

“我对此深信不疑。”律师说完，很有礼貌地对他鞠了一躬。

但是，当托尼后来同乔克探讨这个问题的时候，才发现其实并不轻松。“任凭你再花言巧语，也不是哪个姑娘都肯干的。”乔克说，“毕竟它不像其他事。要是你说这只是法律上要走的过场，那就很无礼；可要是你想千挑万选，那又太离谱了——我是说，如果你以前没怎么关注过她，事后又不想和她纠缠不清……当然，老西碧尔绝对是个人选。”

可就连西碧尔也拒绝了他。“其他任何时候，我都会毫不犹豫地答应，”她说，“只是在这个节骨眼上不行。因为总有人会知道，也可能因此产生误会……不知道你有没有问过一个叫珍妮·阿卜杜勒·阿克巴的美女呢?”

“是的，已经问过了。”托尼说。

“她不愿意吗?”

“是的。”

“噢，老天，那我就不知道还有谁了。”

“我们最好去‘老百号’研究下那里的行情。”乔克说。

他们在乔克家吃了饭。近来，他们发现在布莱特俱乐部里有些压抑，因为人们都不愿搭理那些看上去闷闷不乐的人。尽管二人喝下了一大瓶香槟酒，却仍找不回上次去辛克街时那种轻松愉快的心情了。后来，托尼说道：“去那里会有什么大的进展吗?”

“咱们还是得去碰碰运气。毕竟我们不是去那里找乐子的。”

“当然不是。”

在辛克街一百号，大门敞开着，乐队正对着空荡荡的舞厅奏乐；厅内一角，侍者围在一张小桌旁吃东西。两三个姑娘簇拥在一台老虎机前，把大把的先令往里塞，却连一个子儿都没出来过；她们一边玩，一边抱怨天气寒冷。托尼和乔克点了一瓶蒙特伦西酒业公司生产的白兰地，坐下来等待。

“这些人里有合适的吗?”乔克说。

“谁我都无所谓。”

“最好找一个你中意的，因为你得和她共度很长一段时间。”

此刻，米莉和芭布斯下了楼。

“邮差帽设计得怎么样啦?”米莉对他们说。

二人都一头雾水。

“你们就是上个月来过的那两个小伙子，不是吗?”

“没错。恐怕我们上次醉得什么都忘了。”

“真的吗?”米莉和芭布斯很少会在她们的工作时间碰到头脑清醒的客人。

“好，过来坐下吧。你俩最近怎样?”

“我想我快感冒了。”芭布斯说，“我感觉很难受。为什么他们不能把这鬼地方弄得暖和点？真是些吝啬的家伙!”

米莉要高兴一些，她坐在椅子上，身体随着音乐的节奏摆动。“要跳支舞吗?”米莉问，然后，她和托尼在空荡荡的舞厅大跳曳步舞。

“我的朋友在物色一位女士，带到海滨去。”乔克说。

“什么？在这种天气？这对寂寞的女人来说倒是件不错的事。”芭布斯用一小团纸巾擤了下鼻子。

“是为了办离婚。”

“啊，我明白了。呃，可以让你朋友找米莉的嘛，她没那么容易感冒。而且，她知道在酒店里该怎样做。这里的许多姑娘都能带到城里去风流快活，可你却偏偏要找个女人去帮着离婚。”

“经常有人找你去干这事吗?”

“偶尔会有。权当是忙里偷闲了——可就是要说很多话，而那些绅士们总爱滔滔不绝地说个没完。”

在他们跳舞的时候，托尼开门见山地问道："我想，你不介意在周末出趟远门吧？"

"不介意呀，"米莉说，"去哪儿？"

"我想应该是在布莱顿。"

"噢……是为了离婚的事吗？"

"是的。"

"你不介意我带上我的小女儿吧？她很乖的。"

"不。"

"你是说你不介意？"

"我是说，这事不成。"

"啊……你没料到我有个八岁的女儿吧？"

"的确。"

"她叫温妮（Winnie）。我十六岁那年生下她。我是家中的老幺，继父不允许我们姐妹有谁闲在家里，所以我必须打工挣钱。我的女儿和一个女人住在芬奇利市，每周得花我二十八先令，还不包括她穿的衣服。她真的很喜欢去海边。"

"不行，"托尼说，"很抱歉，这完全不行。我们给她买一份可爱的礼物，让你带回去。"

"那好吧……以前有位先生给她买了辆精巧的自行车作为圣诞礼物，她骑车的时候摔下来，把膝盖划伤了……我们什么时候去？"

"你想搭火车还是坐汽车？"

"噢，火车吧。温妮坐汽车会晕车的。"

"不能带上温妮。"

"好，不过咱们还是搭火车吧。"

于是，他们决定周六下午在维多利亚火车站见面。

乔克付给芭布斯十先令后，就和托尼回家了。近来，托尼睡得都不怎么好。每次他独处的时候，脑海中都反复浮现出比弗来到海顿之后所发生的一切；他搜索着当时有哪些蛛丝马迹是他没注意到的；冥思苦想着他到底在何时说的哪些话，或做的哪些举动让事情变成今天这个局面；他的记忆回到最初与布兰达相识的日子，他想找出点什么使自己更能理解布兰达为何会如此转变；托尼重新回味这八年以来生活中的点点滴滴，这令他辗转难眠。

二

车站的头等车厢售票厅里有个旅客集合点。侦探们最先到那里，比约定的时间提前了十分钟。早在律师办公室，有人就给托尼看过他们的照片，免得到时认不出。这两个侦探都是满脸堆笑的中年男子，他们头戴毡帽，身上穿着厚厚的大衣。他们日常的工作主要是闲站在街角，盯着人家房门看，所以他们都盼望周末。而像这样的工作形式，则成了办公室里大家争相追逐的“香饽饽”。在一些没那么复杂的离婚案件中，律师主要是听取酒店侍者给的证词，动用侦探就很奢侈了。不过，侦探们自己倒是很希望人们能这样看待他们。

那天，薄薄的雾霭笼罩着伦敦。车站的灯也早早地亮起。

托尼紧随其后来到车站，身旁跟着忠诚的乔克，他是来送行的。他们已买好车票，在那里等候。坚持职业操守的侦探们试着不让别人注意到自己，他们装作在看墙上的海报，实际上却躲在柱子后面窥视。

“这样可真受罪。”托尼说。

米莉是十分钟后到的。她隐约在暮色中出现，搬运工提着她的行李箱走在前面，还有个孩子跟在她身后，紧拽着她的胳膊。米莉的衣柜里大部分都是晚礼服，因为白天她通常都穿着睡袍坐在煤气炉旁消磨时光。这天，她的穿着朴素却又不失体面。

“真抱歉，我来晚了。”米莉说，“我家温妮找了半天的鞋。我把她也带来了。我知道你不是真的介意，她出门只要买半票。”

温妮是个相貌平平的孩子，戴着一副大大的金边眼镜。她一开口说话，就看得出她缺了两颗门牙。

“你不是想把她也带去吧？”

“对，我就是这么想的。”米莉说，“她不会惹麻烦，而且她把七巧板带来了。”

托尼俯身跟小女孩说话。“听我说，”他说，“你是不会想去这个酒店的，那里很没劲。你跟这位好心的先生走，他会带你去玩具店，到时你可以选最大的那个洋娃娃，然后他会开车把你送回家。你喜欢这个安排，对吗？”

“不，”温妮说，“我想去海边。我不要和那个男人走。我也不要洋娃娃，我要和我妈咪去海边。”

除了侦探们之外，旁边的路人也开始注意到这几个人，因为他们站在一起看着实在是别扭。

“噢，老天！”托尼说，“我想，不让她去都不行了。”

侦探们远远地跟着来到月台。托尼把他们安排在卧铺车厢。“嘿，”米莉说，“我们坐的是头等车厢。高兴吗？我们还可以喝茶呢。”

“我能要个冰激凌吗？”

“我想他们没有冰激凌，不过你可以要几杯好茶。”

“可我想吃冰激凌。”

“到了布莱顿，就能吃了。现在乖乖的，玩会儿你的七巧板，不然妈妈下次不带你去海边了。”

“和通俗小说里惹人厌的小孩一模一样。”乔克在离开的时候对托尼说。

去布莱顿的这一路，温妮的烦人功力可见一斑。她没用什么新奇的招式，但那些坏孩子的套路她了若指掌，比如大口地喘气，学猪咕噜叫，还有嚷嚷着恶心之类的，甚至对司空见惯的警报器也有她的一套玩法。

律师早已替托尼订好了酒店客房，因此当酒店前台见到温妮的时候还有些意外。“我们已经为您预留了两间互通的房间，一间双人房和一间单人房，外带浴室和客厅，”前台说，“我们没想到您会带女儿来。需要另加一间房吗?”

“噢，温妮可以和我住一间。”米莉说。

两位侦探站在离柜台不远的地方，用一种不赞成的眼神相互对视了一下。

托尼在住客登记簿上写下了“莱斯特先生和莱斯特太太”。

“以及女儿。”前台指着本子说。

托尼迟疑了一下。“她是我侄女。”他说，然后在本子上另起一行写下了“史密斯小姐”几个字。

其中一位侦探接着在本子的下一栏登记，还对他的同事说:“他这次倒是做得挺对，相当明智的做法。可我不太喜欢这个案子，太不按常理出牌了。连孩子都带上了，这让本来很体面的一件事变得很难搞。我们还要考虑律师行那边，要是王室法务代理人插手的话，对他们也没什么好处。”

“速战速决怎么样?”他的同事漫不经心地说道。

在楼上，温妮问:“哪里有海?”

“就在街对面。”

“我想去看看。”

“可是天都黑了，宝贝。明天再去。”

“我想今晚去看。”

“你现在带她去看吧。”托尼说。

“你肯定你一个人不会感到孤独吗?”

“肯定不会。”

“我们一会儿就回来。”

“没关系。你带她好好瞧瞧。”

托尼下了楼，来到一楼的酒吧间，他欣然发现两位侦探也在那儿。他觉得自己需要男性的陪伴。“晚上好。”托尼说。

两名侦探斜着眼看他。这件案子里发生的一切都像是经过刻意安排的，冲击着他们的专业感官。“晚上好，”年长的那位侦探先开口，“这是个令人厌烦，又阴冷的夜晚。”

“喝一杯吧。”

托尼包了他们的一切消费，所以这个提议似乎有些多余。不过，年轻的侦探本能地面露喜色，说道：“那我来一杯吧，请别介意。”

“过来坐。我觉得孤独得很。”

他们拿起酒，来到一张酒保听不见他们说话的台子上坐下。“莱斯特先生，这全部都乱套了。”年长的侦探说，“您完全不必理会我们的存在。真不知道他们在事务所里是怎么跟您谈的。”

“顺致敬意。”年轻的侦探说。

“这位是我的搭档，詹姆斯先生（Mr. James）。”年长的侦探说，“我叫布兰金斯普（Blenkinsop)。詹姆斯是头一次做这种工作。”

“我也一样。”托尼说。

“很可惜，我们选了这样糟糕一个的周末来办这件事，”布兰金斯普说，“不仅潮湿，而且风还很大，都吹到我的关节里去了。”

“请问一下，”托尼说，“带孩子来参加这种‘旅行’很常见吗？”

“不常见。”

“我想也是。”

“莱斯特先生，既然您问了，我就必须告诉您，这是极不合规矩，又不明智的。看上去就错了，这类案子很大程度上取决于能不能给法官留下好印象。不过您放心，我和詹姆斯先生都认为这事并不难办，我们的证词里不会提到孩子。不过，您不能太信任那些服务生，因为你可能会碰到一个头一回出庭作证的，可能会把事情全都给抖出来，那我们将面对什么样的局面？跟您说句实话，莱斯特先生，我不愿看到这样的事发生。”

“这一点我比你更操心。”

“我本人倒是很喜欢小孩。”那个刚入行的詹姆斯说，“我们也带个小孩一起工作吧？”

“告诉我，”他们在那张台坐了好一会儿之后托尼说，“你们在工作中肯定观察过很多够条件提离婚的夫妻，他们是怎么熬过那段时间的？”

“夏天会轻松一些，”布兰金斯普说，“年轻的太太们经常去游泳，而先生们就在海滩上看报纸；有些人会骑车兜风，还有些人则在酒吧里闲荡。一到周一，他们大都很高兴。”

托尼回到房间，发现米莉带着她的孩子在客厅里。

“我点了一支冰淇淋。”米莉说。

“好极了。”

“我要吃晚饭！我要吃晚饭！”

“不行，亲爱的，没有晚饭吃。你刚才不是已经吃冰淇淋了吗？”

托尼折身返回酒吧间。“詹姆斯先生，”他说，“我好像听到你说你喜欢小孩子，是这样吗？”

“是的，只要他们不调皮捣蛋。”

“我想，你今晚应该不会考虑和那个陪我一起来的小姑娘共进晚餐的，对吧？如果行的话，我会非常感激你的。”

“啊，不，先生。那不行。”

“去吧，我不会忘恩负义的。”

“呃，先生，我不想显得不近人情，可我没有义务去陪人吃饭。”

他似乎还在犹豫，这时布兰金斯普插了句嘴：“这事我们办不到，先生。”

托尼离开后，布兰金斯普以他过来人的身份和詹姆斯倾谈；这是他俩的第一次合作，他觉得自己有义务去点拨年轻人一下。“我们遇到的始终是同样的难题——怎样让客户明白离婚是一件严肃的事情。”

最后，托尼和米莉好不容易才和温妮谈妥条件，就是答应第二天给她买两支或三支冰淇淋，而且绞尽脑汁地让她感觉犯困，才哄得她上床睡觉。

“我们两个怎么睡呢？”米莉问。

“啊，随你的便。”

“还是听你的吧。”

“嗯，可能温妮更希望和你一起睡……不过明天早上他们把早餐端来的时候，她必须要去另一间房。”

因此，她拿被子盖住身体，睡在双人床的一角。让托尼感到意外的是，在下楼吃晚饭之前，她就进入了梦乡。

托尼和米莉都换了身衣裳，二人从里到外都焕然一新。米莉穿着她最好的一条朱红色的露背晚礼服，脸上刚化好妆，头上脱色的卷发也已经被剪掉，脚穿一双红色高跟鞋，双腕戴着手链，耳朵上戴着一对大大的人造珍珠耳环，淡淡的幽香从耳后袭来。她卸下照顾家庭的担子，再一次身穿华服，感觉就像那些在营房里挨过整个冬天的士兵终于可以重整旗鼓，返回部队报到一样；而托尼，在镜子前把雪茄装进烟盒，然后又放进无尾礼服的夹克口袋里。他提醒自己，不管情况如何变幻不定，又有多么的令人生畏，他都是主人。所以，他敲响了互通的两间房之间隔着的那扇门，泰然自若地走进了客人的房间；这个月，他的世界突然间乱成一团。仿佛那些合理又得体的章法，和他所经历过或学会期待的一切，都像是错放在梳妆台上的物件，既琐屑又难以察觉；不论是让他重拾自我的惨烈遭遇，还是引起他注意的新奇又疯狂的事情，但在如今这样乱七八糟的局面下都不值一提。他在门廊微笑地看着米莉。“很娇媚。”托尼说，“真是楚楚动人。我们下楼去吃晚餐好吗?”

他们住的房间在二楼。所以下楼的时候，米莉挽着托尼的胳膊，一步步地走下楼梯，来到灯火通明的大厅。

“打起精神来。”米莉说，“你来一口三明治，就不会这么闷了。”

“抱歉，我很闷吗?”

“我刚刚在开玩笑。你是个很庄重的男人，对吧?”

尽管外面天气很糟糕，可酒店里却还是挤满了周末来投宿的旅客。陆续还有一些人从摇摆门进来，他们双眼湿漉漉的，面颊也被外面刺骨的寒风吹得僵硬。

“一群犹太佬。”米莉多此一举地解释道，“不过，偶尔不去俱乐部上班，换换环境也挺好。”

刚进店里的旅客中有一个是米莉的朋友，他正看着自己的行李。如果是在别的地方，他肯定会是个引人注目的家伙，因为他穿了一件大大的裘皮外衣，头戴一顶贝雷帽；腿上套着格子呢的长袜，脚下穿着一双黑白鞋。

“把它们拿上去再打开，动作快点。”他吩咐道。他是个身材矮胖的年轻人，他的女伴也穿了件皮衣，正厌恶地盯着一个装饰大厅的陈列柜看。

“噢，天啊。”她说。

米莉和这个年轻人打了声招呼。“这位是丹尼（Dan）。”她对托尼说。

“嘿，你们俩，”丹尼说，“接下来有什么活动?”

“我能喝一杯吗?”丹尼的女伴说。

“宝贝儿，当然可以，反正我也想喝一杯。你们要同我们一道吗？还是嫌我俩碍事哩?”

他们几个一同来到金碧辉煌的贵宾厅。“我快冻死啦!”丹尼的宝贝儿芭比抱怨道。

丹尼脱下外套，露出了里面一套丝光水滑的浅紫色灯笼裤和真丝衬衫，那种面料或许只会被托尼拿来当睡衣。“我们一会儿就会让你暖和起来的。”他说。

“这地方全是那些臭犹太佬。”芭比说。

“我总觉得这恰恰说明了这是家好酒店，你不这么认为吗?”托尼说。

“鬼地方。”芭比说。

“你别介意芭比的话，她冷。”丹尼解释道。

“坐你那辆破车，谁会不冷呀！”

他们喝了些鸡尾酒，然后丹妮和芭比就回房间了；他们的解释是说要回房打扮打扮，因为待会他们要去参加一场丹尼朋友搞的聚会，地点就在酒店附近。托尼和米莉也进去用晚餐。“这个家伙人很好，”她说，“经常来俱乐部。我们那里鱼龙混杂，可丹尼是最得体的一个。有次我差点就跟他出国了，可最终还是没走掉。”

“他的女伴似乎不怎么喜欢我们。”

“噢，她觉得冷吧。”

托尼觉得吃饭时找话聊不是件容易的事。起初，他就像和布兰达去埃斯皮诺萨餐厅吃饭时那样，谈论着邻座的客人。“那个坐在角落的姑娘挺漂亮的。”

“亲爱的，你不是想坐到她那桌去吧？”米莉打趣他说。

“你瞧那个女人的钻石，觉得像真的吗？”

“要是你这么感兴趣，干吗不去问问她呢？”

“那里有个皮肤黑黝黝的女人在跳舞，真有意思。”

“我相信她听到你这么说会很高兴的。”

托尼此刻才意识到，在米莉的圈子里，对除了陪着你的那个女人之外的其他女人表现得有兴趣，是不合规矩的。

他们喝了香槟酒。可令托尼不高兴的是，两位侦探也点了同样的酒。他决定等他们的酒水单来了再对他们说，因为他们似乎不能比着温妮的样子，享受同样的待遇。在托尼心里，一直都在考虑晚餐后能做些什么。就在他点上一支雪茄的时候，他远远看到丹尼从餐厅的另一头走过来，于是他担心的问题迎刃而解。“嗨，”丹尼说，“如果你两位没特别的事做，要不要跟我们一块去我朋友家的聚会上玩玩呢？不会让你们失望的。他总把一切最好的东西奉给大家。”

“啊，那咱们去吧。”米莉说。

丹尼身上的晚礼服是用一种蓝色布料做的，在灯光下本该变为黑色；可不知是何缘故，衣服的颜色没有任何变化，依旧是蓝色的。

于是，米莉和托尼便去了丹尼的朋友家，并享受到极佳的招待。聚会上有二三十人，都和丹尼差不多。丹尼的朋友最热情好客，除了拨弄那台整晚时好时坏的无线电收音机外，其他时间他都穿梭于宾客当中，往他们的杯里添酒。“这东西不错，”他指着瓶体的标签说，“它不伤身的，是好东西。”

大家都喝了很多那种好东西。

在聚会上，丹尼的朋友好几次都看到托尼有些游离在人群之外。然后他就会走过去，把手搭在托尼的肩上。“丹尼把你带来我太高兴了，”他几次都这么说，“你想要吃什么就拿什么，别客气。很高兴能认识你。下次人不多时再来好好逛逛。对玫瑰感兴趣吗?”

“是，我非常喜欢玫瑰。”

“等玫瑰花开的时候来。如果你对玫瑰感兴趣，就一定不会失望。那台该死的收音机，又出毛病了。”

托尼在想，如果突然有人把他不认识的人带去海顿，他会不会也很友善地对待他们。

那天晚上，他和丹尼坐在沙发上聊了会儿天。“米莉是个好姑娘。”丹尼说。

“是啊。”

“告诉你一件我注意到的事。她和其他姑娘吸引客人的类型截然不同，比如像你我这样的。”

“没错。”

“你想不到她有个八岁的女儿吧，对吗?”

“对，令人大吃一惊。”

“我是过了很久才知道的。当时我带她去迪耶普度周末，她想带孩子一块去。当然，事情就泡汤了，不过我仍一如既往地喜欢着米莉。不论在什么地方，她都不会做出让人不信任的举动。”丹尼一边说，一边失望地往芭比那儿瞟了一眼。她正举着满满的杯中酒，四处与人碰杯。

这场聚会持续到凌晨三点多才结束。丹尼的朋友又一次邀请他们在玫瑰绽放的时候再来做客。“我敢说，你在英国南部的任何一个地方都找不到比这儿更好的玫瑰展。”他信誓旦旦地说道。

丹尼开车载他们回到酒店。芭比坐在前排丹尼身边，像是在吵架。“你去哪里啦?”她不停地质问道，“整个晚上，连你的人影都没见到。你去了哪里? 你在哪儿躲着呢? 把人家姑娘带出来，又不见人，真是差劲。”

托尼和米莉坐在车后座。因为整个人都疲惫不堪，以及她的职业习惯，米莉把头靠在托尼肩上，手放在他手里。二人回到了房间，她说:“轻点走，别把温妮吵醒了。”

托尼在温暖的小房间里躺了差不多一个小时，他一遍遍地重温过去这三个月发生的事情，后来也睡着了。

温妮叫醒了他。“妈妈还在睡觉。”她说。

托尼看了看表，才七点过一刻。“我想也是。”他说，“你也回去接着睡吧。”

“不，我衣服都穿好了。我们出去玩吧。”

她走到窗户旁边，把窗帘拉开，于是，冰冷的晨光照进了房间。“外面连一滴雨都没下。”她说。

“你想干吗?”

“我想去码头。”

“码头现在还没开。”

“没关系，我只是想去看看海。来嘛。”

托尼明白他这个早上再也睡不着了。“好吧。我先穿衣服，你去那里等着。”

“我就在这儿等。妈妈在打呼噜。”

二十分钟后，他们下了楼。一楼大厅里，系着围裙的服务生们正在叠放家具和刷地毯。托尼带温妮从摇摆门出去的时候，迎面就吹来了一阵刺骨的寒风。铺着沥青的海滨大道上被浪花和雨水弄得湿漉漉的。有两三个女人的身影，埋头顶着风，在路上奔跑而过，她们戴着手套的手上还拿着祈祷书。有四五个壮实的老头一蹦一跳地下海游泳，嘴里发出嘘嘘的声音，像马夫赶马一样。“啊，快来。”温妮喊道。

他们来到沙滩，又跌跌撞撞地穿过踩着碎石滩，来到海边。温妮朝海里扔了几块石头。游冬泳的人已经泡在海水里了，其中几个还让带来的狗在他们旁边呼哧呼哧地戏水。

“你怎么不下海?”温妮问。

“水太冷了。”

“可他们都下去了，我也要去。”

“这事得问你妈。”

“我觉得你在害怕。你会游泳吗?”

“会。”

“那你干吗不游?你明明不会。”

“好吧，我不会。”

“那你刚刚干吗骗我说你会?”

他们沿着碎石滩向前走。潮水不断涌向岸边，温妮在跟踉跄跄向后退的时候，不小心跌了一跤。“现在我身上全湿了。”她说。

“你最好去把湿衣服换掉。”

“穿着很难受。咱们先去吃早餐吧。”

一般来说，酒店不为那些在周日上午八点就下楼用早餐的客人提供服务，因此他们等了很长一段时间早餐才送上桌。而且吃的里面没有冰淇淋，这令温妮非常恼火。她吃着葡萄柚、烟熏鲱鱼和土司夹炒蛋，不时地埋怨身上的湿衣服。吃完早饭，托尼便带她上楼更衣，然后就独自在贵宾厅里一边抽烟，一边浏览周日的报纸。在九点钟的时候，布兰金斯普的出现打断了他看报。“我们昨晚都没见到你们。”他说。

“我们去参加了一场聚会。”

“你们不应该去的——倒不是说严格禁止，但我敢说这绝对是有害无益的。您吃早餐了吗?”

“吃过了，刚才和温妮在餐厅一起吃的。”

“可您究竟在想什么啊，莱斯特先生？您必须得搞到酒店服务生的证词。”

“呃，我不想叫醒米莉。”

“她拿了钱就要做事的，对不对？拜托，莱斯特先生，这样可不成。您要是不把戏演得投入一些，这辈子都离不成婚。”

“好吧，”托尼说，“我再吃一顿早餐就是了。”

“注意要在床上吃。”

“在床上吃。”说完，托尼就懒洋洋地上了楼，回到他的房间。

温妮已经拉开了窗帘，可她母亲还在睡觉。“她醒了一次，然后翻个身又睡了。你叫她起来嘛，我要去码头。”

“米莉，”托尼语气坚定地喊她的名字，“米莉。”

“啊，”她回应道，“几点了？”

“我们该吃早饭了。”

“我什么也不想吃，只想多睡一会儿。”

“你已经吃过早饭了呀。”温妮说。

“拜托，”托尼说，“吃完有大把时间可以睡，这是我们来这儿的目的。”

米莉从床上坐起来。“好吧，”她说，“温妮心肝儿，给妈咪把椅子上的外套拿过来，”她是个懂事的小姑娘，不管这事有多无聊，她都愿意去做。“可是时间还早呀。”

托尼回到他的房间，脱下帽子、外套和马甲，又解开衣领和领结，然后穿上了一件睡袍。

“你好贪心，”温妮说，“连早餐都要吃两顿。”

“等你长大一点，就会明白了，这都是法律规定的。我要你乖乖地待在客厅里，不要出声，只要一刻钟就好。答应吗？事成之后，你想干什么都可以。”

“我可以下海游泳吗？”

“当然可以，如果你从现在开始不出声的话。”

托尼爬上床，坐到米莉旁边，把睡袍裹得紧紧的。“我看起来怎样？”

“像少女梦中的情郎。”米莉说。

“那好，我来按铃。”

在服务生把餐盘送进来以后，托尼便下床穿好衣服。

“我的不贞行为到此为止，”他说，“他们居然会在文书上把这叫作‘私通’，真是令人费解。”

“我现在能去游泳了吗？”

“当然。”

米莉翻了个身又继续睡。托尼带温妮来到海滩，风吹得更猛了，海面上也波涛汹涌，巨浪一个接一个地拍打着碎石滩。

“这个小姑娘想下海游泳。”托尼说。

“今天小孩不能游泳。”海滨工作人员说。

“这人咋想的，”几位旁观者说，“他想把孩子淹死吗？”“他根本不配带孩子。”“真是个怪人。”

“可我想游泳，”温妮说，“你说过的，你吃了两顿早餐我就能游了。”

那些来围观托尼的窘境的人们，个个面露鄙夷地相互对视。“吃两顿早餐？就让孩子游泳？这人没脑子！”

“没关系，”托尼说，“那我们去码头吧。”

有几个人跟在他俩后头，他们好奇地想去看看这位脑筋不正常的父亲又会做出什么样的蠢事来。“那人吃了两顿早餐，现在他要把女儿给淹死。”他们一边告知其他的旁观者，一边满脸疑惑地看着托尼用滑雪球去逗温妮。在这些人眼里，托尼的举动和他们早晨读的周报上关于人性的观点完全吻合。

“好了，”布兰达的律师说，“我们现在可以提起诉讼了，一切都已准备妥当，且合乎规矩。我想，要等到下一次开庭的时候才会审理——现在是高峰期，不过我们早作准备对你也没什么坏处。我已经把证词打印出来了，你最好自己保存好，并清楚地记在脑子里。”

“……我的婚姻原本美满幸福，”她读道，“但去年圣诞后不久，我开始觉察到我丈夫对我的态度起了变化。我去伦敦读书的时候，他始终没离开过乡下。我意识到，他再也不像从前那样关心我了。他开始酗酒，甚至还撒酒疯。有一次他喝得醉醺醺的，不断往我们伦敦的公寓里打电话，还叫了另一位也喝得烂醉如泥的朋友来敲门……非得这样写不可吗？”

“倒也不是，但是我建议你把这一段加进去。主观的印象极大程度上决定了这场官司能否打赢。有时，法官们在他们头脑清楚的瞬间，也会思考为什么那些高贵体面、婚姻美满的男人会和一个素昧平生的女人一起去海滨度周末。所以，提出证据证明对方的堕落总是有用的。”

“我明白了，”布兰达说，“从那时起，我就请了私家侦探去监视他的举动。由于侦探后来向我汇报的那些情况，我于四月五日搬出了我丈夫家。嗯，一切似乎都说清楚了。”

三

圣·克劳德夫人还保留着传统的思想，对一家之长的权威和非凡的判断力深信不疑。因此，当她从玛乔丽那里听说了布兰达的任性行为之后，做的第一件事便是发电报把远在突尼斯搞坟墓挖掘工作的雷吉叫回来。雷吉这次启程回家，如同他做其他事时的一贯风格，总是那么从容不迫。他既没去赶回程的头班船，也没有赶第二班，可最终还是在托尼的布莱顿之行后的周一抵达伦敦。雷吉在他的藏书室召开了一次秘密会议，与会人员有他的母亲、布兰达、玛乔丽、艾伦和律师；会后，他单独与每个人都详谈了这个问题；他还请了比弗下馆子；又与乔克吃了顿饭；甚至给托尼的姑母弗朗西斯打了电话。最后，他约了托尼周四晚上在布朗俱乐部见面，共进晚餐。

雷吉比布兰达大八岁，人们在极少数情况下，还能看出他和玛乔丽之间有一丝不可名状的相似之处，可他与布兰达之间，不论是性格还是长相，都有着天壤之别。雷吉很早熟，而且胖得出奇，他似乎还没适应满身沉甸甸的肥肉，仿佛那些肉是早晨刚扣在他身上似的，而他仍在反复试验该如何更好地适应这些“身外之物”；雷吉眼里总有狡黠之色，走路时趔趔趄趄的，似乎随时都可能会摔一跤，因此人们觉得他肯定搭不了飞机。这仅仅是从他的外表得出的印象，真正让人觉得他眼神里透着多疑的原因是他那厚厚的眼袋；而他走路时的谨慎小心则是为了保持平衡，并非因自己笨拙的体态而感到尴尬，因为他从未觉得自己的样子与旁人有何不同。

雷吉把大半的时间和金钱都花在国外的小规模考古探险上，他在伦敦的家中摆满了探险中所收获的丰硕成果——有古时用来存酒的双耳细颈的陶罐碎片、锈迹斑斑的青铜斧头、象牙骨的碎片、烧焦的木棒，和一尊大理石制成的具有古希腊罗马风格的人头像，由于年代久远，它的面部轮廓早已变得模糊不清。关于他的工作，他写过两本专著，全部由私人出版，这两本书都是题献给王室成员的。雷吉回到伦敦之后，会定期参与贵族院议事；他的那些朋友个个都四十好几了，过了这么些年，他自己也成了他们那一代人中的一分子；然而，还是有几位母亲把他视为自己的女婿候选人。

“布兰达的整件事真让人惋惜。”雷吉说。

托尼与他看法一致。

“当然，这事令我母亲非常难过，我自己也觉得很心烦。不妨坦白跟你讲，我认为布兰达做了件蠢事，既愚蠢又错误。我也完全能体谅你心中的烦扰。”

“是的。”托尼说。

“可即便我全然顾及你的感受，也还是觉得你在这件事上心存报复。”

“我所做的事正是布兰达想要的。”

“老兄，她并不清楚自己想要什么。我昨天见过那个叫比弗的家伙了。我一点儿也不喜欢他，你呢?”

“我跟他不熟。”

“唔，我发誓我对他没什么好感。而你现在的所作所为却是在把布兰达推向他的怀抱。我是这么看的，所以我才说你心存报复。当然，此时此刻，布兰达会认为自己爱上了他，可这种感觉不会持续太久，她和比弗那种人走不远。你等着瞧吧，她一年之内就会回心转意的。艾伦也这么说。”

“我已经告诉过艾伦了，我不想让她回来。”

“喏，这就是报复。”

“不，只不过我对她的感觉已经不像从前那样了。”

“为什么要有同样的感觉呢？随着年龄增加，人总要改变的。为什么这么说呢，我十年前对闪米特人时代之后的事毫无兴趣，而现在我跟你说，就连基督纪元时期的事，我都觉得有重大意义。”

他又和托尼谈起最近才出土的刻有咒语的碑牌。“差不多在每个墓穴里都有，”雷吉说，“全是刻在铅板上的，内容大都与竞技场上的帮派有关。它们都是从通风口里被扔进去的。到目前为止，我们已经发现了四十三块这样的东西，而此时我却听说了这件祸事，于是就赶了回来。可想而知，我有多揪心。”

雷吉坐着吃了会儿东西，什么也没说。最后这几句话让俩人之间的交流又回到了出发点。很显然，在碑牌这个话题上他还言犹未尽，脑中正思索着一个合适的切入点。他吃起饭来狼吞虎咽，嘴里嚼得咯噔作响（他习惯于把其他人盘子里剩下的东西一扫而光，像牙鳕的头和尾巴啦、几块鸡骨头啦、桃核、苹果核、干酪皮和洋蓟菜的梗子，而他却没意识到自己有这种习惯。）“另外，你要知道，”他说，“这事似乎不能全怪布兰达。”

“我没有细想过这件事谁对谁错。”

“嗯，那就好，可你看上去像是在扮演一个受伤丈夫的角色——说什么感觉不像从前一样了，诸如此类的。我只想说，一个巴掌拍不响，而且据我耳闻，问题在很早之前就出现了，譬如说你频繁酗酒——噢，对了，还喝很多的红酒。”

“这是布兰达说的？”

“是的。后来你又单独和其他女人四处溜达。还有一次布兰达也在家，你却让一个取摩尔名字的女人在海顿留宿。你要知道，这就有些过分了。我一点儿不反对大家各走各的路，可要是真的分道扬镳，也不该抱怨他人，不知道你懂不懂我的意思。”

“这是布兰达说的？”

“是的。你不要认为我是在对你说教或是什么的，可我觉得你没有任何权利像现在这样报复布兰达。”

“她说我酗酒，还和一个取摩尔名字的女人搞暧昧，是吗？”

“呃，我也不清楚她具体怎么说的，不过她说过你近来老是喝得酩酊大醉，而且肯定迷上了那个女人。”

托尼对面这个满身肥肉的年轻男士又点了梅脯和乳酪。托尼说他晚餐已经吃好了。

上周末托尼就想到了这些事，如今他对一切都见怪不怪了。

“这正好说出了我的想法，”雷吉继续平静地说道，“也就是钱的问题。据我所知，布兰达在她儿子死后，一直都焦躁不安，而她和你就赡养费的问题口头上达成了协议。”

“对，我答应每年给她五百英镑。”

“可是，你知道吗？我觉得你无权这样利用她的宽宏大量。在考虑你的提议这件事上，她太过于轻率了——现在她也承认自己当时做出的决定并非出于本意。”

“那她现在是什么意思呢?”

“我们到外面去喝杯咖啡吧。”

于是二人来到空荡荡的吸烟室，他们坐在壁炉前面，雷吉说：“呃，我已经同律师和家人都谈论过了，我们决定将赡养费的数额增加到两千英镑。”

“这太荒唐了，我根本负担不起。”

“唔，你也知道，我必须要考虑布兰达的利益。她自己是没什么积蓄的，以后也不会有更多进账。我母亲的收入来源是我按照我父亲的遗嘱付给她的一笔生活费，而我可能没有能力再给她什么了，因为我正在尽力为一次利比亚沙漠绿洲的探险之旅筹资。这个叫比弗的家伙也几乎是身无分文，又不像个能赚钱的料。所以你瞧……”

“但是，亲爱的雷吉，你我都心知肚明，这是完全不可能的事。”

“这还不到你收入的三分之一呢。”

“话是不错，可我挣的每一个子差不多都花在了那间宅子上。你有没有想过，布兰达和我一年的个人开支还不到那笔钱的半数，而我能做的就只能是维持现状。”

“我想不到你会这么说，托尼。我觉得你真是不可理喻到了极点。毕竟现如今，如果说一个单身汉每年有四千英镑还过得不安逸的话，那实在太可笑了。这比我的全部家当还要多。”

“难道要我卖掉海顿庄园？”

“呃，老伙计，我可以向你保证，我从没后悔过卖掉布莱克雷庄园。当然，那段时间确实心如刀绞，因为会想到宅子里发生过的事什么的。但是，我可以告诉你，最终成交后，我整个人都焕然一新，无拘无束，想去哪就去哪……”

“可我除了海顿哪儿也不想去。”

“你知道吗？工党那些家伙的说法颇有道理，恐怕大庄园已经退出英国的历史舞台了。”

“告诉我，在布兰达同意这项提议的时候，她是否清楚这将意味着我得离开海顿。”

“是的，我想这有提到过。我想，卖房子这事不会有什么难度，你直接卖给学校或诸如此类的就行了。我记得，在我卖掉布莱克雷庄园的那会儿，我的代理说可惜它不是哥特式的，因为学校和修道院都喜欢哥特式建筑。我敢肯定你能卖个好价钱，最终你会发现你比现在更富有。”

“不行，这不可能。”托尼说。

“你这样让大家都很难做，”雷吉说，“我无法理解你为何采取这种态度。”

“另外，我相信布兰达绝对不会期盼或要我答应这种要求。”

“噢，是的，老伙计，她就是这么想的。这一点我可以向你保证。”

“真是匪夷所思。”

“好吧，”雷吉抽了一口雪茄说，“这不仅仅是钱的问题。

或许我得把事情和盘托出。事实上，是比弗在煽风点火。他说除非布兰达有一笔可观的赡养费，不然他不可能娶她。他说，这对她很不公平。从某种层面上讲，我完全理解他的意思。”

“是的，我懂他的意思，”托尼说，“所以，你们的提议归根结底，就是想叫我卖了海顿庄园，作为布兰达嫁给比弗的嫁妆。”

“我不是这个意思。”雷吉说。

“够了，我不会这么做，这件事也到此为止。如果你要说的就是这些，那恕我不奉陪了。”

“不，我还没说完。其实，都怪我太顾虑别人的感受了，我想我得打开天窗说亮话。你瞧，我告诉你我们这边的提议，并不是要你同意什么。我试图用一种友好的方式来解决问题，可现在看来是我太天真了。布兰达会向法庭提出每年两千英镑的赡养费，而凭着我们掌握的证据，我们必胜无疑。抱歉，是你逼我把话说得这么直白的。”

“我倒没想到这一点。”

“坦白说，我们也没想到。这主意是比弗提出来的。”

“你似乎把我逼到了一个绝望的境地。”

“我本来也不想这样。”

“我想百分之百确定：在这件事上，布兰达也参与其中。你是否介意我给她打个电话？”

“毫不介意，老伙计。她今晚正好在玛乔丽家。”

“布兰达，我是托尼……我刚才和雷吉一起吃的饭。”

“对，他有提过这事。”

“他告诉我你准备对赡养费的事提出控诉，是吗？”

“托尼，别这么气势汹汹嘛。事情都是律师在办，你找我也没用。”

“可你知道他们向我要两千英镑吗？”

“嗯，他们是这么说的。我知道这听上去是笔不小的数目，但是……”

“而且你很清楚我的钱都用在了哪里，是不是？你知道这将意味着我要卖掉海顿庄园，是不是？……喂？你还在吗？”

“是的，我在听。”

“你知道这样做的后果吗？”

“托尼，别让我觉得自己很没人性嘛，这些事已经把我折腾得一个头两个大了。”

“你清楚你要的这些是什么，对吗？”

“是……我想是的。”

“好，我知道这个就行了。”

“托尼，你的声音听起来怪怪的……不要挂。”

他挂断电话，回到吸烟室。许多曾经让他感到疑惑不解的事情现在突然间恍然大悟。整个哥特式的世界都已砰然瓦解……林子里没有了闪闪发光的盔甲；草坪上也看不到穿着绣花鞋的脚；带有斑点花纹的米黄色独角兽也已经逃向别处……

雷吉全身舒展地坐在椅子上。“怎么样？”

“我和她通过电话了，你说的没错。抱歉我刚才没有信你，起初觉得似乎不可能。”

“没关系，老伙计。”

“我已经决定要怎么做了。”

“很好。”

“我不会同意布兰达的离婚。我在布莱顿酒店留下的证据说明不了什么。当时碰巧有个孩子一直在场，她整晚都睡在本该我睡的那个房间里。如果你们要打官司，我就奉陪到底，而且最后我会胜诉。不过，我想如果你看了我手上的证据，就会知难而退，不讨这个没趣。我要外出半年左右。等我回来，如果她还想离婚，我就许她净身出户。清楚了吗？”

“嘿，请听我说，伙计。”

“晚安。多谢你请我吃饭。祝你的挖掘工作顺利。”

托尼离开俱乐部的时候，他注意到布莱特俱乐部的约翰·比弗已经被提名为布朗俱乐部的会员候选人。

“谁能想到那位老兄会拿出这样的撒手锏呢？”波莉·科克珀斯说。

“我现在终于明白为什么那些人在报纸上一直嚷着要改革离婚法了。”维罗妮卡说，“让他这样全身而退，实在是太荒谬了。”

“他们犯的错误就是事先把计划告诉了他。”苏琪说。

“对每个人都推心置腹，倒很像布兰达的为人。”珍妮说。

“我觉得托尼这样做事太不仗义了吧。”玛乔丽说。

“啊，不知道，”艾伦说，“我想是你那个笨蛋哥哥把事情给搞砸了。”

第五章　寻找一座城市

一

“知道绕着甲板走多少圈就有一英里吗?”

“不清楚，”托尼说，“不过我想，你肯定已经走了很长一段路了吧。”

“二十二圈。如果你平时经常运动，那么在海上你很快就会感到身体不适。这艘算不上是大船。经常走这条线吗?”

“这是头一次。”

“啊，还以为你是在哪座岛上做生意的呢。没几个游客会选在每年的这个时候出行，都是往回走，他们都赶着回家，你明白我的意思吧。去很远的地方吗?”

“去德梅拉拉河。”

“噢，我猜你是去寻找矿藏的，对吧?”

“不，实话告诉你吧，我在寻找一座城市。”

这位友善的乘客先是一愣，转而哈哈大笑起来。

“我没听错的话，你刚才是说你在寻找一座城市？”

“是的。”

“你真是这么说的？”

“没错。”

“我还以为你说的是……好吧，再会。晚饭前我还得再走几圈。”

他继续沿着甲板往前走。为了保持身体平衡，他微微叉开双脚，偶尔还伸手扶一扶栏杆。

在过去的一个小时，差不多每隔三分钟，这个男人就会从托尼身边经过。起初，他走近的时候托尼会抬头看他一眼，然后转过脸去望着海面。后来，那个人也朝托尼点点头，之后说一句“哈罗”，或“浪有些大嘛”，或“咱们又见面了”之类的话；最后，他便停下和托尼聊了起来。

为了不让这种尴尬的局面再度发生，托尼朝船尾走去。他走下舱梯，到了下层甲板。船舱里，用绳子捆在船侧的几个大货箱里装着各类家畜——有几头种公牛，一匹披着厚毯子的赛马，和几只比格猎犬，这些全都是准备出口到西印度群岛上去的。托尼穿过货箱，从舱口爬上船尾。他靠着一辆起货机坐下，望着地平线一会高过烟囱，一会又徐徐降下，直到最后烟囱又矗立在暮色之中。船尾比船中部更加颠簸，挤在货箱中的牲口焦躁不安地动来动去；那几只比格犬也不时地发出几声哀鸣。一位印度水手把晾好的衣服从绳子上收下来，这一整天，衣服被海风吹得啪啪作响。

船尾激起的水花很快被巨浪吞没。他们沿着英吉利海峡一路西行。随着夜幕降临，法兰西海岸上的灯塔在闪烁着光芒。此时，一位客舱乘务员敲着一面铜锣在明亮的甲板上巡视，而那位友善的乘客来到船舱下面，准备在温热的海水中洗个澡再用晚餐；浴盆里的海水左右晃动，从一侧溅到另一侧，将肥皂化为淡淡的泡沫；他是那天晚上唯一身穿礼服的人。托尼坐在愈来愈浓的暮色中，直到第二次铃声响起，他才把外套放在客舱里，下去吃晚饭。

这是在海上的第一个夜晚。

托尼坐在船长的餐桌上，那天晚上，船长一直待在驾驶室里。他两侧摆着几把空椅子。海浪不大，所以用不上餐具框，不过乘务员还是拿走了餐桌上的花瓶，又将桌布打湿，让它紧贴在桌面上。有一位黑人神父坐在他对面。用餐时，他举止文雅，在白色桌布的映衬下，他的那双黑手显得特别大。“恐怕今晚不会有多少人来吃饭，”他说，“我看你没怎么遭罪。我的妻子晕船，正在客舱里待着。”

他告诉托尼，说他参加完会议，正乘船回家。

舱梯顶层有一间叫“音乐写作房”的休息室。在白天，窗户上的有色玻璃弱化了太阳的强光；到了晚上，弧光灯上又罩着粉色的丝质遮帘，所以屋内的光线始终很柔和。乘客们聚在这间房里喝咖啡，有的坐在笨重的铺着厚织毯的长靠椅上，有的坐在固定在写字台前的转椅上。乘务员每天也要花一个小时检查那整柜的小说，这里也就相当于船上的藏书室了。

“这船不算太大，”那位友善的乘客来到托尼身边坐下后说，“不过我盼着第二天太阳出来的时候，这里能亮堂些。”

托尼点了一支雪茄，不一会儿，乘务员过来告诉他，说这间房里不许吸烟。“没事，”友善的乘客接过话茬，“我们正要去楼下的酒吧。”“你知道吗？”几分钟后他继续说道，“我觉得我要对你说声抱歉。就在晚饭前，我还觉得你有些傻里傻气的呢。你之前说你要去德梅拉拉河寻找一座城市时，我确实是这么想来着。唔，听起来确实很傻嘛。后来我在事务长的餐桌上吃饭——那桌的人总是那么兴高采烈，也很引人注目——他告诉了我关于你的事。你就是那位探险家，对吗？”

“呃，也就那么回事，算是吧。”托尼答道。

托尼花了好一阵工夫，才意识到自己是一名探险者。这仅仅是他在两星期前做出的决定。他带着两只印有他名字的大货箱，上面贴着的标签写着“航行中无需使用”的字样。货箱中装着的是他不熟悉的新东西，诸如医药箱、自动猎枪、露营设备、驮鞍、电影摄像机、炸药、消毒剂、折叠式划艇、过滤器，和罐装黄油之类的，其中最奇怪的，莫过于一堆各式各样的梅辛杰医生（Dr. Messinger）称之为“交易货品”的东西。可即便如此，也没能让托尼完全相信他这次探险之旅的严肃性。梅辛杰医生已将一切都安排妥当，而那堆放在“交易货品”的盒子里的东西，正是医生让托尼打包带上的，里面有八音盒、机械老鼠、镜子、梳子、香水、药片、鱼钩、斧头、彩色烟花和几卷人造丝。梅辛杰医生是托尼刚认识的新朋友，他此刻正趴在他的床铺上，就像那位黑人神父说的那样在“遭罪”；这也是托尼见到他以来，他头一回表现得像个人类。

托尼长这么大，只有极少时间是在国外度过的。他十八岁上大学前的整个暑假，他都寄宿在离图尔不远的一位老绅士家中，当时他的想法是能把法语学会。（……那是一间葡萄藤环绕的灰白色石屋。屋内浴室里还有一只吃得肚子圆鼓鼓的西班牙猎犬。老人给它取名为“斯德普（Stop）”，因为当时流行给狗取个英文名字。托尼曾骑着脚踏车，沿着笔直的白色公路去参观城堡；他把带来的面包卷和冷盘肉用纸包好，绑在脚踏车后座上，结果细细的尘土渗进纸包，黏在了食物上面，后来吃的时候磨得牙齿沙沙响。寄宿家庭里还住了另外两个英国男生，所以托尼跟他们学了几句法语。其中一个坠入了爱河，另一个在当地集市上第一次喝起泡的沃莱白葡萄酒便喝得醉醺醺的。那天晚上，托尼玩汤博拉摸彩抽中了一只活的鸽子；他把鸽子放生了。后来，他看到货摊老板用捕虫网又把它抓了回来……）后来，他又同牛津大学贝列尔学院的一位朋友去中欧玩了几周。（由于马克贬值，他俩忽然发现自己成了有钱人。他们住在当地最大的酒店套房，里面装修得富丽堂皇，反倒让人有些不习惯。托尼花几先令买下一件皮外套，送给了一位不会讲英语的慕尼黑姑娘。）再往后，便是他和布兰达度蜜月时去的意大利里维埃拉，他们在那里租下了一栋别墅。（……半山腰上有一间穹顶教堂。从他们住的别墅到港口的一路上都种满了柏树和橄榄树。晚上，他们坐在港口旁的一间咖啡馆，看着停泊的渔船和静静的水面上倒映的点点渔火。突然，一艘驶入港湾的快艇打破了这种宁静。这艘快艇的主人是位年轻有为的官员，他把快艇叫作“爵士少女”。他似乎一天二十个小时都开着快艇从这座小港口里驶进驶出。）还有一次，他和布兰达跟着布莱特的高尔夫球队同去勒图凯，后来就再没出过国了。他父亲去世后，他就没离开过英国，主要是因为出行费用的问题；在缴清遗产税之前，他们不得不推迟一些事留到以后再做，这不过是其中一件；而且，他不愿离开海顿，布兰达也不愿丢下约翰·安德鲁。

因此，托尼对旅行并没有什么雄心壮志，他最初决定出国时，做的第一件事就是去旅行社，离开的时候还拿了一大摞色彩鲜艳的旅行计划书，里面宣传的都是例如那些停靠在棕榈树丛里的宽敞的游轮，黑人女佣，和拱门遗迹什么的。他之所以要离开，是因为人们都觉得作为丈夫，在这种情况下，似乎都应该这么做；因为那时他只要想到海顿就会觉得深受其害；因为他想去一个没人认识他或布兰达的地方住几个月，在那里，他出入的每个角落都见不到布兰达，也见不到比弗或者雷吉。这种逃避的意识在他的脑子里已经根深蒂固，于是他把好几本旅行计划书拿到格雷维尔俱乐部去读。许多年前，托尼就是那家俱乐部的会员了，只是很少用它；由于他老是忘记注销银行开出的会费单，所以他的会员身份一直得以保留。现如今，他已经厌倦了布莱特和布朗这两间俱乐部，他庆幸自己还是格雷维尔俱乐部的会员。这家俱乐部里书生气十足，有许多大学教师、作家、博物馆的行政人员，及学术界人士经常光顾。托尼坐在一张扶手椅上，旁边放着那几个色彩鲜艳配有插图的文件夹。在这里，人们之间毫不忌讳地互相搭话是一种传统，所以，有位不认识的人问他是否正计划着出行的时候，他一点儿也不觉得奇怪，可当他抬头打量这位提问者时却大吃一惊。

虽然梅辛杰医生年纪不大，却长着满脸的络腮胡子，托尼认识的年轻人里几乎没有留胡子的。医生个头很矮，脸上的晒斑很严重，很早就秃了顶；发际线下是红褐色的面颊和手臂，这与发际线上苍白的头顶形成了鲜明对比；他戴了一副金属边框眼镜，身上穿的蓝色哔叽西服看起来很不合身。

托尼没有隐瞒自己准备乘游轮的事。

“我很快就要离开此地，”梅辛杰医生说，“到巴西去。反正是巴西或荷属圭亚那。说不清楚，没人给那里划定国界。

我本来在上周就该动身的，只不过计划被打乱了。你认不认识一个尼加拉瓜人？那人一会儿管自己叫庞森比（Ponsonby），一会儿又自称菲茨·克拉伦斯（Fitz Clarence）。”

“不，不认识。”

“那你太幸运了。这人刚从我身上骗走两百镑和几支机关枪。”

“几支机关枪？”

“对，我旅行的时候总会带上一两支，通常是摆摆样子，要不就拿去卖。现在还不好买呢。你试过吗？”

“没有。”

“噢，那我告诉你吧，这不是件容易事。你直接去店里是买不到的。”

“嗯，我想也是。”

“不过话又说回来，紧急关头我可以没有枪，但不能没有这两百镑啊。”

托尼把一张阿加迪尔海港的照片摊在膝上。梅辛杰医生从他肩头看过去。“啊，不错，”他兴奋地说，“挺有意思的小地方。我想，你认识那里一个叫金爵曼的人吧？”

“不认识，我还没去过那儿呢。”

“你会喜欢他的，那老兄性子耿直。他以前做过很多事，在北非柏柏尔各部落缔结和约以前，他还卖过军火给部落中的穆斯林酋长。当然，有了商定好的条约，要赚钱就很容易了，可他比其他人都做得好。我想他现在应该在索维拉经营一家餐馆吧。”他又心不在焉地说，“遗憾的是我不能让皇家地理协会加入这次考察，我得私下里把那笔钱找到。”

到了一点钟，俱乐部里的人渐渐多起来；一位埃及考古学家正在向一家教区周刊的编辑展示用手帕包着的古埃及人奉为神明的圣甲虫。

“咱们上楼吃午餐吧。”梅辛杰医生说。

托尼本来没打算在格雷维尔用午餐，可对方的邀约似乎有种让人无法抗拒的力量。再说，他也没有别的安排。

梅辛杰医生在午餐中吃了几个苹果和一份米布丁，（“我在饮食上要特别注意。”他说。）而托尼吃的是冷盘牛排和牛肉腰子馅饼。他们坐在二楼大饭厅里的窗户旁边。他们周围的座位很快就坐满了俱乐部的成员，那些人在吃饭的时候甚至都不忘闲聊的传统，只要他们身子向后靠，就会立马扭头和邻桌的人攀谈。这给服务本就不完美的餐厅带来诸多不便。但是托尼在全神贯注地聆听着梅辛杰医生的话，对其他人叽叽喳喳的谈话充耳不闻。

“……你瞧，自从十六世纪的第一批探险者踏上那座神秘城之后，就流传着各种各样的传说。对于那座城的位置众说纷纭，有人说在巴西北部的玛多克罗索省，也有人说在南美洲北部的奥里诺科河上游，也就是现在的委内瑞拉。我本人倒是觉得它在巴西北部的乌拉里奇拉河流经的某个地方。我在上一年去过那里，也就是在那时我接触到了当地的印第安派威族人；还没有白人去了那里能活着出来。我也是从派威族人口中知道该去哪里找。当然，他们中也没谁去过那座城，但他们知道那里的情况。在玻利瓦尔城和帕拉之间生活的每一个印第安人都知道那地方，可他们个个都守口如瓶。他们都是些怪人。不过我同一个派威族人拜了把子——那场仪式很有意思。他们把我整个人埋在土里，只留出头，然后部落里所有的女人朝我头上吐唾沫。后来我们还吃了一只蟾蜍、一条蛇和一只甲虫，就这样，我成了他的结拜兄弟。所以，他就告诉了我那座城市位于科兰泰恩河的上游，和塔库库河的上游之间。那里有一大片人迹罕至的土地，我常常都在想该去那里考察一番……我也一直在查阅历史资料，多少了解到那座城是怎样在那里生根的。它是十五世纪初，印加文明鼎盛的时期秘鲁人迁徙的结果。所有早期的西班牙文献都是这样记载，并成了一种坊间传说。有位年轻的王子造反，带领他的手下躲进了深山老林里。多数部落里也流传着各种不同的说法，说有个外来种族穿越他们的领地。”

“你想象中这座城市是怎样的?”

“难以描述。每个部落对它的叫法不一。派威族人称之为‘光辉’或‘闪耀’，阿雷库纳人称之为‘沃土之城’，帕塔莫纳人又把它叫作‘美丽的羽毛’，说来也怪，它在沃劳族人的口中和他们做的一种气味芬芳的果酱同名。当然，在五百年的与世隔绝之后，我们无从考证一种文明是如何发展或衰落的……”

那天托尼离开格雷维尔的时候，撕碎了那一大摞的旅行计划书。因为他已经准备要和梅辛杰医生一起踏上探险之旅。

“你经常远行吗?”

“不，说实话，这是第一次。”

“啊，那我想这比听上去要有意思得多，”友善的乘客承认道，“不然其他人也不会经常去。”

这艘船的设计考虑了舒适程度，它本就计划在热带地区使用。吸烟室里比甲板上稍冷一些。托尼回客舱拿上帽子和外套，再次来到船尾，他吃晚饭前待的地方。这是个没有星光的夜晚，除了发亮的船舷，其他地方都漆黑一片。托尼从船头左舷远远望去，一座孤零零的灯塔在岸边忽远忽近地闪着光。甲板反射的灯光映在海面的浪尖之上，闪烁了片刻，又掉进船尾漆黑的汪洋大海中。此时，那几只比格猎犬也醒了，在船舱里吠叫哀鸣。

最近几天，托尼已经无暇顾及不久前发生的那些事，他满脑子想的都是那座神秘城，“闪耀”、“沃土之城”、“美丽的羽毛”或“芬芳的果酱”。他的脑海中已经清晰地勾勒出这座城市的图像。它有着哥特式风格，那些风向标、小尖塔、滴水嘴兽雕像、碉堡上的城垛、穹棱、花饰窗格、楼阁和露台，犹如海顿庄园的翻版；燕尾旗和方形旗迎风飘扬，一切都那么清新明亮；一座珊瑚色的城堡矗立在点缀着雏菊的翠绿山丘之巅，周围是茂密的丛林和潺潺的溪水；那里的景色如织锦画一般，到处都有传说中佩戴着纹章的动物，以及长得一般高却疏密有致的花丛。

船在黑暗的海域颠簸前行，正朝着这片光芒四射的圣殿驶去。

“我说，有没有人能管管这些狗，”那位友善的乘客双手交叉在胸前说道，“我明天去问一下事务长，得放它们出来活动活动。它们这样叫下去听着让人怪难过的。”

第二天，船驶到了大西洋。巨浪在漆黑一片的汪洋中翻涌，浪尖上溅起的泡沫，如同山丘高处残存的积雪。铅灰和暗蓝色的大海，在阳光下呈现出橄榄色、青色和卡其色，犹如战场上士兵穿的迷彩服的颜色；头顶上钢灰色的天空不时掠过几团白云，露出难得一见的阳光，仅仅普照了半个小时。船桅在这片苍穹下缓缓摆动，船头随海浪上下起伏，在地平线以下颠簸前行。那位与托尼交了朋友的人在甲板上遛狗，那几只狗把套在它们脖子上的链子拽得紧紧的，在排水孔周围嗅来嗅去；那人踉踉跄跄地跟在后头拖着走。他身上带着一副小型望远镜，偶尔会拿出来眺望海平面；每次他路过托尼身边的时候，都会让托尼遛遛狗。

“我一直在同无线电报员联系，”他说，“差不多到十一点，我们就会驶近雅茅斯城堡号了。”

有几位乘客在“遭罪”之后恢复了精力。他们来到甲板上，在阴凉处的长椅上躺着，身上裹着格子呢毛毯，看上去心事重重的。梅辛杰医生仍旧待在客舱里。他服用了很大剂量的安眠药，所以托尼去看他的时候发现他整个人都昏沉沉的。傍晚将至，海风渐渐吹起，等到晚餐时分，风刮得更猛了；船上的舷窗关得死死的，客舱里所有易损的物件都摆到了地上；突然间一个大浪打过来，船身颠簸，音乐和阅览室里的十几只咖啡杯都掉在地上摔碎了。这天晚上，船上的乘客都无心安睡；船板发出嘎吱嘎吱的声音，行李从舱室一头滚到了另一头。托尼爬上床铺，用安全带把自己牢牢地固定住，心中想象着那座城市。

地毯、华盖、织锦挂毯、丝绒、城堡吊门、堡垒、护城河上的水鸟和岸边生长的金凤花；几只孔雀拖着华丽的羽毛穿过绿茵茵的草坪；蓝天和白云下面，汉白玉的塔楼上银铃声声，敲出的音符欢快悦耳。

连日来天总是灰蒙蒙的，人也疲惫不堪。咸咸的海风和湿漉漉的薄雾迎面扑来，悠悠的雾角声及金属受压发出的嘎吱声不绝于耳。当船驶过亚速尔群岛后，这一切都消失得无影无踪。甲板上支起了天蓬，乘客们也纷纷把靠背椅搬到迎风处。日正当中，船在海上平稳地前行；湛蓝的海水拍打着船舷，泛起的涟漪在船尾荡漾开来；留声机里的旋律飘扬而出，甲板上有人在玩掷环游戏；海面上，成群的飞鱼一跃而起，在空中划出一道道银白色的弧线（“瞧呀！欧尼，快来，那儿有条鲨鱼。”“那不是鲨鱼，是海豚。”“布林克先生说那是鼠海豚。”“它又出现了。唉，要是我带了相机就好了。”）螺旋桨一圈圈划动着清澈平静的海面；布林克先生牵着那几只跳跃着奔跑的比格犬，一路上它们被许多双手抚摸着。人群中传来一阵阵欢笑声，有人说布林克先生应该去遛遛马才对，更有甚者说他该去牵头牛来遛。布林克先生和兴高采烈的人们一起坐在事务长的桌旁。

梅辛杰医生走出客舱来到甲板上，转身又进了餐厅。那位黑人神父的妻子也来到餐厅；她长得比她的丈夫要白得多。托尼这桌的另一边坐着一位名叫特蕾丝·德维特雷（Thérèse de Vitré）的姑娘。在前几日天气阴霾的时候，托尼见过她几次，她裹着皮衣、毛毯，抱着软枕，一个人孤零零地待在舱室里，她苍白的脸上长着一双乌黑的大眼睛。她说：“前几天真是太可怕了。我还看见你在甲板上散步，太羡慕你了。”

“从现在起，应该会风平浪静的。”托尼随口问道，“你要去的地方远吗？”

“特立尼达岛。我的家在那儿……我之前还想从旅客名单上找出你是谁。”

“名单上写的我是谁？”

“噢……斯特拉普上校（Colonel Strapper）。”

“我看上去有这么老吗？”

“上校都是些上了年纪的人吗？这我倒不清楚。特立尼达岛没几个上校。不过现在我知道了你的身份，因为我问了乘务长。跟我说说你探险的事吧。”

“最好是让梅辛杰医生告诉你，他知道的比我多。”

“不，就要听你说。”

她今年十八岁；身材娇小，皮肤黝黑，长着一张鹅蛋形的脸，人们很容易就注意到她高高的额头和那双大而无神的眼睛。她最近才从一位体态肥胖的少女脱落成一位亭亭玉立的姑娘；她走起路来透着一股子得意劲，仿佛刚刚摆脱身上的赘肉，而且不用担心它们还会再长出来。过去的两年里，她都在巴黎念书。

“我们有的人把胭脂和口红偷偷藏在寝室里，晚上就浓妆艳抹。有一个叫安托瓦内特的女生，她在周日去做弥撒的时候就涂了胭脂，还画了口红。后来她还和坏脾气的萨普利斯校长大吵了一架，读完那个学期就转学了。真是太勇敢了，我们都很崇拜她……但她是个丑丫头，总爱吃巧克力糖……

我这次回家是去嫁人的……不，我还没和谁订婚，可是你瞧，我能嫁的男人屈指可数。他们必须是天主教徒，还得住在我们那座岛上。我不可能随便嫁一位官员，然后跟他回英国去生活。不过结婚对我来说也不是件难事，因为我没有兄弟姐妹，我的父亲在特立尼达岛的房子是最好的。你一定要去看看，那房子在城外，是用石头砌的。我家人在法国大革命的时候就来到了特立尼达岛。当地还有两三户生活富裕的家庭，我会嫁到其中一家去。我们的儿子会继承那幢房子，这很容易……”

她穿着一件当时很时兴的那种紧身外套，除了脖子上戴的一串珍珠项链，再没有别的饰物。“……在萨普利斯夫人那间学校，还有一位美国姑娘已经订婚了。她有一颗大钻戒，不过只能在睡觉的时候戴。后来有一天她收到了她未婚夫的来信，说他要娶别的姑娘。她哭得真伤心啊！我们都看过那封信，我们中的大多数人也跟着哭了……可这在特立尼达岛是件平常事。”

托尼告诉了她这次的探险之旅；给她讲中世纪时秘鲁人

的迁徙，他们成群结队地爬过高山，穿越森林，美洲驼身上背着许多做工精细的手工艺品；托尼告诉她，自那以后，谣言源源不断地传到了沿海地区，于是吸引了众多探险者来到那片森林里一探究竟；他还给她讲，那些人逆流而上，在丛林里穿行而过，追寻着印第安人的踪迹，穿越人迹罕至的地区；后来，他们找到河水的源头。梅辛杰医生说，他们用树皮做成独木舟划到河对岸，最后终于到达那座城市，如同北欧的维京人探险未知的茫茫世界，远征拜占庭一样。“当然，”托尼补充说道，“他们也许在那座城里一无所获。可不管怎样，他们的探险旅程却非常有趣。”

“多么希望我也是个男人啊！”特蕾丝·德维特雷感叹道。

晚饭过后，人们伴着留声机里传出的乐曲声翩翩起舞，那位姑娘坐在甲板酒吧外的长凳上，用两根吸管吸着一杯鲜榨柠檬汁。

这周，蔚蓝的海洋越来越清澈平静，温暖的阳光洒在船上和乘客的身上，照得每个人都心情舒畅；湛蓝的海面上碧波粼粼，人们在海里寻找海豚和飞鱼的时候，被耀眼的光刺得睁不开眼；几处浅滩清澈见底，放眼望去，可以看到水下银色的沙滩和光滑的鹅卵石；甲板上，天蓬底下的阴凉处温暖舒适；蓝莹莹的海面像一只大圆盘，在太阳下闪闪发光。大船在这只大圆盘上，沿着绵延不尽的地平线行驶着。

托尼和德维特雷小姐玩起了套环和沙狐球，他们从不远处把绳圈掷进桶内。（“我们去乘一艘小船，”梅辛杰医生之前告诉他说，“免得要玩一些不知所谓的甲板游戏。”）在一天的航行中，托尼在赌局上连赢两把，奖金得了十八先令。他在理发室给德维特雷小姐买了一只毛线编织的兔子。

托尼很少称别人作“小姐”，除了藤德里尔小姐，他想不到自己还用“小姐”来称呼过谁。倒是特蕾丝先直呼他的名字“托尼”，因为她看到他的烟盒上刻着布兰达亲笔书写的“托尼”字样。“太好笑了，”她说，“那个没娶我们学校那位美国姑娘的男人也叫托尼。”后来，他们都用彼此的教名相称。船上其他乘客对这事都满心欢喜，因为再没有比浪漫的情事更能引起他们兴致的了。

“真是难以置信。这居然和前段时间在寒冷恶劣的天气中行驶过的是同一艘船。”特蕾丝说道。

他们到达了第一座岛屿；眼前是成排的棕榈树林，好似一条绿带；后面层峦叠翠，山林环抱；岸上还有一个依山傍海的小镇。特蕾丝和托尼上岸去游泳。特蕾丝不怎么会游，她拼命蹬腿，让头浮出水面，那样子叫人忍俊不禁。她解释说，在特立尼达岛几乎没有人游泳。他们在硬邦邦的银色沙滩上躺着休息了一段时间；尔后，托尼雇了一辆两匹马拉的车，一路颠簸地回到镇上。他们途中经过几间摇摇欲坠的屋子，里面有几个黑人小孩跑出来，在飞扬的白色尘土中乞讨，或是在车轴上吊着玩。镇上找不到吃饭的地方，于是他俩在日落的时候又回到了船上。船停泊的位置离岸边有一段距离。晚饭过后，特蕾丝挽着托尼的胳膊，二人倚在船舷的栏杆上。在起货机停止工作的间隙，他们还能听到街上的喧嚣声和歌声。船上挤满了乘客、旅行推销员和手上拿着货物清单的皮肤黝黑的矮个子男人。那晚没有舞会，他俩走到小艇的甲板上，托尼吻了她。

梅辛杰医生乘最后一艘小艇上了船，他在镇上碰到了个老朋友。他注意到托尼和特蕾丝之间愈发亲密的关系，对此他非常不赞成。他告诉托尼，说自己的一位朋友在土麦拿的一条小巷子里被人捅了一刀；以此警告他，和女人纠缠不清会有什么下场。

在这几座岛屿停靠的时候，船上的生活发生了很大的变化。乘客一波接一波来了又去；那位黑人神父和船上的每个人握手告别；他离开的那个早晨，他的妻子拿出募捐箱，为她一个需要动手术的器官筹钱。船长从未在餐厅吃过饭，而托尼交的第一个朋友在晚餐前也不再换衣服了；客舱门紧闭了一天，舱内的空气也变得污浊起来。

托尼和特蕾丝在巴巴多斯岛又游了泳，然后驱车参观了岛上一些城堡似的教堂。他们在城外的一家旅馆用的晚餐，还吃了飞鱼。

"你一定要来我家，尝尝真正的克里奥尔菜是啥味儿，"特蕾丝说，"我们有许多传统的烹饪秘方，这些都是以前的农场主用的。你一定要见见我的父母。"

他们在吃饭的露台上可以望见船上的灯光，明亮的甲板上人影绰绰，两排舷窗也依稀可见。

"后天到特立尼达岛。"托尼说。

他们又谈到了托尼这次的探险，特蕾丝说一路上肯定会危险重重。"我一点儿也不喜欢梅辛杰医生，"她说，"对他没半点好感。"

"你必须自己选丈夫是吧？"

"对，从七个人里面选。我曾经中意一个叫欧诺尔（Honoré）的，但我只在两年前见过他。那时他还在读书，准备做一名工程师。还有一个叫门多萨（Mendoza）的有钱人，可他并不是特立尼达人。他的祖父是从多米尼加岛来的，人们都说他有黑人血统。所以我希望能选中欧诺尔。我母亲在给我写的信中总爱提到他，而且他在圣诞节和我生日时都会送礼物给我。全是些土里土气的东西，因为在特立尼达的首都西班牙港没什么好商店。”

过了一会儿，她问：“你回程时会路过特立尼达岛的，对吗？那咱们到时再见面吧。你会在丛林里待很长的时间吗？”

“我想，到那时你已经结婚了。”

“托尼，为什么你还没结婚？”

“我结啦。”

“你结婚了？”

“是的。”

“你在逗我吧？”

“没，我说的是实话。至少是结过婚。”

“噢。”

“你很吃惊吗？”

“说不清楚，不知怎地，我一开始并不觉得你像结过婚的人。那你太太现在人在何处？”

“她在英国。我们闹了别扭。”

“啊……什么时候的事？”

“有一段时间了。”

“我们回船上去吧。”

“你想回去吗？”

“是的，回去吧。今天过得真愉快。”

“你说得好像在道别一样。”

“是吗？我不知道。”

黑人司机像开飞车似的把他俩送到镇上，然后他们搭了一艘游艇，慢悠悠地朝船的方向驶去。这天早些时候，托尼和特蕾丝精神焕发，他们买了条酿馅鱼。此时，特蕾丝发现她把鱼忘在了刚才吃饭的旅馆。“没关系。”她说道。

过了巴巴多斯岛，就再也看不见湛蓝的海水。环绕特立尼达岛的海水毫无生气、浑浊不堪，海里满是奥里诺科河从内陆冲刷下来的淤泥。那天，特蕾丝一整天都待在客舱里收拾行李。

翌日，她匆匆与托尼告别，她父亲坐着小船来接她。他整个人精瘦结实，皮肤呈古铜色，还留着一捋灰色长髭；他头戴一顶巴拿马草帽，身穿时髦的真丝服装，抽着一根方头雪茄，俨然一副上世纪奴隶主的形象。特蕾丝没有向他介绍托尼。“他只是船上的乘客。”她解释道。

第三天，托尼在镇上见过她一次，她驾着车，坐在旁边的那位女士无疑是她的母亲。她只挥了挥手，并没有停下。“这些老克里奥尔人，骄矜得要命。”第一个与托尼交朋友的乘客又凑了过来如是说道，“他们中大多数人都家徒四壁，却仍目空一切。我曾多次在船上与他们结交，可等船一靠岸，就各奔东西。他们是不是还殷勤地邀你去他们家做客？他们才不会呢！”

托尼和这位第一个交到的朋友待了两天，他在这个地方有生意上的联系。在第二天的时候，天上下起了倾盆大雨，他们只能待在旅馆里。梅辛杰医生忙着在农业研究院处理一些技术上的难题。

特立尼达岛和乔治敦之间的海水一片浑浊；轮船卸下部分货物后，在波浪翻腾的海上奋力行驶着。梅辛杰医生再次回到客舱。外面雨下个不停，淡淡的薄雾笼罩着他们，仿佛使人身处褐色的泥潭之中；船上的雾角声，阵阵响彻雨空。只剩下不到十人留在甲板上。托尼时而在冷冷清清的甲板上忧郁地徘徊，时而只身坐在音乐室里，思绪翩飞，他想起那条很久不曾走过的田间小路，想起海顿高高的榆木树间的林荫大道，和正在吐芽抽枝的灌木丛。

翌日，他们抵达了德梅拉拉河河口。海关验货棚里弥漫着浓浓的德梅拉拉糖的味道，周围还有几只蜜蜂“嗡嗡”地飞着。要把船上的货物运上岸，还得走一系列烦琐的程序。梅辛杰医生办手续的时候，看见托尼点了一支雪茄，在码头上来回踱步。码头旁停泊着各种各样的小船；远处的岸边，翠绿的红树林低垂婆娑；树林后面，还能透过羽毛状的棕榈树看见镇上的铁皮屋顶；由于刚下过雨，到处都雾蒙蒙的。码头上的黑人搬运工一边干活，一边有节奏地喘着气；还有几个东印度岛人忙得不可开交，他们手里拿着发票和提货单来回地跑。很快，梅辛杰医生宣布一切办妥，他们可以去镇上的旅馆了。

二

防风灯摆在两张吊床之间的平地上。两张吊床上罩着白色的蚊帐，看起来像两只大蚕茧。现在是晚上八点整，太阳在两小时前就已经落山；河水和森林也早已笼罩在浓浓的暮色中。山林里吼猴已经安静下来，而附近的树蛙还在声嘶力竭地齐声鸣叫着；鸟儿还未入睡，叽叽喳喳地叫个不停。密林深处，偶尔会传来枯枝从树上断裂的声音，在林中回响。

船上的六名黑人船员在火堆旁蹲着，他们三天前在密林里的一块地里掰了一些玉米棒子，那里曾经是一座农场，现在却变成一片杂草丛生的荒地。（如今，那片繁茂的次生林里的各类外来植物、水果和谷物长势正茂，只是品种都退化了。）这几个黑人小伙把玉米棒子放在火堆的余烬里烤着。

篝火和防风灯发出微弱的光芒，只能照亮他们头顶的破烂屋顶。从船上卸下的货物堆成一堆，上面爬满了蚂蚁；远处，遍布林间空地的灌木丛，和粗壮的树干依稀可见，而其他地方则漆黑一片。

蝙蝠成群地倒吊在屋檐下，好似一个个干枯的水果，茅草屋顶上巨大的蜘蛛在蝙蝠的影子里缓缓爬过。此处曾是巴拉塔树胶种植园，它也是离沿海地区最远的一个贸易点。梅辛杰医生在他的地图上用三角形符号标出此地，并用红笔写下“第一大本营”。

旅行的第一阶段已经告一段落。接下来的十天里，他们乘着一条宽阔的浅底船嘎吱嘎吱地逆流而上。偶尔，他们也会遇到急流（此时，除了用发动机，船上的人们还会划桨；船夫们跟着船长数数的节奏一齐发力；水手长站在船头，手拿一根长竿，帮着避开礁石）。日落时分，他们或选在一块沙洲上，或在周围的灌木丛中砍出一块空地来安营扎寨。有一两次，他们住进了以前的割胶工人或淘金者留下的“房子”。

整整一天，托尼和梅辛杰医生都四仰八叉地躺在船中间，旁边放着他俩的行李，头顶上是用棕榈叶临时搭建的雨篷；有时天气炎热，刚到下午，他们倒头便睡。他俩在船上用餐，吃的是罐头食品，喝的是掺了河水的朗姆酒；虽然河水呈红褐色，却很清澈。夜晚对托尼来说仿佛永无止境，在十二个小时的黑夜里，四处的尖叫声、蛙鸣声，和丛林里居民吹的号角声甚至比城市广场还要嘈杂。梅辛杰医生可以通过声音的变化来判断时间。在防风灯的灯光下没办法看书。经过这几日的疲惫和懒怠，睡眠也已变得没了规律，且时断时续。晚上二人觉得无话可说，因为白天他俩躺在货物堆下暖和的阴凉处时，把该说的都说完了；托尼睁着眼，正不停地搔着痒。

自从他们离开乔治敦后，托尼全身上下没有一处感觉舒坦。他的脸颊和脖子被水面反射的阳光灼伤，开始掉皮，所以他刮不了胡子。下巴与喉咙之间浓密的胡茬，扎得他生疼。当地有一种叮人的小苍蝇想方设法地从他衬衫的扣眼和马裤的系带里钻进去，把他每一处裸露的皮肤都咬了个遍；就连他夜里换上宽松裤子的瞬间，也有蚊子乘虚而入，在他的脚踝上叮了几个大包。穿过灌木丛的时候，他黏上了几只红色的小虫，它们钻进他的皮肤里到处爬；梅辛杰医生给他的那瓶苦药油，不管他涂在哪个地方，那里都会起红疹。每晚洗漱完毕后，托尼总要拿烟头烫掉几只蜱虫，却也因此留下了一些过敏性的疤痕；这和那种爱“钻洞”的虫子一样讨厌，有个黑人小伙曾经从他的脚趾甲盖底下、脚后跟的老茧里和脚踝下面，挖出了几只“钻洞”虫。此外，他的左手还被一只圭亚那大黄蜂蜇了一下，又痛又肿。

托尼躺在吊床上搔着痒，把床架弄得摇摇晃晃。梅辛杰医生听到响动，转过身来，惊呼道：“啊，天哪!”托尼克制自己不去搔痒；尔后，他尽量不挠出声；最后，他忍不住拼命挠了起来，抓破了身上十多处的皮肤。“噢，天哪！别再挠了!”梅辛杰医生告诫道。

“八点半了，”托尼想，“在伦敦，人们正聚在一起准备吃晚饭呢。”每年的这个时候，伦敦每晚都有聚会。（曾经，在他设法追求布兰达的那段日子，每场聚会他都必到。如果他俩没在一块儿用餐，他也总会在人群中找寻她的身影，然后在楼梯口徘徊，等待她的到来。尔后，他便闲逛着送她回家。圣·克劳德夫人为他提供了一切方便。后来，他俩婚后在伦敦住了两年，直到托尼的父亲去世。那段时间他俩参加聚会的次数少了，每周最多去一二次，只有一个月是例外。那时，布兰达生下约翰·安德鲁后，身体刚复原，那个月他俩过得很快活。）托尼开始想象那时在伦敦办的一场晚宴，布兰达也在，她总是一脸惊喜地与每个新到的人打招呼。如果屋里生了火，她肯定是离得最近的那个。在五月底会生火吗？他记不清了，反正不论什么季节，海顿的夜晚总会燃起炉火。

又一阵乱抓之后，托尼想起了英国此时并非八点半，因为有五个小时的时差。他们这一路，每天都会调表。往哪边调呢？这很容易。太阳从东方升起，英国又在美国的东边，所以他们会晚一些看到太阳，而波莉·科克珀斯、比弗太太、阿卜杜勒·阿克巴王妃那些人会首先看到，然后才轮到他和梅辛杰医生，而他们看到的“二手”太阳已经稍稍被他们玷污了……就像布兰达曾经用十镑或十五镑买下波莉穿过的衣裳一样……想着想着，他进入了梦乡。

他一个小时后醒来时，听到梅辛杰医生嘴里咒骂着，只见他叉着双腿坐在吊床上，正在给他的大脚趾擦碘酒，缠绷带。

“我的大脚趾给吸血蝙蝠咬了一口。肯定是我睡觉的时候，把脚靠在了蚊帐上。天晓得在我醒来以前，那鬼东西吸了我多少血。那盏灯是驱蝙蝠的，可似乎不怎么管用。”

那几个黑人小伙还没入睡，正坐在篝火旁津津有味地吃东西。“头儿，这里的蝙蝠很坏，”他们说，“所以我们不离开火。”

“人就是这样生的病，他妈的，”梅辛杰医生抱怨道，“它们可能已经吸了我好几品脱的血。”

布兰达和乔克在安克雷奇（Anchorage）家一起跳舞。天色已晚，舞会上的人渐渐离去，而这是整个晚上他们第一次能高高兴兴地跳会儿舞的时候。宴会厅里挂了几幅织锦画，里面还点了蜡烛。安克雷奇夫人刚和最后一位皇室成员屈膝告别。

“我很讨厌熬夜，”布兰达说，“可把我的比弗先生带走，似乎又不太像话。能来这种地方，他非常激动，祝福他，而且让他受到邀请也费了我不少工夫……可话又说回来，”她继续说道，“这是我最后一年能参加这种聚会了吧。”

“你准备把离婚进行到底吗？”

“我不知道，乔克。与其说我想离婚，还不如说，我想以此来挽留比弗先生，他越来越难驾驭了。差不多每个星期，我都得带他尝尝上流社会的甜头。我想如果我离了婚，这一切就要结束了。有托尼的消息吗？”

“这段时间都杳无音信。他上岸后给我发了封电报，说他和一位江湖医生去探险什么的。”

“绝对安全吗？”

“嗯，我想是的。现在全世界都文明开化了，不是吗？到处都有观光车和旅行社。”

“是啊，你说得对……我希望他不要胡思乱想。一想到他过得不开心，我就难受。”

“我想他已经慢慢习惯了吧。”

“但愿如此。你知道吗？我是很爱托尼的，尽管他做的事让人匪夷所思。”

离露营地一两英里外，有一座印第安人的村庄。于是，托尼和梅辛杰医生打算去那里雇几名搬运工，因为从这里到派威国还有两百英里的路程。那些黑人生活在河边，是不能把他们带入印第安人领地的，他们会乘船返航。

黎明时分，托尼和梅辛杰医生每人喝了一杯热可可，又吃了些昨晚打开的牛肉罐头。他们朝着村子进发。有一个黑人拿着短弯刀走在前面开路。梅辛杰医生和托尼一个接一个地跟在后头；另一个黑人走在最后，扛着一些交易货品的小样——里面有一支价值二十美金的比利时枪、几卷印花棉布、几块嵌在赛璐珞彩色镜框中的手镜，和几瓶芳香馥郁的润发油。

这条人迹罕至的小道非常难走，路上到处都是掉落的粗枝；他们趟过两条齐膝深的小溪（它们最终都汇流到一条大河里）；脚下，时而是裸露在外的树根，盘根错节；时而是堆满落叶的沃土，又湿又滑。

没过多久，他们抵达了那座村庄。当他们穿过灌木丛来到一片空地时，那个村子赫然出现在他们眼前。一共有八九间圆柱形的棚屋，都是泥巴糊墙，棕榈叶作顶；村里空无一人，只见到两三条笔直的烟柱从屋顶上袅袅升起，渐渐消失在晨雾中，这一幕景象表明了此处有人居住。

“那些人都吓到了。”黑人小伙说。

“去找个人问问。”梅辛杰医生说。

于是，黑人小伙走向最近的一间屋子，来到低矮的门前，朝里面窥视。

“只有女人在里面，”他报告说，“穿好衣服，出来。”他朝着昏暗的屋里喊道，“长官要跟你们说话。”

最后，一个小个子的老妇人怯生生地走了出来，身上穿着一条脏兮兮的白棉布长袍，这条裙子是她留着在生人面前穿的。她迈着罗圈腿，摇摇摆摆地朝他们走来。她的脚踝上紧箍着一条蓝色珠链；头发粗糙而细长；目光正注视着手上端的那只盛有液体的陶碗。当她同托尼与梅辛杰医生只有几步之遥时，她把碗放在地上，与二人握手，仍旧低垂着双目。然后，她弯下腰，再次把碗端起来，递给梅辛杰医生。

“木薯酒，”梅辛杰医生解释说，“这是当地一种用发酵的木薯酿成的酒。”

他喝了一些，把碗递给托尼，里面盛着一种黏稠的淡紫色液体。在托尼喝了一小口之后，梅辛杰医生解释说：“这种酒的制法很有意思。村里的女人先把木薯根嚼碎，然后吐到空心的树干里。”

然后，他用印第安瓦皮石安纳语对那个妇人说了几句话。她第一次抬头看他；那张黝黑的愚型脸上一片茫然，既没有领悟到什么，也并不觉得好奇。梅辛杰医生又解释了一遍。那个妇人从托尼手中接过陶碗，放在地上。

这时，从棚屋的门里露出几张面孔，可只有一个女人大着胆子走了出来。她个子不高，矮矮胖胖的，很自信地冲着客人们微笑。

“早安，”她说，“你们好，我叫罗莎（Rosa）。我英语讲得很好，我在河的下游和福布斯先生住了两年。你把香烟给我。”

“这个老妇人怎么不回答我？”

“她不懂英语。”

“可我说的是瓦皮石安纳语。”

“她是马库希人。这些人都是马库希人。”

“啊，这我还真不知道。男人们都去哪里了？”

“男人都去打猎了，走了三天了。”

“他们何时回来？”

“他们去打野猪了。”

“他们什么时候回来？”

“不，灌丛野猪。有许多灌丛野猪，男人都去打猎了。你把香烟给我。”

“听着，罗莎。我要去派威国。”

“不对，这里是马库希。这里所有的人都是马库希人。”

“可我们要去派威国。”

“错啦，都是马库希人。你把香烟给我。”

“真是无可救药！”梅辛杰医生说，“我们只能等那些男人回来了。”他从口袋掏出一盒香烟。“喏，”他说，“香烟。”

“给我。”

“等男人们打猎回来，你就到河边来告诉我。懂了吗？”

“不对，男人去打灌丛野猪去了。你把香烟给我。”

梅辛杰医生把烟给了她。

“你还有什么？”她问道。

梅辛杰医生指了指第二个黑人小伙放在地上的担子。

“给我。”她说。

“等男人们打猎回来，要是他们跟我去派威，我会给你很多的东西。”

“不，这里全都是马库希人。”

“再问下去也问不出个所以然来，”梅辛杰医生对托尼说，“我们最好还是先回营地待着。那些男人已经走了三天了，他们应该快回来了……要是我会讲马库希语该有多好呀。”

于是，他们一行四人打道回府，离开了马库希人的村子。等他们回到露营地时，托尼的手表上显示的是十点整。

沃鲁潘河的十点整，正好是威斯敏斯特区英国议会的质询时间；很久以来，乔克所在区的选民都希望他问一个问题，而那天下午他们终于得偿所愿。

“二十号。”乔克说。

几位议员查看了一下议程表。

二十号问题：

请问农业大臣，鉴于日本向我国倾销猪肉馅饼一事，不知议员阁下是否会考虑修改八分半基本猪肉的标准，将其原定为两英寸半厚的五花肉改为两英寸？

农业副部长替大臣回答了这个问题：“我司正在密切关注此事。想必议员阁下也已经注意到，进口猪肉馅饼一事该交由贸易委员会处理，而农业部不便插手。关于基本猪肉的规格，我有必要提醒议员阁下，或许他自己也意识到，八分半猪肉是根据熏猪肉厂家的要求而量身定制的，这与销售猪肉饼没有直接的关系。另一个独立的委员会正在着手处理此事，不过他们还未提出报告。”

“那么议员阁下会否考虑提高猪肩胛肉里肥肉的含量标准呢？”

“这个问题有待商榷。”

那天下午，乔克离开国会时心情舒畅，他觉得自己至少为选民们办了些实事。

两天后，印第安人打完猎回来了。等待的日子度日如年。梅辛杰医生每天都要花上几个小时来检查货物，而托尼则带枪进灌木丛打猎，但是河岸那边的猎物都迁徙到了别处。有一位黑人小伙被一条黄貂鱼袭击，脚和小腿伤得还不轻；打那以后，他们不再下河游泳，只在锌桶里洗澡。当印第安人回来的消息一传到露营地，托尼和梅辛杰医生就动身去村里找他们，可那里正大摆筵席，所有人都喝得酩酊大醉。男人们躺在吊床上，而女人们提着装木薯酒的葫芦瓢，在他们之间忙活。到处都弥漫着浓浓的烤猪肉的味道。

“他们要睡上一个星期才会醒。”梅辛杰医生说道。

那一整个星期，黑人小伙们懒洋洋地躺在露营地；有时他们会洗洗衣服，然后挂在舷墙上晾；有时他们也会去钓鱼，他们总把钓到的鱼叉在一根棍子上，回来时收获颇丰（鱼肉嚼也嚼不动，而且没什么味道）；在晚上，他们通常会围在篝火旁放声高歌。那个被鱼刺伤的家伙待在他的吊床上，大声呻吟，不断向他们要止痛药。

到了第六天，印第安人们开始露面。他们先和周围每个人握手，然后退到灌木丛的边缘地带，站在那里盯着露营设备看。托尼设法拍几张他们的照片，可他们却像女学生一样咯咯地笑着跑开了。梅辛杰医生把他带来交易的物品一件件摆在地上。

他们在太阳落山时离开，可到了第七天，他们又来了，这次来的人多了许多。全村的人都来了。罗莎坐在茅草屋顶下托尼的那张吊床上。

“给我香烟。”她说。

“你跟他们说，我要几个男人带我们去派威国。”梅辛杰医生说。

“派威人是坏人。马库希人不和派威人交朋友。”

“说，我要十个男人，我给他们枪。”

“你把香烟给我……”

这场谈判持续了两天。最终有十二个男人答应前往；其中七人坚持要带上他们的妻子同行，罗莎便是其中之一。当一切安排就绪，村里又举行了一次宴会，所有的印第安人又喝醉了。不过这次倒没上一次醉得那么长时间，因为女人们来不及准备许多木薯酒。三天后，这一行人便出发了。

有个男人带着一支长长的单管前装枪；其他人都背着弓箭；他们个个都赤身裸体，只在腰间围了一块红色的遮羞布。女人们身上穿着肮脏的白棉布长裙——衣服是多年前一位传教士发的，她们只在这种场合才会拿出来穿；她们的肩上驮着用柳条编成的箩筐，上面绑着一根带子绷住前额。所有最重的行李都放在她们背上的柳条筐里，包括她们和她们男人吃的干粮。此外，罗莎手上还拿了一把雨伞，银色的手柄上已有凹痕，这把伞是她和福布斯先生之间交往的纪念物。

黑人小伙沿着溪流回到海岸。岸边的破烂棚子里堆着许多装着干粮的马口铁罐。

“放在那里没人动。万一在派威国发生什么紧急情况，我们可以派人回去取。”梅辛杰医生说。

那个持枪的男人走在最前面，他是这队人的向导，托尼和梅辛杰医生紧随其后；穿越树林的时候，其他人零零散散地跟在后头，把队伍拖了足足有半英里长。

“从现在起，地图对我们已经没什么作用了。”梅辛杰医生饶有兴致地说。

（把地图卷起来——今后许多年，你都用不上这幅地图了，威廉·皮特（William Pitt）① 说……梅辛杰医生的话把托尼的记忆带回学生时代，他想起教室里沾满墨水的小课桌

---

① 威廉·皮特（1759－1806），英国历史上最年轻的首相。当他听到拿破仑在奥斯特利茨战役（1805）中获胜后，指着墙上一幅欧洲大地图，叫人“把地图卷起。以后十年，都不会要这幅地图了”。他的预言十分准确。十年之后，拿破仑在滑铁卢战败。

和一幅维京海盗突袭的彩图，想起那位教他历史的特洛特先生，和他系着的颜色鲜艳的领带。）

三

“妈妈，布兰达想找份工作。”

“为什么？”

“跟其他人找工作的理由一样：缺钱花，想找点事做。她想问问能不能在你的店里帮上忙。”

“哎呀……这事可难办了。在其他任何时候，她完全是我要找的那种女店员……可我也不知道。照现在的情形，雇佣她可不明智啊。”

“我只说会替她问一问，仅此而已。”

“约翰，你有什么事从不和我商量，我并不想干涉你，可你和布兰达之间到底打算怎么办。”

“我不知道。”

“你有什么事从不和我商量，”比弗太太又重复了一遍，“现在搞得流言四起。她会离婚吗？”

“我不知道。”

比弗太太叹了口气。“唉，我要回去干活了。你中午去哪里吃饭？”

“布莱特俱乐部。”

“可怜的约翰。顺便说一句，我以为你要加入布朗俱乐部呢。”

“我很久都没有得到消息，也不知道他们那里的选举是不是结束了。”

“你父亲曾是那里的会员。”

“我想我进不了……反正我也付不起这个钱。”

“你这样让我很失望，约翰。我不知道圣诞节的时候，事情是否会变得像我所期待的那样。”

“我的电话响了，也许是玛格特打来的，她有好几周没约我了。”

可电话那头传来布兰达的声音。

“恐怕妈妈的店里没有什么事情可以让你干。”比弗说。

“噢，好吧。希望事情会有新的转机，眼下只有靠我的一点点运气了。”

“我也一样。关于布朗俱乐部的事，你有没有问艾伦呢?”

“有，我问了。他说，上周他们已经选出了大约十个家伙。”

“啊，那也就是说我落选了?”

“我不知道。绅士们对于他们俱乐部的态度总是古里古怪的。”

“我还以为你会叫艾伦和雷吉支持我呢。”

“我跟他俩都说过了。可话又说回来，进不了又有什么关系呢？这个周末你想不想去维罗妮卡家?”

“还没想好呢。”

“我想去。”

“那房子小得要命，况且我觉得维罗妮卡不太喜欢我。还有谁去呢?”

“我会去。”

“噢……那好，我到时候再告诉你。”

“我今晚能见你吗?”

“到时候会告诉你的。”

“噢，天哪，”布兰达搁下电话后说，“他开始不喜欢我了。他进不了布朗俱乐部又不是我的错，事实上，我相信雷吉确实也尽力帮忙了。”

珍妮·阿卜杜勒·阿克巴也待在她房里。现在每天早上，珍妮都会穿着一件带条纹的薄缎真丝睡袍去布兰达那里串门，然后二人一起读报。

“我们去里兹饭店享用一顿惬意的午餐吧。”珍妮提议说。

“午饭时间去里兹饭店一点儿也不舒服，而且要花八镑六便士。珍妮，这三周我连一张支票都不敢兑。律师们太难说话了。我从来没像今天这么狼狈。”

“托尼犯了什么傻？让你陷入如此的困境之中。”

“哎，现在数落他又能有什么好处呢？我想，无论他是在巴西或是什么地方，日子也不会好过。”

“我听说他们在海顿装修浴室呢，而你却在饿肚子。可他甚至都没去联系比弗太太做这项工程。”

“是啊，我觉得这种做法实在太卑鄙了。”

不一会儿，珍妮就回去穿衣打扮了。布兰达打电话给街角的那家熟食店，要了些三明治。她一天都会待在床上，这个时节她每周都有两三天是在床上度过的。如果艾伦像平时那样要去什么地方做演讲，玛乔丽就可能会叫她来家里用晚餐。那天晚上，赫尔姆·哈贝兹夫妇家举办了一场晚宴，可比弗不在受邀之列。“如果我一个人出席而不带上他的话，那我们之间就彻底结束了……我想起来了，玛乔丽可能也会去。唔，今晚我在家吃些三明治就行，他们卖各种各样的三明治，真是多亏了街角的那家小店啊！”布兰达在读一本最近才出版的纳尔逊将军（Nelson）[①] 的传记；这本书很厚，足以令她读到深夜。

下午一点钟，珍妮进来告别（她有布兰达的房门钥匙），她已穿戴整齐，准备去享受一顿惬意的午餐。“我约了波莉和苏琪。”珍妮说，“我们准备去黛茜的店里。希望你也和我们一道去。”

“我？噢，我没事儿。”布兰达说，同时心里在想：“她可能想起来，我偶尔会去另一个姑娘家蹭饭吧。”

他们一行人走了十四天，每天平均走十五英里。有时走得多些，有时少些；在哪里露营由带队的那个印第安人决定；他们依据的是有没有水源和邪灵。

梅辛杰医生用罗盘定位他们步行的路线，这给他带来一些可以思考的东西。每隔一小时，他都会记录下无液气压计的度数。傍晚的时候，如果他们早早就停下扎营休息，他会在这最后几小时的日光中精心绘制一张图表。“干涸的河道，三间废弃的棚屋，石子路……”

“我们现在来到亚马孙流域了。”一天他满心欢喜地说，“你瞧，水是朝南流的。”可紧接着他们就横渡了一条反方向流动的溪流。“太不寻常了。”梅辛杰医生说，“这真是个有科学价值的重大发现啊。”

翌日，他们先后淌过了四条溪流，彼此之间相隔两英里，依次朝南北方向流动。梅辛杰医生绘制的图表渐渐变成一副

---

① 霍雷肖·纳尔逊（1758—1805），英国18世纪末及19世纪初的著名海军将领及军事家。他生前与汉密尔顿爵士夫人艾玛的风流生活一度招来不少闲言蜚语，成为舆论的焦点。

看不懂的涂鸦之作。

“这条小溪叫什么名字?”他问罗莎。

“马库希人管它叫沃鲁潘。”

“不，我不是说起初我们扎营的地方，而是这条河的名字。”

“是啊，沃鲁潘。”

“我问的是这条河!”

“马库希人管什么都叫沃鲁潘。”

“不知所谓!”梅辛杰医生说。

他们来到河边，在浓荫蔽日的密林中艰难前行；林间小径上树木蔓生，拦住了去路；只有印第安人才能通过记忆和眼睛来辨别正确的方向；有时，他们穿过一小片干旱的热带草原，那里干裂的土地上长着一簇簇深褐色的野草；脚下成千上万只蜥蜴吓得纷纷四处逃窜，把草丛弄出翻报纸似的沙沙声；这片封闭的空间里酷热难耐，他们有时会爬到高处顶风纳凉，又走在四处滚动的红色石子上，把脚上弄得青一块、紫一块的；费力地走下斜坡后，他们总要躺一会，直到风把身上的湿衣服吹冷后再继续启程；在这些低低的小山包上，可以望见别处的山峰，和他们走过的密林带，以及身后帮忙搬东西的印第安人的队伍。队伍里的每个男人和女人来到这儿的时候，都一屁股坐在枯草上，靠着担子休息；等最后一个人赶上大部队，梅辛杰医生便会发话，大家又继续上路，朝着坡下青翠的树林走去。

无论是在行进途中还是停下休息时，托尼和梅辛杰医生之间都很少说话，因为他俩总是神情紧张，筋疲力尽的。晚上，他们洗漱完毕，换上干净的衬衣和法兰绒裤子之后会聊上几句，主要是说说那天他们走了多远的路，他们可能所处的位置，以及双脚的情况如何。他们洗完澡后喝了些朗姆酒和水；晚饭和平常一样，吃的是罐头牛肉焖饭和水饺。印第安人则吃木薯粉、熏猪肉和顺道在途中打到的野味——犰狳、鬣蜥蜴和棕榈树上抓的肥肥的金龟子幼虫。女人们吃了一些保存了八天的鱼干；那东西在吃掉之前一天比一天难闻；即使已经吃完，那股味道仍残留在她们身上和货物上，但是越来越淡，直到最后，它与营地里一种难以形容的味道渐渐融为一体。

没有一个印第安人在这片土地上生活。在过去五天的跋涉中，他们遭受了缺水的困扰。他们所到之处的溪流多半都已经干涸，所以他们只得在河床上下游探查，试着寻找几处暖和的小水洼。不过就在两个星期后，他们再次来到一条河边；这条水流湍急的大河正朝着东南方流去。此处便是派威国的边界了，梅辛杰医生在他们停下的地方做了记号，写上了“第二大本营”几个大字。河面上，成群的苍蝇在空中飞舞，黑压压的一片。

“约翰，我觉得你应该去休个假。”

“我为什么要休假呢？妈妈。”

“去散散心……我七月份会去加利福尼亚。到菲施巴赫姆家做客——是阿诺德·菲施巴赫姆太太，而不是住在巴黎的那位。我想，跟我一起去会对你有好处的。”

“好啊，妈妈。”

“你想去，是吧？”

“我吗？没错，我想去。”

“你跟着布兰达耳濡目染，连说话的腔调都变得一模一样。男人这样说话会让人觉得很可笑。”

“很抱歉，妈妈。”

“那好，就这么说定了。”

傍晚时分，苍蝇都飞走了。在那以前，整个白天都得穿好衣服；因为它们会像家蝇扑向果酱一样停落在身体任何裸露的皮肤上；只有等它们“吃饱喝足”了，人们才会感觉到火辣辣的刺痛；被叮咬的地方会出现一个深红色的圆圈，中间还有一个黑点。托尼和梅辛杰医生戴上了为此一早就准备好的棉手套，和蒙着一层薄棉面纱的帽子。到后来，他们又雇了其中两个印第安女人蹲在他俩的吊床旁，用长满了树叶的枝丫给他俩扇风；微风徐徐，足以驱散那些蝇虫，可当托尼和梅辛杰医生一打瞌睡，那两个女人就开始偷懒，眨眼的工夫他们便醒了过来，身上也被叮咬了无数次。印第安人对这些蝇虫的厌烦，如同牛驱赶身上的马蝇一样；虽然抱着逆来顺受的态度，可偶尔也会大动肝火，那时他们会猛拍肩膀和大腿。

夜幕降临，他们松了一口气，因为入夜后露营地的蚊子不多，不过他们整晚都听得到吸血蝙蝠用鼻子蹭蚊帐和拍动翅膀撞击蚊帐的声音。

印第安人不会去这片森林里打猎，他们声称里面没有猎物，可梅辛杰医生却说是因为他们害怕派威族人的邪灵。带来的干粮坚持不了梅辛杰医生之前预算的那么长时间。这一路的长途跋涉，很难找到一个合适的人来看守补给品，现在少了一袋木薯粉、半袋糖和一袋大米，所以梅辛杰医生开始对食物的配给精打细算；他亲自把食物分给大伙儿，并用一只搪瓷碗严格测量每个人的食物分量；尽管如此，女人们还是背着他偷到了白糖。这段时间以来，他和托尼二人喝了很多朗姆酒，只留下最后一瓶，以备不时之需。

“我们不能再开罐装的干粮了，”梅辛杰医生愠恼地说，“那些男人一定要去打点什么猎物回来才行。”

可当他们听到这个吩咐时，个个都面无表情、耷拉着脑袋待在营地里。

“这里没有鸟，也没有动物，”罗莎解释说，“都跑了。他们也许能抓来几条鱼。”

但是，那些印第安人仍然无动于衷，因为他们看见岸上堆着大包小包的食物，等到吃完这些再去狩猎、钓鱼也不迟。

与此同时，他们还要造几只独木舟。

“很显然，这条是亚马孙流域，”梅辛杰医生说，“它可能流入里奥布朗库河或者尼格罗河。派威族人依河而居，所以据各种流传的说法，那座神秘城应该在我们下游的某条支流上。等我们抵达第一个派威人的村子后，就能找到向导了。”

独木舟是用树皮做的，他们花了三天时间寻找适龄的直树，然后砍倒。他们一共砍了四棵树，就地作业，先把树周围几英尺的灌木清理干净，再用宽刃刀剥下树皮，这又得花上一周。这些印第安人干起活来很有耐心，却也笨手笨脚的；他们在剥树皮的时候弄裂了一张。托尼和梅辛杰医生完全帮不上忙；那一周，他们全部的时间都用来守着白糖，以防被那些女人偷拿。男人们在露营地和附近的灌木丛之间来回走动的时候，完全听不见他们的脚步声；他们光着脚走路似乎从不会拨乱地上的落叶，他们赤裸的双肩也没把乱糟糟的灌木丛弄得沙沙响；他们说话总是三言两语完事，声音小得几乎听不见；女人之间有说有笑的，可他们从不加入；有时，他们在干活时也会嘟囔几句；只有一次他们感到很开心，因为他们当中有个人在砍树的时候，手里拿的刀滑了一下，狠狠地砍在了他的拇指和手掌的关节处。梅辛杰医生拿碘酒、棉花和绷带帮他把伤口包扎好。打那以后，那些女人也纷纷把她们胳膊上、腿上的小划痕给梅辛杰医生看，不停地央求他给伤口上擦碘酒。

第一天，他们剥完了两棵树的树皮，第二天搞定了另外一棵（树皮被弄裂的那棵），之后的第六天，又有一棵树完工了，这棵树要比其他几棵更加粗壮。当他们割断树皮与树干之间的最后一丝纤维后，四个男人便围着树干，一齐发力把树皮提起来。此时，树皮再次卷起，形成一个空心圆筒。男人们把它抬到河边，让它浮在水面，并用一圈藤绳把它拴在一棵树上。

当把所有的树皮准备好之后，再将它们做成独木舟就很容易了。四个男人把树皮掰开，另外两个男人给船体安装支撑。树皮两端始终保持展开的状态，且稍稍卷起，以便做好的独木舟能翘出水面（这样一艘船满载时，仅吃水一至二英尺）。然后，男人们开始动手做一些单片划桨，这做起来也不是什么难事。

梅辛杰医生每天都会对罗莎说："你问他们，船什么时候能造好？"罗莎的回答总是，"马上好。"

"要多少天？四天？五天？到底几天？"

"不，用不了几天。船马上能做好。"

最终，眼看着造船的工作就要接近尾声，梅辛杰医生便忙于安排接下来的任务。他把货物分门别类，把要带的必需品分为两组；他和托尼准备坐在两条船上，每人带一支来复枪加子弹、一台相机、一些罐装干粮和交易货品，以及他俩各自的行李。而印第安人则坐在第三只独木舟上，他们负责带面粉、大米、糖、木薯粉和分配给男人们的口粮。这几只独木舟装不下所有的货物，所以他们在离河岸不远处设了个“紧急堆放处”。

“我们得带八个男人与我们同去，其余四个可以和那些女人留下来看守营地。等我们到了派威族人的地盘，一切就好办了。到时这些马库希人就可以回去了。我想，他们是不会把货物抢走的，这里的东西对他们也没多大用处。”

“我们要不要带上罗莎？她可以帮我们跟马库希人沟通。”

“对，也许我们是该把她带上，我去告诉她。”

当天晚上，除了划桨外，其他的都已完工。在夜幕降临后的第一个令人振奋的时刻，托尼和梅辛杰医生终于可以扔掉戴了一整天的手套和面纱。他们把罗莎叫到营地里他俩吃饭睡觉的地方。

“罗莎，我们决定要带你一起顺流而下。我们需要你帮我们和男人们交流，明白吗？”

罗莎默不作声，她一脸茫然。梅辛杰医生和托尼之间的箱子上放着一盏防风灯，它发出的光由下至上照亮了罗莎的脸颊；高高的颧骨在灯光下的影子遮住了她的双眼；乱蓬蓬的长发，额头和嘴唇上有几处刺青；圆滚滚的身上罩着那件脏兮兮的长袍，一双罗圈腿也被太阳晒得黑黝黝的。

“明白吗？”

她仍然一声不吭，似乎正朝二人身后望去，可树林里黑漆漆的，她什么也看不见。

“听我说，罗莎。全部的女人和四个男人留在营地。八个男人和我们坐船去派威人的村子，你也上船。等我们到达以后，你和那八个男人坐船回营地，与其他人会合后，再回你们的马库希国，明白了吗？”

终于，罗莎开口说话了。“马库希人不和派威人打交道。”

“我不是叫你去和派威人打交道。你和那些男人带我们去派威族的边界，然后你们就回马库希去，懂了吗?”

罗莎抬起一只胳膊，弯成一个圈做拥抱状，代表住过的露营地、走过的路，和身后那片广阔的大草原。“马库希人在这儿。”她一边说，一边抬起另一只胳膊，朝河水下游神秘城的方向一挥。“派威人在那儿，”她又说，“马库希人不和派威人交朋友。”

“听着，罗莎。你是个明白事理的文明女人。你与黑人绅士福布斯先生一起生活了两年。你喜欢香烟……”

“对，给我香烟。”

“你和男人们一起上船，我给你好多好多香烟。”

罗莎神情麻木地看着前方，一言不发。

“听着，你的丈夫和其他七个男人会保护你的。如果没有你，我们怎么和他们说话呢?”

“男人们不去。”罗莎说。

“他们当然会去了。现在唯一的问题是，你要不要去?”

“马库希人不和派威人打交道。”罗莎说。

“啊，天哪!”梅辛杰医生不耐烦地抱怨道，“好吧，我们明早再谈谈。”

“你把香烟给我……”

“如果那女人不来，事情就会很棘手。”

“如果他们没一个人愿意来，就会更棘手。”托尼说。

翌日，所有船只都已备好。到了中午，他们把船拖下水，并拴在岸边。印第安人正悄无声息地准备着他们的晚餐。托尼和梅辛杰医生吃了口条、米饭和一些桃子罐头。

“干粮已经准备好了，”梅辛杰医生说，“至少够用三个星期，我们一定能在一到两天内找到派威人。我们明天就出发。”

他们付给印第安人的报酬，是几支来复枪、一些鱼钩和几卷棉布，这些都留在了印第安人的村子里。现在还有六箱“交易货品”是供后面的旅程用的。按当地的货币，一只灌丛野猪腿值一把铅弹，或二十支玩具手枪；一只肥猎鸟的价钱相当于一条项链。

大约一点钟，大家吃过饭后，梅辛杰医生把罗莎叫了过来。“咱们明天动身。”他说。

“好，马上。”

“把我昨晚跟你说的话告诉那些男人。八个男人上船，其余的在这里等着。你也上船，这些货物留在这儿。那些货物要带上船。你去把这些告诉他们。”

罗莎一声不吭。

“明白吗?”

“没有人要上船，”她说，“所有人都往这边走。”她伸出手指着这几天大家走的那条路，“明天或后天所有的人都要回村里去。”

过了好一会儿，大家都没说话；终于，梅辛杰医生打破了沉默，“你把那些男人叫过来……恐吓他们也无济于事。”等罗莎摇摇摆摆地走到篝火旁，他对托尼说道。“他们既古怪又胆小得要命。如果你恐吓他们，那他们会因受到惊吓而消失得无影无踪，把你一个人撂在这儿。别担心，我可以劝服他们。”

他们看见罗莎在篝火旁跟其他人说了些什么，但谁也没有动。不一会儿，罗莎说完了那些话之后，便默默地在那群人当中席地而坐，旁边还有个女人把头靠在她两腿之间。她一直在那个女人的头上找虱子，直到梅辛杰医生喊她，她才停了下来。

“我们最好过去跟他们谈谈。”

一些印第安人待在吊床上，其他人则蹲着；他们扒了些泥土把火给弄灭了。他们眯起像猪一样圆鼓鼓的眼睛，打量着托尼和梅辛杰医生。只有罗莎显得漠不关心，她的头扭向一边，全神贯注地盯着她忙碌的手指，从她朋友的头发里找出虱子就立刻碾碎。

“怎么回事?”梅辛杰医生问，“我叫你把男人带过去的。”

罗莎一声不吭。

“也就是说，马库希人全都是孬种，他们怕派威人。”

“是因为木薯地，”罗莎说，“我们要回去挖木薯，不然它们会烂在地里。”

“听着。我只需要占用这些男人一周的时间，最多不超过两周。在那以后，一切都结束了。他们也可以回家了。”

“现在正是挖木薯的季节。马库希人要赶在大雨之前把木薯挖出来。所有人必须马上回家。”

“这纯粹是勒索!”梅辛杰医生说，“咱们拿些交易货品出来吧。”

他和托尼撬开了一箱货物，开始把里面的东西一件件拿出来摆在一张毯子上。这些东西是他俩在牛津大街上一间便宜的铺子里挑的。印第安人盯着这些东西，全场鸦雀无声。货品中有瓶装香水、药片、闪闪发光的镶有玻璃珠的赛璐珞梳子、镜子、铝制刀柄上刻有花纹的小折刀、缎带和项链，还有一些更值钱的交易货品，比如斧头、黄铜弹壳和扁平的红色火药筒。

“你把这个给我。”罗莎一边说，一边拿起一枚在划船比赛时佩戴的浅蓝色的玫瑰形缎带。“给我这个，”她重复了一遍，把几滴香水抹在手掌心上，然后深深地吸了一口气。

“每个肯上船的男人都可以从这个箱子里选三件东西。”

可罗莎还是机械地重复那句话：“马库希人马上要回地里挖木薯。”

“这些对他们不起作用。”半小时的谈判无果，梅辛杰医生说，“咱们只好把老鼠拿出来试试了。我本想到了派威人那里再把它们拿出来。真遗憾。不过你等着瞧吧，他们会为这些老鼠而发狂的。我了解印第安人的心思。”

这些老鼠算是贵重一些的东西了；它们每只价值三镑六便士，而托尼仍清楚地记得，在玩具店的地板上看到它们演示时的窘迫感。

它们是德国货；体型和大老鼠差不多，身上涂着绿色和白色的斑点，十分惹人注目；双目是玻璃珠子做的假眼，嘴上有坚硬的胡须，而鼠尾由一圈圈绿白相间的圆环连接而成；它靠身上那对隐藏的轮子行走，体内装着几颗小铃铛，一动就会发出叮叮当当的声音。梅辛杰医生从箱子里拿出一只来，打开包着的薄绵纸，举起来给大家看。他无疑吸引了在场观众的注意。这时，他上紧了发条。听到这种声音，印第安人开始骚动起来。

他们露营处的地面是坚硬的泥土，洪涝时期曾被淹没过。梅辛杰医生把玩具老鼠放在自己脚下，按下开关让它前进；当它朝着印第安人跑去的时候，发出轻快的叮当声。托尼曾担心它会翻个底朝天，或卡在一截树根处不得动弹，不过，里面的机械装置完好无损，碰巧它前进的道路也畅通无阻。这东西的效果大大出乎他的意料之外。人群中传来大口的吸气声、一阵惊恐的嘟囔声，和女人们由于恐惧而发出的尖叫声。突然间，他们纷纷向四处逃窜，一双双黝黑的赤脚急匆匆地踩在落叶上，光着的膀子像球棒一样拨开灌木丛，身上破烂的棉袍也被灌木上的刺给勾破了。在这个玩具的发条松弛之前，它叮叮当当地还没跑到最近的一个印第安人蹲的地方，整个营地的人就都已经跑光了。

“啊，真要命，”梅辛杰医生感叹道，“不过这比我预想的要好。”

“不管怎样，这都在你的意料之外呀。”

“噢，没事，他们会回来的。我了解他们。”

可到了太阳落山，也没见到印第安人的影子。整个炎热的下午，托尼和梅辛杰医生四仰八叉地躺在他俩的吊床上，以避开苍蝇的骚扰。几条独木舟静静地停靠在河边；那只机械老鼠也已经收起来了。这时，梅辛杰医生说：“我们最好生堆火。天黑的时候他们就会回来了。”

他们撢掉之前火堆烧剩下的余烬，找来几根新的木头，生了一堆火，又点亮了防风灯。

“我们最好弄点晚饭吃。”托尼说。

他俩把水烧开，泡了杯热可可，开了一罐鲑鱼罐头，又吃光了中午剩下的桃子。然后，他们各点了一支烟斗，把吊床上的蚊帐拉好。大部分时间，二人都沉默不语；后来，他们决定睡觉了。

“我们明早就能在这儿见到他们了。”梅辛杰医生说，“那是群怪人。”

随着夜幕消逝，黎明来临，四周的树林里，风呼呼地刮着，蛙鸣声此起彼伏。

在伦敦，晨曦微露，清新的空气沁人心脾，天空呈现淡灰和蜜黄色，预示着这将是个晴朗的一天；大街上的路灯渐渐暗淡下来，直到消失在白昼之中；空荡荡的街上到处是积水，旭日照在消防栓周围汩汩流淌的水柱上；身穿工装裤的男人拿着胶皮管，左右挥动着喷嘴，喷出的水柱如飞泻的瀑布般在晨光中闪闪发光。

“把窗户打开吧，”布兰达说，“里面太闷了。”

侍者拉开窗帘，推开了窗户。

“天已经很亮了。”她补充道。

“五点多，我们该上床休息了吧。”

“好啊。”

“再过一个礼拜，一切聚会就都结束了。”比弗说。

“对。”

“唔，我们走吧。”

“好。你能付钱吗？我现在身无分文了。”

聚会过后，他们来到黛茜开的那家俱乐部吃早餐。比弗掏钱买了两份烟熏鲱鱼和茶。“八先令，”他说，“黛茜把东西卖得这么贵还怎么把俱乐部办好？”

“确实很贵……你真的要去美国？”

“必须得去，母亲已经买好票了。”

“我今晚说的那些话都白说了吗？”

“亲爱的，别再说了，要说的都已经说完了。你也知道这是没办法的事情。最后一周了，干吗要扫兴呢？”

“你这个夏天过得还是很愉快的，对不对？”

“当然……好了，咱们走吧？”

“好。不麻烦你送我回家了。”

“你真的不介意？你家又远又偏僻，还这么晚了。”

“你根本不知道我介意的是什么。”

“我的上帝啊，布兰达，亲爱的……这可不像你的性格。”

“我从不喜欢让别人在我身上乱花钱。”

到了深夜，那些印第安人回到营地，托尼和梅辛杰医生睡得正熟；这群矮个子的人们一声不响地从躲着的地方走了出来；女人们脱掉了身上的衣服，远远扔在一旁，以免把树枝弄出声响而暴露行踪；她们赤身裸体，悄无声息地穿过灌木丛；这是个没有月光的夜晚，火堆中发热的余烬和二十码开外的防风灯成了仅有的光亮。他们取回了各自的柳条筐、木薯粉口粮、弓箭、枪支和宽刃刀；又把他们的吊床卷成一个个紧实的圆筒。那些不属于他们的东西，他们一样也没拿。然后，他们蹑手蹑脚地回到暗处，消失在漆黑的夜色里。

第二天，托尼和梅辛杰医生醒来的时候，一下子就明白了发生什么事。

“形势严峻，”梅辛杰医生说，“但还不算绝望。”

四

接下来的四天里，托尼和梅辛杰医生划着船顺流而下。他们坐在独木舟的两头，在摇摇晃晃的船上保持着身体平衡；船身堆放了一些必不可少的货物；其余的东西，和另外几只小船都留在了露营地，他们准备等从派威人那里找到帮手之后，再回来拿。船上的货物梅辛杰医生已经反复拣选过了，可即便他挑出的东西少之又少，却还是超重了，船被压得吃水很深，到了很危险的地步，只要一动，水就会漫过船舷，灾难随时威胁着他们；由于这条船太笨重，划起来相当吃力，所以小船前进得很缓慢；大部分时间，他们也只能满足于顺水的时候保持船头向前随波逐流罢了。

有两次，他们遇上了急流，只好把船靠岸，卸下货物，扶着船涉水前行，他们时而淌过齐腰深的河水，时而爬上水中的礁石，就这样把船推到平静的水域。然后，他们把船拴在岸边，搬起货物穿过灌木丛，重新运回船上。接下来的那段水路，河面宽阔，河水缓缓地流淌着；两岸成排的树木倒映在墨绿色的水面上，轮廓清晰可见。这些树木层次分明，从低矮的灌木丛到顶部开花的树冠距离有一百多尺。有时，他们会驶入一片水域，河面上撒满了飘落的花瓣，静静地漂在他们周围，这些花瓣同他们一道缓缓地在水面上摇荡，二人仿佛正在一片开满花的草地上小憩。到了晚上，他们会在干燥的沙洲上铺一块防水布，然后在树丛里挂上吊床。只有那种叮人的苍蝇和几只潜伏着的鳄鱼威胁着他们的安宁。

他们不断细细查看两岸的情况，却没发现任何人类生活的迹象。

后来，托尼发烧了，病情在第四天下午突然出现，令人猝不及防。二人在午间休息时，他还很健康，还射中了一只到对岸喝水的小鹿；一个小时后，他全身抖得厉害，只好放下手中的划桨；他的脑袋滚烫，脸通红通红的，身体和四肢也都冰冰凉；等到太阳落山，他开始有些神志不清了。

梅辛杰医生给他量了体温，四十摄氏度，于是给他二十五粒奎宁让他服下，又在他的吊床旁生了堆火。由于靠得太近，第二天早上，吊床微微有些烧焦，而且被烟熏得黑不溜秋的。他让托尼裹好毯子，可那天晚上，托尼几次醒过来时都发现自己身上出了很多汗；他觉得口干舌燥，便喝了一杯又一杯的河水。那天晚上和第二天早上，他都没吃过东西。

然而，他的体温在第二天早上又降下来了。他感到虚弱无力，但还坐得稳，也能划几下桨。

“我只是偶感风寒，对吗？”他问，“明天我就能恢复健康了，是吧？”

“但愿如此。”梅辛杰医生答道。

中午，托尼喝了一些热可可，吃了满满一杯米饭。“我感觉舒服多了。”他说。

“很好。”

这天夜里，感冒再次来袭。他们露宿在一片沙洲上。梅辛杰医生把石头弄热乎后放在了托尼的脚底和背部。那晚，他大部分时间都没有合眼，一会儿往火堆里加木头，一会儿又给托尼的杯子里倒满水。托尼在天刚亮时睡了一个小时，醒来后感觉好点了；他时不时服用一些奎宁，耳朵闷闷地响，就像拿着海螺放在耳边一样，小时候有人告诉他，说这样能听见大海的心跳声。

“咱们得继续往前走了，”梅辛杰医生说，“我们现在离村落不会太远。”

“我觉得很难受。等我明天彻底康复了再走不是更好吗？”

“不能再耽搁了，我们必须立刻上路。你觉得你有力气上船吗？”

梅辛杰医生知道托尼免不了要难受一阵子了。

那天上午，托尼无力地躺在船头。他们把货物挪了个位置，让托尼能完全躺下来。后来，他又发烧了，烧得牙齿也开始打战。他坐起身来，蜷缩着把头埋进膝盖，浑身直打哆嗦；在正午的太阳下，他也只有额头和脸颊是滚烫的。梅辛杰医生口中的村庄仍然渺无影踪。

傍晚时分，布兰达第一次在他眼前出现。托尼目不转睛地盯着船中央之前堆货处出现的奇怪影像，过了好一阵子，他才意识到确实有个人在那里。

“那些印第安人回来了吗？”托尼问。

“嗯。”

“我早料到了。也真是够蠢的，居然被玩具吓跑。我想，其他人也都跟来了吧。”

“嗯，希望如此。等等看吧，你坐那儿别动。”

“真是傻得可以，被玩具吓成那样。”托尼对着船中央的女人好一番嘲笑。可他这才看清那人是布兰达。“真抱歉，”他说，“我没认出来是你，你才不会怕一只玩具老鼠呢。”

可她并没有搭理他。她的坐姿就像往常从伦敦回来后那样，身体蜷缩着，从碗里喝牛奶，啃面包。

梅辛杰医生把船驶向岸边。他扶托尼下船时差点弄翻了船。布兰达自己上的岸，她下船的姿态依旧是那么优雅大方，还保持了船体平衡。

“这就叫端庄，”托尼说，“你知道吗？我曾经看过一家美国公司让求职者填的调查表，里面有一项是他们必须回答的，问的是‘你是否端庄？’”

布兰达正在河岸上的高处等他。“这个问题的荒谬之处在于他们只能得到申请人的自评，”他费力地解释道，“我的意思是说，难道端庄是你想想就能有的吗？”

“你坐这儿别动，我来给你把吊床挂上。”

“好呀，我跟布兰达一起坐这儿。她能来我太高兴了，她一定是搭三点十八分那趟车来的。”

那天晚上和第二天一整天，布兰达一直陪在他身边。托尼不停地跟她讲话，但她却很少回答，说的话令人费解。第二天夜里，托尼又出了一身汗。梅辛杰医生在吊床旁边生了一大堆火，又用自己的毯子把托尼裹了起来。黎明前一小时，托尼睡着了，等他一觉醒来时，却发现布兰达已经走了。

“你的体温又降到正常了。”

“谢天谢地。我是不是病得很厉害？我记不太清了。”

梅辛杰医生动手清出了一块露营地，有一间小房间那么大。他砍掉了地上的灌木，把他俩的吊床分别挂在那块地的两侧。所有的货物都搬上了岸，整齐地堆在防水布上。

“你感觉如何？”

“很好。”托尼答道，可他走下吊床时，却发现如果没人扶着，自己根本站不稳，“也难怪，我一点儿东西都没吃。恐怕还要一两天，我才能完全康复。”

梅辛杰医生一言不发，只是把杯中的茶缓缓倒进另一个杯子里，把茶叶过滤出来；然后又舀了一大勺炼乳放入滤出的茶水里搅匀。

“看看能不能喝点这个？”

托尼欣然喝下，又吃了些饼干。

“我们今天要赶路吗？”托尼问。

“再说吧。”梅辛杰医生把杯子拿到河边洗干净，他回来后说：“我想，我最好把事情解释清楚给你听。别以为你退一天烧就没事了。感冒就是这样，一天发烧，一天体温又恢复正常，如此反复一周的时间，也可能更久。这是我们必须面对的事。我不能冒险让你上船，前天你差点把我俩都弄翻到河里。”

“我以为我见到了一个熟人。”

“你想了很多事。这种情况会持续下去，而我们的干粮还能维持十天左右，虽说不是太紧迫，可还是不能掉以轻心。另外，你头顶上要有个顶篷才行，还得有人一直照顾你。要是我们在村子里就好了……”

“恐怕我成了你的拖累。”

“这不打紧，要紧的是想个好办法来解决我们现在的处境。”

可托尼实在是太累了，什么问题也思考不了；他迷迷糊糊睡了大约一个小时。他醒来时发现梅辛杰医生在砍周围的灌木。

“我打算补一补这块防水布，拿它做个顶篷。”

(他把这个地方在他的地图上标记为“临时紧急大本营”。)

托尼无精打采地看着他。过了一会儿，他说：“嘿，你可以把我留在这儿，去下游找人来帮忙呀。”

“我有这么想过，可是太冒险了。”

那天下午，布兰达又回到了托尼身边，他在吊床上直打哆嗦，不停地翻来覆去。

等托尼再次清醒时，他注意到头顶上罩着一块防水布，固定在树干之间。他问：“咱们在这儿待了多久?”

“三天而已。”

“现在几点?”

“快上午十点。”

“我觉得很难受。”

梅辛杰医生给他拿来一些汤。“我决定今天顺流而下，”他说，“看看附近有没有村落。我也不愿离开你，但这值得一搏。现在船是空的，我应该能划很长一段路。你躺着别动，不要离开吊床。我会在黄昏的时候回来，希望能带几个印第安人回来帮忙。”

“好吧。”托尼说完后倒头便睡。

梅辛杰医生来到河边，解开了拴着小船的绳索；他随身带着了一支来复枪、一个水杯和一天的干粮。他坐在船尾，将船驶离岸边；船头顺着水流向下游漂去，稍微划几下桨，船就来到了河中央。

太阳高高挂在空中，它在水中明晃晃的倒影晒在他身上；梅辛杰医生有节奏地荡着桨，十分从容，船行驶得很快。接下来一英里的路程，河面变窄了，水流也变得湍急起来，他要做的只是把桨放在船尾来控制方向；河岸两旁成排的树林被远远地甩在后头，他不知不觉漂到一片开阔的湖面，在这里，他得拼命划桨，船才会前行；他一直密切地环顾四周，看看能否见到袅袅升起的炊烟、茅草屋顶、躲在灌木丛中的褐色人影，或低头饮水的牛等等，这些都显示了他要找的村落的影子。可他没有发现半点迹象。在那片开阔的水域，他拿出双筒望远镜，仔细观察了森林的边缘地带，可仍然没有任何发现。

后来，河面再次变窄，独木舟沿着湍急的水流猛地向前冲。在他的前方，奔腾的激流打破了河面的平静；只见水面上波浪翻腾，漩涡密布；他脑子里有个低沉单调的声音警告他，那些激流的前方是一道瀑布。于是，梅辛杰医生开始把船划向岸边。水流很急，他只好用尽全力；在进入激流后的十码之外，船头总算驶进了河岸下方。河面上悬挂着长势茂盛的带刺灌木；小船在下面一划而过，陷进了沙滩；梅辛杰医生小心翼翼地跪在船上向前挪，伸手去抓头上的树枝。就在那时，灾难开始降临：船尾顺着水流向外摆了出去，正当他要去抓船桨的时候，小船横着被冲进了暗潮涌动的河流；紧接着，船偏离了方向，朝着瀑布颠簸着疾驰而去。梅辛杰医生也翻进了河里；那里的水很浅，他想扒住岩石，可它们都被冲刷得和象牙一样光滑，根本抓不住；他打了两个滚，发现自己已经在深水中了。他试图游向别处，却再次来到巨砾之中，它们依然滑不唧溜。就这样，他被冲到了瀑布那里。

这道瀑布在那个国家算不上很壮观——高低落差大约十英尺，可是对梅辛杰医生来说，却足以要了他的命。瀑布脚下，溅起的水沫化为一汪静静的湖水，湖面撒满了从环绕在四周的大树上飘落的花瓣。梅辛杰医生的帽子缓慢地漂向亚马孙流域，河水没过了他光秃秃的脑袋。

布兰达去见私家律师。

“格雷斯弗先生（Mr. Graceful），”她说，“我需要更多的钱。”

格雷斯弗先生苦着脸看着她。“这件事我觉得您应该找您的银行经理商量呀。据我所知，你俩的股票都在你个人名下，而利息是支付到你的账户里的。”

“他们最近似乎不发利息了。况且，靠这点钱过日子也实在不容易。”

“我相信，这一点毋庸置疑。”

“莱斯特先生把授权书交给你了，是吗？”

“仅有几项权利而已，布兰达女士。依照指示，我需要支付海顿所有仆人的工资和庄园的维护费——他打算增加几间新的浴室，以及装修已拆毁的起居室。我恐怕无权动用莱斯特先生的账户来支付其他开销。”

“可是格雷斯弗先生，我敢肯定他不会在国外待太久的。而且他绝不会眼睁睁地看着我落魄至此，对吧？……他会吗？”

格雷斯弗先生停顿了片刻，有些坐立不安。“布兰达女士，我坦白说吧，恐怕这正是他的意思。在他出发前不久，我就提出了这个问题，而他对这件事的态度非常坚决。”

“可他能这样做吗？我的意思是说，根据家庭财产分割协议的规定，我没有任何权利或是别的什么吗？”

“你必须先向法院提出申请才行。或许你可以找到律师，他们会建议你提出诉讼，可我不会这么做。莱斯特先生坚决反对这种做法，而在我看来，对于现在这种局面，法庭毫无疑问会判他胜诉。不管怎么说，这都是场持久战，不仅浪费钱，还有失体面。”

“啊，我明白了……那么，就只能这样了，是吗？”

“看起来的确也只能是这样了。”

布兰达起身离开。这是仲夏时节，从敞着的窗户向外望去，她看到林肯律师学院里洒满阳光的花园。

“还有件事。你知不知道……呃，我是说，你能否告诉我莱斯特先生有没有另立遗嘱？”

“恐怕我不方便谈论这个问题。”

“哎，我想也是。很抱歉我问了不该问的问题，我只是想知道我在他心中的地位。”

她仍然站在写字台和大门之间，穿着鲜艳的夏装，看上去失魂落魄。“或许我可以给你提供一点信息，好让你心里有个底。海顿庄园目前的假定继承人是他的堂兄弟，也就是里斯伯勒王子城的理查德·莱斯特（Richard Last）那些人。我想，以你对你丈夫的了解，你应该知道他一直都希望用他的财产去维持那座庄园，好让庄园保持着他所认为的良好状况。”

“是的，”布兰达说，“我早该想到这一点。好吧，再见。”

于是，她一个人走出门外，来到阳光下。

那一整天，托尼都独自躺着，睡得迷迷糊糊的，没有意识到时间在一分一秒地流逝。他睡得不多，偶尔下了吊床，却发现自己头晕乏力。他企图吃一些梅辛杰医生留给他的食物，却吃不下。直到天色渐渐暗下来，他才意识到这一天已经结束了。于是，他点亮了防风灯，开始捡些木柴来生火，可那些树枝不断从他的手指尖滑落，他每次弯腰都觉得头昏，所以他忍着怒火试了几次后，只好任由那些木头掉落在地上，然后又回到他的吊床上。他裹好毯子，躺在那儿哭了起来。

夜幕降临，防风灯亮了几小时后火光逐渐减弱，托尼痛苦地俯身摇晃了几下灯。需要再添些灯油了。他知道油放在何处，便艰难地爬向那里。他先扶着吊床上的吊绳，尔后又去扶堆在地上的箱子。找到油桶后，他拔掉塞子，开始往灯里倒油，可他的双手不停颤抖，油洒了一地。这时他又有点头晕，于是他闭上了眼睛；油桶朝一边滚了过去，里面的油汩汩流得一干二净。当他意识到发生了什么事时，又开始哭起来。他躺在吊床上，过了几分钟，灯里火苗闪烁了几下就彻底熄灭了；他的双手和浸湿的地上弥漫着一股浓浓的煤油味。托尼躺在黑暗中号啕大哭。

拂晓之前，托尼又发了烧，他的思维被持续的幻觉扰得混乱不堪。

布兰达醒来时，精神萎靡到了极点。前一天晚上，她独自在电影院看电影。后来她饿了——她那一整天都没好好吃顿饭，可她没底气一个人去馆子里吃。她在路边的咖啡摊买了块肉馅饼，带回家吃。那块饼看上去很美味，可等她开始吃的时候，却发现已经没了胃口。她醒来时，那块吃剩的饼就放在梳妆台上。

时值八月，布兰达孑然一身。比弗在那一天抵达纽约。（他在大海上给她发了封电报，说横渡大海的感觉棒极了。）这是她最后一次收到比弗的消息。议会结束了，乔克·格兰特·孟席斯前往苏格兰拜访他的哥哥，他每年都会去；玛乔丽和艾伦在最后时刻赶上了蒙诺玛科勋爵（Lord Monomark）的游艇，他们正惬意地沿着西班牙海岸顺流而下，去看斗牛（他们甚至让布兰达照顾“精灵”）；她的母亲住在日内瓦湖畔安克雷奇夫人经常租给她的那间小屋里；波莉在周游世界，甚至连珍妮·阿卜杜勒·阿克巴也在波罗的海上巡游。

布兰达翻开报纸，读了一篇由一个年轻人写的文章，上面说伦敦社交季已经结束；人们在那段日子里忙忙碌碌，把战前的日常事务全都抛诸脑后；正式舞会已经没有了，只剩下一轮又一轮简单的娱乐活动；伦敦的八月是一年里最快乐的时光（他每年都会写一篇大同小异的文章出来）。读到这样的文章，布兰达的心中并没有得到一丝慰藉。

过去的这几周，她企图用一种平和的心态去看待托尼，以及他对她的态度；如今，她终于控制不住感情，翻过身去，把脸埋进枕头里痛哭起来，整个人处在极度的愤恨与自怜之中。

在巴西，布兰达穿着一件破破烂烂的棉袍，款式与罗莎的那件一模一样。她穿得不伦不类的。托尼盯着她看了好一会儿，说道：“你为什么这样打扮？”

“难道你不喜欢吗？我从波莉那儿弄来的。”

“看上去脏兮兮的。”

“噢，波莉去过的地方可多了。你必须马上起来，还要去参加郡议会议事呢。”

“可今天不是星期三吗?”

“是的，可巴西有时差呀，你肯定没忘吧。”

“我不能去像皮哥士丹顿那么远的地方，我还得待在这儿等梅辛杰医生回来呢。我病了，他告诉过我不能乱动。他今晚就会回来的。”

“可整个郡议会的人都到这儿来了，是那个不要脸的金发女人开飞机带他们来的。”

那些人果然都来了。雷吉是议长，他说：“我强烈反对米莉当议员，她名声不好。”

托尼表示抗议：“她还有个女儿。在这里，她享有与科克珀斯夫人相同的权利。”

“安静，”镇长说，“我必须要求你们各位绅士在发表言论时，把焦点放在会议的主题上。我们必须就拓宽贝顿至皮哥士丹顿的公路一事做出表决。此外，还有不少人投诉称，绿线的快速公共汽车在海顿交叉路口处转弯不安全。”

“绿线的耗子们。”

“我说的是绿线的老鼠，那些绿线的机械老鼠把许多的村民都吓得撤离了村子。”

“我撤离了，”雷吉说，“我被那些绿色的机械老鼠赶了出来。”

“安静，”科克珀斯夫人说，“我建议让莱斯特先生发言。”

“听着，听着。”

“女士们先生们，”托尼说，“拜托各位，请体谅我现在正发着烧，下不了吊床，梅辛杰医生已经说得再清楚不过了。”

“温妮想去游泳。”

“在巴西不准游泳。在巴西不准游泳。”这群人齐声喊出口号，“在巴西不准游泳。”

“可你都已经吃过两顿早餐了呀。”

“安静，”镇长说，“圣·克劳德勋爵，我建议让大家投票表决。”

“现在的问题是，拓宽海顿的交叉路口的项目合同要不要给比弗太太。到目前为止，她的报价在所有的竞标人中是最高的，不过我知道她打算在村子南边立一道镀铬的墙……”

“……还有两顿早餐噢。”温妮提醒道。

“……还提供两顿早餐给那些参与这项工作的人。支持这项议案的议员请模仿母鸡发出‘咯咯咯’的声音，反对者请学狗汪汪叫。”

“这个做法太不合适了。”雷吉说，“仆人们会怎么想？”

“我们得在布兰达知道这件事之前做点什么。”

“……我？我没意见。”

“那我宣布这项议案通过了。”

“噢，我很高兴比弗太太得到了这份工作，”布兰达说，“你知道吗？我与约翰·比弗相爱了，我与约翰·比弗相爱了，我与约翰·比弗相爱了。”

“这是议会的决定吗？”

“是的，她与约翰·比弗相爱了。”

“那么，这件事就全票通过了。”

“不行，”温妮说，“他吃了两顿早餐呢。”

“……有绝大多数人投赞成票。”

“你们怎么都在换衣服？”托尼看见那些人纷纷穿上狩猎装时问道。

“去参加草坪上的集会，今天猎犬会在这里集合。”

“可夏天不能打猎啊。”

“巴西的时间是不同的，而且不能洗澡。”

“我昨天在布鲁顿树林见到了一只狐狸。那是只绿色的机械狐狸，体内装着一颗铃铛，它一动就会发出叮叮当当的声音。他们吓坏了，全部人都跑开了，整个海滩上空无一人。除了比弗外，没人去游泳。他每天都可以游，因为巴西的时间不同。”

“我与约翰·比弗相爱了。”安布罗斯说。

“啊，什么？我都没注意到你在这儿。”

“我是来提醒你的，你生病了，先生。千万不要离开吊床。”

“可要是我待在这里的话，还怎么能到那座城市去呢？”

“先生，我直接把饭菜送去藏书室吧。”

“对，送去藏书室。既然夫人已经去了巴西，我也没必要在餐厅用餐。”

“先生，我这就去通知马房。”

“可我不要那匹小马，我已经叫本杰明去把它卖了。”

“先生，你只能在吸烟室里骑马。梅辛杰医生把船划走了。”

“很好，安布罗斯。”

“谢谢你，先生。”

委员会的成员们都沿着林荫大道开始启程；只有英奇上校走的是另一条路，他骑着马朝康普顿·莱斯特村走去。托尼和雷特里太太孤零零地留在那里。

“汪汪汪，”她一边收牌一边说，“那项议案通过了。”

托尼从牌桌上抬起头来，看见了树林的后头，那座城市的堡垒和城垛；那座城与他只有咫尺之遥。城门的角楼上，纹章式样的旗帜在热带的微风中飘扬。托尼挣扎着坐起来，把毯子扔在一边。他在发烧的时候反而变得更强壮、更稳重了。他小心翼翼地穿过周围长满荆棘的灌木丛；金光闪闪的城墙处传来了阵阵的乐曲声；有一支队伍，或一场盛大庆典正沿着墙向前行进着。他踉踉跄跄地走进了树林，被树根和悬挂着的藤蔓植物缠住了；可他不顾疼痛和疲惫，奋力前进。

终于，他来到一片空地。在他前方，城门大敞，号角声在城墙上吹响，以迎接他的到来；消息传遍了城堡里的每个角落；杏花和苹果花的花瓣在空中飞舞，连地上也铺满了撒落的花瓣，恰如一场夏日的暴风雨过后，海顿的果园里花瓣飘飞的景象。阳光下，镀金的圆屋顶和汉白玉的尖塔在闪闪发光。

安布罗斯宣布：“城里的饭菜已经准备好了。”

第六章　在托德家那边

尽管托德先生（Mr. Todd）在亚马孙流域住了将近六十年，可除了几个派威印第安人家族之外，没人知道他的存在。他住的屋子在一片不大的热带草原上，大约有三英里宽，四周森林环抱。在那里，偶尔还能看见一片片长着野草的沙丘。

流经那片草原的溪流无论在哪张地图上都找不到；溪水流得很急，而且险象环生，一年中大部分时间都无法通过，它流入梅辛杰医生遭遇不测的那条河的上游。这里的居民除了托德先生之外，没有人听说过什么巴西政府，什么荷属圭亚那政府，这两个政府时常声称那里是属于自己的国土。

托德先生的屋子比他邻居的都要大，可样子都差不多——棕榈屋顶、齐胸高的土墙和篱笆，还有一片泥地。他养了十多头小牛犊，正在草原上吃草；他还有一个木薯种植园、几棵香蕉树和杧果树、一条狗，以及当地唯一一支单管猎枪。这些物品都是他从外面的世界辗转好多贸易商之手才拿到的。

这些物品都是他从外面的世界弄的，前后辗转了无数次，从十多个说不同语言的贸易商手里以货易货换来的。这条极长无比的贸易线一直从马瑙斯市延伸至最末端的森林中的边远要塞。

一天，托德先生正在装弹药筒，突然有个派威人跑来告诉他，说一名白人男子正独自穿过森林朝他们走来，看上去病得很厉害。他盖紧弹药筒，把子弹装上膛，又把那些装好的弹药筒放进口袋，然后朝着那人说的地方走去。

当托德先生来到他身边时，那位男子已经走出了树林，正坐在地上，情况非常糟糕。他既没有戴帽也没有穿鞋，衣服也破得不成样，只是被汗水打湿了才黏在身上；他的双脚划破了，肿得很厉害；他身上每一块裸露的皮肤都被昆虫和蝙蝠咬得伤痕累累；他烧得两眼迷离，嘴里还喃喃地说着胡话。然而，当托德先生走近他用英语和他说话时，他却恢复了清醒。

“你是这么多天以来，第一个和我说话的人。”托尼说，“其他人都没有停下。他们只是骑着车与我擦身而过……我累了……起初布兰达和我在一起，可她被一只机械老鼠吓坏了，所以划小船走了。她说天黑之前会回来，可她食言了。我想，她现在在巴西的某位新朋友家里做客吧……你有没有见到她呢？”

“你是我这么久以来见到的第一位陌生人。”

“她离开的时候头上戴着一顶大礼帽，你肯定认得出她的。”后来，他开始和托德先生旁边的某个人讲话，可那里并没有人。

“你看见了那边的屋子吗？你觉得你有没有力气走过去？

如果没有的话，我就叫几个印第安人来抬你。”

托尼眯着眼睛望向草原那头托德先生的小屋。

“建筑风格很符合这里的特色，”他说，“里里外外都就地取材。千万别让比弗太太见到，不然她会给这里镀上铬的。”

“试着走两步。”托德先生把托尼拉起来，用一只粗壮的手臂搀着他。

“我要骑你的自行车。刚才就是你骑车经过我身边，对吗？……只不过你胡子的颜色不同，他的是绿色……像老鼠一样的绿色。”

托德先生带着托尼翻过青翠的山冈，朝屋子的方向走去。

“这条路很短。等我们到了那儿，我会给你吃点东西，让你好过些。”

“多谢你的好意……对一个男人来说，妻子乘船离开自己，真是太不幸了。这事过去很久了，打那时起我就什么也没吃。”不一会儿，他又说，“嗨，你是英国人，我也是英国人，我姓莱斯特。”

“噢，莱斯特先生，别再为这些事烦恼了，你这一路也够艰难的，而且你还病着呢。我会照顾你的。”

托尼仔细打量了他一番。

“你们都是英国人吗？”

“对，我们所有人都是。”

“那个皮肤黝黑的女孩嫁给了一位摩尔人……我实在是太幸运了，能遇到你们各位。我猜你们是哪个骑行俱乐部的成员，对吧？”

“没错。”

“噢，我太累了，骑不动……而且我也不太喜欢骑车……你们各位应该骑摩托车才对嘛。那样会快很多，也更热闹些，不是吗？……我们停下歇会儿吧。”

“不行，你必须走到房子那里，没多远了。”

“好吧……你们要在这里弄到汽油恐怕不太容易吧。”

他们走得很慢，可总算是抵达了那间屋子。

“在吊床上躺着。”

“梅辛杰医生就是这么说的。他爱上了约翰·比弗。”

“我给你拿点东西吃。”

“太感谢了。早餐和平常一样就行——咖啡、烤面包和水果。还有晨报。如果叫夫人起身了，我便和她一起用餐……”

托德先生走到屋后，从一堆兽皮下面拖出一个锡罐，里面装满了各种干叶子和树皮。他抓了一把，走到外面的火堆旁。等他回来时，他的客人叉开腿端坐在吊床上，正愤怒地说些什么。

“我跟你们说话的时候，别一个劲地绕圈走来走去，好好站着别动，认真听我说，这是礼貌问题。我对你们说这些都是为了你们好……我知道你们是我太太的朋友，我也知道这是你们不听我说的原因。但是，你们得当心。虽然她说话轻声细语的，不会说什么残酷无情的话，言辞也不严厉，而且她也希望事后仍然和你们做好朋友，但是，她会离你们而去，她会在夜晚悄悄地离开。她会把她的吊床和木薯粉口粮全部带走……听我说，我知道我脑子不聪明，可是……这并不代表我们可以没有礼貌，所以让我们用彬彬有礼的方式和平共处吧。我可以把我在那片有时差的森林里了解到的东西告诉你们。根本没有什么神秘城，比弗太太给那里都镀上了铬，把它改造成了公寓。每周三基尼，带独立卫生间，很适合人们偷情。波莉也会去那儿，她和比弗太太被压在了倒塌的城墙下面……”

托德先生托着托尼的后脑勺，端起葫芦瓢，里面装着用各种草药调成的药剂。托尼抿了一小口就把头扭向一边。

“这药真难喝。”他说着，开始哭起来。

托德先生端着葫芦瓢站在他旁边。过了一会儿，托尼又喝了些，苦得他整张脸拧巴成一团，身体微微颤抖。托德先生守在他身边直到他把药喝完；然后他把剩余的一点儿药渣倒在泥地上。托尼躺回到吊床上抽噎着，不一会儿，他便陷入了沉睡中。

托尼康复得很慢。起初，他保持几天的清醒，又有些神志不清了；后来，他的体温降了下来，即使病得最严重的时候，他的意识也很清醒。最后，发烧的症状变得不那么频繁，间隔的很长一段时间里托尼的身体也都很健康。在热带地区生病都是这样康复的。托德先生仍按时给他服用草药。

“真难喝，”托尼说，“可是的确很有效。”

“森林里什么样的草药都有，”托德先生说，“有的能让你恢复健康，有的会让你病怏怏。我的母亲是印第安人，她教会了我辨认许多草药。我从我的妻子们那里又学到了其他一些草药的知识。森林里的植物有的能治病，有的会让你发烧，有的会致命，有的让你疯疯癫癫，还有的可以驱赶蛇，以及麻醉鱼，这样你就能像从树上摘水果那样从水里捞鱼了。甚至还有些连我也不知道的草药。他们说有种草药，哪怕人死后身体开始发臭，也可以令他们起死回生，不过这我倒没亲眼见过。”

“可你真的是英国人吗？”

“我的父亲是英国人，起码也算个巴巴多斯人。他当时是来圭亚那传教的，他和一位白人女子结了婚，又把她丢在圭亚那，自己一个人寻找金矿去了。后来他又娶了我的母亲。派威族的女人虽然相貌丑陋，可她们都很忠诚。我与许多派威族的女人结过婚。在这片草原上生活的多数男女都是我的孩子，这就是他们听命于我的原因，而且还因为我有枪。我的父亲活到了很大年纪。他去世不过才二十年而已，他是读过书的人。你识字吗?”

“是的，当然。”

“不是每个人都这么幸运的。我自己就是个文盲。”

托尼面带歉意地笑了笑。“想来你在这种地方也没什么受教育的机会。”

“是啊，正是如此。我有一大堆的书。等你好些了，我就拿给你看。五年前，这里有个英国人——反正是个黑人，但他在乔治敦受过良好的教育。现在他去世了。在他死之前，每天都念书给我听。等你好些了，你也要念书给我听。”

“我很乐意效劳。”

“对，你要念书给我听。”托德先生朝着手上的葫芦瓢点点头，又重复了一遍。

在托尼逐渐康复的头几天，托尼只和招待他的主人说了寥寥几句话；他躺在吊床上，盯着茅草屋顶，心里想着布兰达。那几天里，每日都有足足十二个小时是在平淡乏味中度过。托德先生在太阳落山的时候回屋休息，只留有一小盏灯亮着（手工编织的灯芯垂在一罐牛油上），用来驱赶吸血蝙蝠。

托尼第一次离开这间屋子时，托德先生带着他去田间散了会儿步。

“我带你去看那个黑人的坟墓，”托德先生把他带到杧果树林里的一处土墩前说道，“他人很好，在他去世以前，每天下午都会读两个小时的书给我听。我想，我该为他竖起一个十字架——纪念他的亡故，和你的到来。真是个好主意。你信上帝吗？”

“大概信吧，我还没认真想过这个问题。”

“我已经想过无数遍了，可我仍然想不明白……狄更斯（Dickens）就信上帝。”

“我想是的。”

“啊，对。这在他所有的作品中都显而易见，你会了解到的。”

那天下午，托德先生开始给那个已故黑人的墓冢建一个顶。他手上拿着一个巨大的斧刨，在树林里卖力地干着活儿，刨子发出的声音像金属摩擦的声音一样刺耳。

终于，托尼连续六七晚都没有再发高烧了，托德先生说：“现在我想你已经完全康复，可以看那些书了。”

在小屋的一头有一间阁楼，这只不过是简单的在屋檐下搭的一张平台而已。托德先生拿来一把梯子架在上面，爬了上去；托尼紧随其后，由于他大病初愈，走起路来仍有些不稳。托德先生坐在平台上，而托尼站在梯子的顶端四处张望。平台上堆着一小捆一小捆的书，全都用破布、棕榈叶和兽皮绑着。

“很难去防止蚂蚁和虫蛀，有两本书被啃得稀巴烂。不过印第安人做的一种油对付这些东西很有效。”

他打开放在最外面的一捆书，拿起一本用小牛皮包裹的书递给托尼。那是一本美国早期版本的《荒凉庄园》。

“无论先读哪一本都可以。”

“你喜欢狄更斯？”

“怎么这么问？啊，当然。何止喜欢，喜欢得不得了。你瞧，狄更斯的书是我唯一听过的。我父亲在世时经常读给我听，再后来是那位黑人……现在是你。迄今为止，这些书我已经从头至尾听了好些遍了，可怎么也听不厌；每次都会学到和发现新东西；那么多的角色，那么多的场景变换，那么长的篇幅……除了那些被蚂蚁噬咬掉的，我这里有狄更斯的作品全集，要花很长一段时间才能把它们全部读完——两年多的时间。”

“噢，”托尼满不在乎地说，“到我走之前也读不完吧。”

“啊，希望可以。从头开始真是件令人高兴的事，每次我都觉得有新的东西值得我细细品味，并让我赞叹不已。”

他们拿了《荒凉山庄》的第一卷，那天下午，托尼第一次为他读书。

托尼一直都很享受大声朗读的感觉，在婚后的第一年里，他就是用这种方式和布兰达一起看了好几本书，直到突然有一天，布兰达直截了当地告诉他，说这样读书对她是种折磨。托尼也给约翰·安德鲁读过，那是个冬日的傍晚，孩子正坐在保育室的火炉旁吃晚餐。可托德先生是一位很特别的听众。

这位老人正对着托尼，叉开腿坐在吊床上，自始至终都盯着他看，嘴唇微动，无声地跟读那些文字。每当读到一个新的人名时，他总会说：“再说一遍那个名字，我忘了，”要不就是“啊，对，我对她有很深的印象。她死了，可怜的女人。”他经常会插嘴问一些问题；可那些问题都不像托尼想的那样和故事情节有关——诸如大法官法庭审判的程序，或是当时的社会成规，尽管这些的确很晦涩，却也和他没多大关系——但总是和书中人物有关。“喂，她为什么说那样的话？她是说真的吗？她觉得头晕是因为火烧得太旺，还是那封信里写的东西?”书里每个笑话都会逗得他哈哈大笑，还有一些托尼并不觉得幽默的段落也令他大笑不已，他甚至让托尼重复念二三遍才算完；后来，当他听到“汤姆独院①”里那些流浪者的苦难生活时，两行热泪顺着脸颊流到他的络腮胡子上。他听完故事后发表的评论总是寥寥几句，“我认为戴德洛克爵士（Dedlock）是个自以为是的人，”或者“杰里比夫人（Mrs. Jellyby）没照顾好她的孩子。”

托尼几乎和托德先生一样享受阅读的过程。

第一天结束时，老人对他说：“你念得真好，口音比那个黑人纯正多了，而且你解说得也比他好。简直好像我父亲又回来了一样。”每一节的内容读完后，托德先生总会谦恭有礼地感谢他的客人。“我听得非常愉快。这一章尤其悲惨，不过，如果我没记错的话，所有事情都会有个圆满的结局。”

等他们读到第二卷的时候，老人的那股新鲜热乎劲开始逐渐褪去，而托尼也变得越来越焦躁不安，他不止一次提及他要走的事，询问了诸如独木舟、雨季和是否有可能找到向导之类的情况。可托德先生显得漫不经心的，对这些暗示无动于衷。

一天，托尼一边用拇指翻动那本《荒凉山庄》剩余没读到的部分，一边说：“我们还有很多要读，我希望能在我走之前读完。”

“啊，是的，”托德先生说，“这事你不用操心，你会有时间读完的，我的朋友。”

这是第一次托尼注意到这位主人的态度带着点恐吓的意味。那天，太阳刚落山，他们就开始吃晚饭，吃得很简单，

① 狄更斯的小说《荒凉山庄》中的贫民窟。

只有木薯粉和牛肉干。托尼又旧事重提。

“托德先生，您看，现在我得考虑回到文明世界去了，我厚着脸皮接受您的盛情款待，可实在打扰您太久了。”

托德先生俯下身子，只顾低头从盘子里舀木薯粉，吃得嘎吱嘎吱响，却没做任何回应。

“您觉得还要过多久我才能搭到一艘船？……我是说，您觉得还要过多久我才能搭到一艘船呢？您对我的恩情，我感激得难以言表，可是……”

“我的朋友，你读狄更斯的书给我听就已经足够报答我的恩情了。以后我们俩都不要再提这件事了。”

“呃，我很高兴您喜欢听我读书，我自己也很享受。但是，我真的必须得考虑要回去了……”

“是啊，”托德先生说，“那个黑人也像你这样，总想着回去，可他最终还是死在了这里……”

第二天，托尼两次提到了同样的话题，可主人却闪烁其词。最后，他只好说：“请见谅，托德先生，可我必须再次强调我的要求。我何时能搭到船？”

“这里没有船。”

“可是，印第安人不是能造船吗？”

“你必须等待雨季的来临。现在河里的水是不够的。”

“那要等多久？”

“一个月……两个月……”

他们已经念完了《荒凉山庄》，而且《董贝父子》也快要念完。这时，雨季终于来了。

“现在可以准备启程了吧？”

“啊，不可能。印第安人在雨季是不会造船的——这是他们的一种迷信。”

“你早该告诉我的啊。”

“我没说过吗？我忘了。”

第二天早上，主人忙活的时候，托尼一个人出门了，他尽量让自己看上去像在漫无目的地闲逛。他穿过草原，来到那些印第安人的家。门廊上坐着四五个派威人。托尼走近时，他们没一个人抬头。他用这次旅途中学到的几句马库希语跟他们打招呼，可丝毫看不出来他们是否能听懂他说的话。然后，他在沙地上画了一条独木舟，又按照做木匠活的样子简单比画着，先指指他们，又指指自己；尔后他做出几个给他们东西的动作，并画出一杆枪、一顶帽子，和其他一些不难辨认的物品的轮廓。其中一个女人看了后咯咯地笑，可还是没有人表现出看懂的迹象，他只好垂头丧气地走开了。

吃午饭的时候，托德先生说：“莱斯特先生，印第安人告诉我，你试图和他们讲话。你有什么话，我可以替你转达，这样会容易些。难道你没有意识到，没有我的命令，他们是不会替你办任何事的。大部分情况下，他们都把自己当成是我的孩子。”

“好吧，其实我是想跟他们要一条独木舟。”

“我也从他们的话里听出来了……现在，如果你吃好了，我们就可以继续读下一章了。我已经深深地被这本书所吸引。”

他们读完了《董贝父子》；此时，托尼离开英国已有将近一年的时间，然而他却有种不祥的预感，觉得自己再也回不去了。这种预感在他看到《马丁·朱述尔维特》书本中夹着的一份铅笔写的文件时变得愈发强烈。那份文件上歪歪扭扭地写着如下的文字：

一九一九年

本人詹姆斯·托德，家住巴西，向乔治敦的巴纳巴斯·华盛顿保证，只要他读完这本《马丁·朱述尔维特》，我就让他离开，绝不拖延。

后面还用铅笔重重地写着一个X，和一行字：此符号由托德先生所画，巴纳巴斯·华盛顿签名。

“托德先生，”托尼说，“请恕我直言，你救了我的命，等我回到文明世界以后，我会尽我所能地报答你。你要的任何东西，只要合乎情理，我绝不含糊。但是你像现在这样把我软禁，完全是强人所难。我请求你放了我。”

“哎呀，我的朋友，谁软禁你了？没有人关着你，你想走就走啊。”

“你明明知道，没有你的帮助我走不了。”

“既然如此，你就得好好孝敬我这个老人家。再给我读一章。”

“托德先生，我发誓，你要什么都可以。等我到了马瑙斯，我就找个人来代替我。我会雇人全天候地念书给你听。”

“可是我不需要别人呀。你读得已经够好了。”

“我再也不会念书给你听了。”

“但愿不是。”托德先生客气地说道。

那天晚上吃晚饭时，只端进来一盘牛肉干和木薯粉，托德先生独自一人吃着。托尼一言不发地躺在那儿，眼睛盯着屋顶看。

翌日中午，托德先生跟前只摆着一只盘子，旁边还搁着一支枪，抵在他的膝上。他吃饭前还扣动了扳机。他一边吃，一边听托尼从上次的地方继续给他读那本《马丁·朱述尔维特》。

日子一周一周毫无希望地过去。他们读完了《尼古拉斯·尼克尔贝》、《小杜丽》和《雾都孤儿》。后来，草原上来了个外地人，他是一位混血的采矿者。做这种工作的人一辈子都在森林里游荡，沿着溪流在沙砾中淘金，一点一点把沙金装进皮袋子里，最后他们多半都因为受冻挨饿而死去，脖子上还挂着价值五百美金的黄金。对于他的到来，托德先生大为恼火，只给了他一些木薯粉和牛肉干，就打发他启程了。那人前后待了还不到一个小时，但托尼还是找到时机，在一张纸条上草草地写下自己的名字，然后塞到那个男人的手里。

打那时起，生活渐渐有了希望。虽然日子仍然千篇一律地过着：晨起时喝杯咖啡，整个上午托德先生去田间干一些琐碎活的时候，他无所事事；中午吃木薯粉和牛肉干；下午读狄更斯的书；晚餐吃的还是木薯粉和牛肉干，偶尔也会有一些水果；日落到黎明是一片沉寂，只有牛油上的灯芯闪着微光，头上的棕榈叶屋顶依稀可见，可托尼心里却充满了信心和希望。

今年或者明年的某个时刻，那位采矿者会到达一座巴西人的村子，告诉人们他的发现。梅辛杰在探险中遇到的种种灾难不可能就这么悄无声息地过去，托尼觉得这些事肯定会登上那些流行刊物的头条；或许现在就有好几队搜寻小组正在他走过的地方仔细搜索着；草原上随时可能出现一些说英语的声音，十多名友善的探险家也会穿过丛林到达此处。托尼在朗读的时候，虽然他的嘴巴机械地照着书本的文字一张一合，可心思却不在他对面那位热切、疯狂的主人身上，他开始在脑子里像说电影旁白一样，讲述着自己的归家之旅——逐渐与文明社会重新邂逅（他在马瑙斯市刮脸，买新衣服，打电报要钱，以及收到贺电；他享受了一次悠闲的海上之旅，抵达贝伦后，又搭上一艘大客轮前往欧洲；他品尝了上好的红酒、鲜肉和春季时蔬；在与布兰达见面时，他局促不安，不知怎样称呼她才好……“亲爱的，你可没说会离开这么久噢。我还真以为你迷路了呢……”）

然后，托德先生打断了他的思绪。“能否麻烦你把这段话再念一遍呢？我特别喜欢这一段。”

几周过去了，仍然见不到任何人来营救他的迹象，可托尼却忍耐着，期待第二天会有奇迹发生；他甚至开始对软禁他的人有了几分热诚，因此，一天傍晚，托德先生与一位附近的印第安人谈了很长时间后，提议搞一次庆祝活动，他也欣然答应了。

“这是当地的一个节日，”托德先生解释说，“他们酿了皮瓦瑞酒。你可能会喝不惯，不过还是应该尝一尝。我们今晚去这个人的家里。”

因此，晚饭过后，他们参加了在草原那头的一间小屋里举行的篝火晚会。人们都围在火堆旁，面无表情地唱着歌，声调里听不出任何抑扬顿挫。他们之间传递着一只装有酒的葫芦瓢，一人一口地喝着。有人给托尼和托德先生单独端来两只碗，还让他俩分别坐在吊床上。

“你要一口气喝完，这是规矩。”托德先生说。

托尼大口喝下那碗黑乎乎的东西，尽量不去尝它的味道。可它也没那么难以下咽，和他在巴西喝的大多数饮料一样，它既浓烈又浑浊，还带有一股蜂蜜和黑面包的味道。他向后靠在吊床上，感受到一种异乎寻常的满足感。也许就在那一刻，搜索队正在离他有几小时路程的地方扎营。与此同时，他觉得有些燥热，而且昏昏欲睡。其他人时而唱歌，时而停下，好像在做礼拜一样。又有人给托尼端来一碗皮瓦瑞酒，他喝完后又把碗递了回去。派威人开始跳舞的时候，他直挺挺地躺在那儿，望着茅草屋顶上不断晃动的影子。然后，他闭上了眼睛，想着英国和海顿，渐渐进入了梦乡。

托尼醒来后，发现自己仍在印第安人的屋子里，他有种感觉，自己睡得比往常要久。他从太阳的位置得知已经将近傍晚时分了。周围空无一人。他看了看手表，却惊奇地发现表并不在手腕上。他想或许在参加聚会前，自己把表留在了托德先生家里。

“我昨晚肯定喝醉了，”他想，“那酒真是后劲十足啊。”他头有些痛，担心感冒会复发。他发现当他双脚沾地时，站都站不稳；走起路来跌跌撞撞的，脑子里也一片混乱，就像他康复后第一周的情况一样。穿过大草原的时候，他好几次都不得不停下来紧闭双眼，深吸几口气。当他到达托德先生的房子时，发现他正坐在那儿。

“啊，我的朋友，今天下午的朗读你迟到了。还有不到一小时天就黑了。你感觉怎么样？”

“糟透了，我似乎不适合喝那种酒。”

“我给你一些东西让你舒服点。森林里有各种各样的草药，有的能让你清醒，有的能让你昏睡。”

“你有没有看见我的手表？”

“你把表弄丢了？”

“是啊，我还以为我戴着呢。话说，我从没睡过这么久。”

“打从娘胎里出来就没有过吧。知道你睡了多久吗？两天。”

“胡说，不可能。”

“千真万确。两天两夜。真可惜，你没见到我们的客人。”

“客人？”

“嗯，是啊。你睡觉的时候，我一直在忙活。来了三个外地来的男人，都是英国人。可惜你没见着他们。这对他们来说也很遗憾，因为他们特别想见你。可我能怎么办呢？你睡得太沉了。他们大老远地跑来找你，所以——我想你应该不会介意——既然你不能亲自接待他们，我就给了他们一件小纪念品：你的手表。他们想带点东西回英国去，因为在英国，有人悬赏寻找你的下落。他们看到手表非常高兴。他们还给那个纪念你到来的小十字架拍了几张照片，对此他们也很高兴。他们太容易满足了。我觉得他们再也不会来拜访我们了，我们这里实在太偏僻了……除了读书外，没半点乐趣……我想应该不会再有人来了……嘿，那好，我给你找点药，让你好起来，你头很痛吧，对吗？……我们今天不读狄更斯的书了……明天再读，还有后天，还有大后天。我们再把《小杜丽》读一遍吧。那本书里有些段落，我每次听到都忍不住热泪盈眶。”

第七章　英国哥特式建筑III

露湿的果园里，微风轻拂；明媚而凉爽的阳光洒在草地上和小树林里；林荫大道两旁的榆树正含苞待放；那年的暖冬过后，一切都早早地到来了。

头顶上，滴水嘴兽雕像和卷叶式凸雕之间的大钟在整点敲响，庄严地敲了十四下。可那时才八点半，最近这口大钟报时很不准。理查德·莱斯特打算在缴完遗产税和银狐开始盈利之后，着手处理这件事。

莫莉·莱斯特（Molly Last）骑着她那辆二冲程摩托车，在车道上快速而平稳地行驶着；她的屁股底下和头发里都黏上了麸皮糊。她刚喂完安哥拉兔。

庄园前的那条碎石路上新立了一块纪念碑，上面还盖着一面旗帜。莫莉把摩托车靠在吊桥墙上，跑进屋吃早餐。

自从理查德·莱斯特继承以来，海顿的生活虽然变得更加忙碌，却也朴素了不少。安布罗斯还在，可没有了其他的男仆；他和另一个男孩，以及四名女佣负责整间屋子的活儿。理查德·莱斯特称他们为“骨干人员”。等事情逐渐上手之后，他打算再雇几个佣人来家里干活；与此同时，屋子里的餐厅和藏书室并入了贵宾套间，几间房的大门紧锁，屋里的百叶窗也拉上了；这家人在起居室、吸烟室和以前托尼的书房里住着。厨房的大部分地方都不再使用；其中一间餐具室里还安装了一套新式的节能型炊具。

八点半的时候，这家人都下了楼，只有艾格尼丝（Agnes）还在穿衣打扮，她总要迟到几分钟；一小时前，特迪和莫莉都不在屋里，莫莉在喂兔子，而特迪在照料那些银狐。特迪今年二十二岁，在家里住。皮特（Peter）仍在牛津上学。

他们在起居室一起吃早饭。莱斯特夫人（Mrs. Last）和她丈夫在餐桌上相对而坐；大伙互相闲谈，来回地传递着杯子、盘子和蜂蜜罐。

莱斯特夫人说：“莫莉，你又把兔子饲料弄得满头都是。”

“啊，这个……反正我会在‘狂欢’前收拾好的。”

莱斯特先生说：“狂欢？你们这些小家伙没个正经的时候吗？”

特迪说：“笼子里又有狐狸受伤了。昨天晚上，我们从奥克汉普顿人手里买的那只雌狐的尾巴被咬掉了，它肯定把尾巴伸到铁丝网另一边的笼子里去了。狐狸就是狡猾。”

艾格尼丝姗姗来迟，她今年十二岁，是个乖巧细心的孩子，护目镜下的一双炯炯有神的大眼睛闪着坚毅的目光。她在父亲和母亲的脸颊上亲了一口，说：“倘若我来晚了，请见谅。”

“倘若你来晚了……”莱斯特先生宽容地说道。

“这场仪式要持续多久?”特迪问,“我还得赶去贝顿,再给狐狸买一些兔子。奇弗斯说他那里有大概五十只可以卖给我。我们在这里打得不够。真是些贪婪的小家伙。”

“十一点半就会结束。藤德里尔先生到时不会布道,其实就算他讲也无妨。他认为你的托尼堂叔已经死在了阿富汗。”

“布兰达堂嫂来信说她很抱歉不能出席纪念碑的落成仪式。”

“噢。”

众人一片沉默。

“她说今天下午的政党会议属于‘甲级动员①’,乔克必须参加。”

“噢。”

“她可以自己一个人来的嘛。”莫莉说。

“她向我们大家和海顿问好。”

又是一阵沉默。

“嘿,我觉得这事真有意思,”莫莉说,“丈夫死了,也没见她怎么悲痛,才多久啊,她就‘梅开二度’了。”

“莫莉!”

“我知道,你也是这样想的。”

“不管我们心里怎么想,你都不准这样谈论你的布兰达嫂子。她完全有权利再婚,而且我希望她和格兰特·孟席斯先生生活幸福。”

“她以前住在这儿的时候对咱们都挺和气的。”艾格尼

---

① 即英国政党的“三线鞭令”(three-line whip)。党派领导人对本党议员发出必须投票的指令,为强调其重要性,会在需要投票的个别议程下画三条线。不遵守指令或不投票的议员将受到处分。

丝说。

“对，我也希望她幸福，”特迪说，“反正现在这座庄园是我们的了。”

十一点的时候，依旧天朗气清，只是刮起了大风，吹得仪式流程表哗哗响，还差点提前揭开了纪念碑上的旗帜。在场的有好几位亲戚，圣·克劳德夫人、姑母弗朗西斯，以及莱斯特家族里没有因托尼的消失而获利的穷亲戚们。庄园里的所有佣人、几个佃户和村里的大部分人都到了；还有十几位邻居，其中包括英奇上校——理查德·莱斯特和特迪在这个季节经常与皮哥士丹顿帮的人一起狩猎。藤德里尔先生用他那清亮的嗓音主持了这场简短的仪式，尽管狂风呼啸，他的声音仍然听得非常清楚。他拉了一下绳子，纪念碑上的旗帜便顺势滑落了下来。

这是一块用当地石材做成的石碑，上面简单地刻着如下的文字：

海顿的安东尼·莱斯特

探险家

一九〇二年生于海顿

一九三四年卒于巴西

当地的客人纷纷离开了，亲戚们也回屋查看一些节省人力的安排，理查德·莱斯特和圣·克劳德夫人在碎石路上多待了一会儿。

“我很高兴我们把这块碑立起来了，”他说，“知道吗？如果不是比弗太太，我完全想不到这一点。托尼亡故的消息一传出去，她就写信给我。那时我还不知道她是谁。当然，托尼的朋友我们也不认识几个。”

“这是她的建议？”

“是啊，她自称是托尼最亲近的朋友之一，还说她知道托尼希望在海顿有几处用以纪念之物。她真的太贴心了——甚至还提出要安排承包商来办此事。她本人的方案要求更高，她建议我们将教区的小教堂改为一个做弥撒的教堂。可我认为托尼更喜欢现在这样。这块石头来自我们的一个采石场，由庄园里的工匠切割而成。”

“没错，我也觉得他更喜欢这样。”圣·克劳德夫人说。

特迪选了加拉赫特爵士屋作为自己的卧室。他离开家人，匆忙换掉身上的黑衣服。不到十分钟，他就驾着车前往奇弗斯的农场。午饭前，他带着兔子回来了。那些兔子全被剥了皮，腿也绑着，共扎成四捆。

“去狐狸舍吗？”他问艾格尼丝。

“不了，我在照顾弗朗西斯姑母。她对新来的厨子一通抱怨，母亲也被她弄得心烦意乱的。”

银狐养殖场在马厩的后面；那里有两排长长的双层铁丝笼架；为了防止里面的动物挖地洞逃走，笼底也装着铁丝网，上面还盖着土和煤渣。狐狸成双成对地养在同一个笼子里；有些比较温顺，可你得放聪明些，不能被它们的外表骗了。那年冬天，特迪和帮他忙的本杰明·哈克特就被狠狠咬过不止一次。

那些狐狸看到特迪带着兔子过来时，全都跑到笼子的门边。那只没了尾巴的狐狸看起来没什么大碍。

特迪审视着自己肩上的责任，内心充满了喜悦和骄傲。他希望有一天，海顿在他的管理下会重现托尼堂叔在世时的辉煌。

译后记

当我敲出最后一个“完”字时，这几个月的奇妙之旅终于还是结束了。我觉得自己好像就坐在书里提到的那辆三点十八分到站的火车上，在人生的旅途上行进着。和布兰达一样，我也买了一张二等座的车票，虽然车厢里熙熙攘攘的，却也让我的生活丰富起来。在伊夫林·沃的笔下，我看到了英国上流社会奢靡享乐的生活，那里有华服香车、美酒珍馐，和永远也开不完的聚会，可那些华丽的外衣下面却裹着怎样的灵魂？曾有评论家认为，这本小说与艾略特的长诗《荒原》中所营造的意境有异曲同工之妙。按艾略特的原意，一掬尘土的恐惧，不是死亡对重生的向往，正好相反，是无望的生者对死亡之解脱竟求之不得的恐怖。全书译完，再次翻回卷首的那首诗，我才真正明白其意义所在。

初次尝试文学翻译，有幸成为《窗外有情天》的译者，要非常感谢编辑对我的信任，以及暨南大学的黄欣老师给予我的帮助。另外，也要特别感谢我的好友吴进松，他作为我的第一位读者，对我的译文提出了许多中肯的建议，使我受益良多。译书的这段时间，我过着简单却不平淡的生活，常因贪看故事的发展而工作到深夜，于是就这样一台电脑，一盏灯，一本书，一杯茶，留下了这段毕生难忘的日子。

朱亚光，2014 年 11 月

于暨南大学